El diario de Bridget Jones

Biografía

Helen Fielding nació en Yorkshire en 1958. En 1996 publicó la novela *El diario de Bridget Jones*, que relataba un año en la vida de Bridget, un personaje que Fielding inventó para una columna diaria en *The Independent*. Enseguida se convirtió en un *bestseller*, ganó el British Book Award y fue uno de los fenómenos más importantes de los noventa. En 2001 la novela fue llevada al cine con Renée Zellweger, Colin Firth y Hugh Grant. En 1999 escribió una segunda novela con el mismo personaje, *Bridget Jones: Sobreviviré*, y en 2013 ha publicado *Bridget Jones: Loca por él* (Planeta, 2013).

Helen Fielding

El diario de Bridget Jones

Traducción de Néstor Busquets Tusquets

Planeta

PEFC Certificado

Este libro procede de
bosques gestionados
de forma sostenible

PEFC

PEFC/14-38-00305 www.pefc.es

Av. Diagonal, 662-664, 08034 Barcelona (España)
www.planetadelibros.com

Diseño de la cubierta: Booket / Área Editorial Grupo Planeta
Imagen de la cubierta: © Margarita H. García
Primera edición en Colección Booket: noviembre de 2013
Primera edición en esta presentación: julio de 2025

Depósito legal: B. 11.655-2025
ISBN: 978-84-08-30633-7
Impreso en España

A mi madre, Nellie,
por no ser como la madre de Bridget

Agradecimientos

Con particular agradecimiento a Charlie Leadbeater por darme la idea de la columna en *The Independent.* Gracias también a Gillon Aitken, Richard Coles, Scarlett Curtis, a la familia Fielding, Piers, Paula y Sam Fletcher, Emma Freud, Georgia Garrett, Sharon Maguire, Jon Turner y Daniel Woods por su inspiración y ayuda, y especialmente, como siempre, a Richard Curtis.

Buenos propósitos de Año Nuevo

NO:

Beber más de catorce copas a la semana.

Fumar.

Gastar dinero en: máquinas para hacer pasta, máquinas para hacer helados, u otros aparatos culinarios que nunca utilizaré; libros de autores ilegibles para colocar presuntuosamente en las estanterías; ropa interior exótica, ya que, al no tener novio, carece de sentido.

Pasear por la casa como una zarrapastrosa, sino imaginar que otros me están mirando.

Gastar más de lo que gano.

Permitir que la bandeja de entrada del correo electrónico esté incontroladamente saturada.

Enamorarme de: alcohólicos, adictos al trabajo, fóbicos al compromiso, tipos con novias o esposas, misóginos, megalómanos, chovinistas, sexistas, gorrones emocionales, pervertidos.

Enfadarme con mamá, con Una Alconbury o con Perpetua.

Disgustarme con los hombres, sino ser, en cambio, la amable y distante reina de hielo.

Enamorarme de hombres, pero establecer, en cambio, relaciones basadas en una madura evaluación del carácter.

Criticar a todo el mundo a sus espaldas, sino ser positiva con todos.

Obsesionarme con Daniel Cleaver, ya que es patético estar enamorada del jefe, como si fuese Miss Moneypenny o algo así.

Enfurruñarme por no tener novio, sino desarrollar una elegancia interior y un sentido de la autoridad y de mí misma, como si fuera una mujer de peso, o completa incluso sin novio, como mejor manera de conseguir uno.

SÍ:

Dejar de fumar.

Beber menos de catorce copas a la semana.

Reducir la circunferencia de mis muslos 7,5 cm (3,75 cm cada uno), con una dieta anticelulítica.

Purgar el piso de los trastos inútiles acumulados.

Dar toda la ropa que no he llevado desde hace dos años o más a los necesitados.

Mejorar mi carrera y encontrar un nuevo empleo con futuro.

Ahorrar dinero. Empezar quizá una pensión de jubilación.

Tener más confianza en mí misma.

Ser más autoritaria.

Hacer mejor uso del tiempo.

No salir todas las noches, sino quedarme en casa y leer libros y escuchar música clásica.

Dar una parte de mis ganancias a la beneficencia.

Ser más amable y ayudar más a los demás.

Comer más legumbres.

Levantarme por las mañanas en cuanto me despierte.

Ir al gimnasio tres veces por semana, y no sólo para comprar un bocadillo.

Colocar las fotografías en álbumes de fotos.

Grabar una serie de casetes de «música ambiental», para tener a mano toda mi música favorita/romántica/bailable/sensual/feminista, etc., montadas de tal manera que no suenen al estilo de un disc-jockey empapado de alcohol y rodeado de cintas tiradas por todas partes.

Establecer una relación positiva con un adulto responsable.

Aprender a programar el vídeo.

Enero:

un malísimo inicio

domingo 1 de enero

58,5 kg (peso post-Navidad), 14 copas (pero en realidad cubre 2 días, ya que 4 horas de la fiesta fueron en Año Nuevo), 22 cigarrillos, 5.424 calorías.

Alimentos consumidos hoy:

2 paquetes de queso Emmental en porciones

14 patatas nuevas

2 Bloody Marys (cuentan como alimento, ya que contienen salsa Worcester y tomate)

1/3 de chapatta con Brie

hojas de coriandro-1/2 paquete

12 Milk Tray (mejor deshacerme de todos los dulces navideños de golpe y partir de cero mañana)

13 canapés de cóctel, que contenían queso y piña

1 ración de pavo al curry de Una Alconbury, guisantes y plátanos

1 ración sorpresa de frambuesa de Una Alconbury hecha con biscuits de Bourbon, frambuesas en conserva, treinta y seis litros de nata montada, decorado todo con guindas y angélica.

Tarde. Londres: mi piso. Ugh. La última cosa en el mundo que me siento física, emocional o mentalmente preparada para hacer hoy es conducir hasta el Bufé de Pavo al Curry de Una y Geoffrey Alconbury. Geoffrey y Una Alconbury son los mejores amigos de mis padres y, como el tío Geoffrey no se cansa de repetir, me conocen desde que yo correteaba desnuda por el césped. Mi madre me llamó a las 8.30 de la mañana el último puente festivo de agosto y me forzó a prometer que iría. Siguió para lograrlo una ruta astutamente tortuosa.

—Oh, hola, cariño. Sólo llamaba para saber qué querías para Navidad.

—*¿Navidad?*

—¿Te gustaría una sorpresa, cariño?

—¡No! —grité—. Perdona. Quiero decir...

—Me preguntaba si te gustaría un juego de ruedas para tu maleta.

—¡Pero si yo no tengo maleta!

—¿Y por qué no te regalo una maletita *con ruedas incluidas*? ¿Sabes?, como las de las azafatas.

—Ya tengo una bolsa de viaje.

—Oh, cariño, no puedes andar por ahí con esa birriática bolsa de lona verde. Pareces una especie de Mary Poppins de capa caída. Sólo una maletita compacta con ruedas. Es increíble la cantidad de cosas que caben en su interior. ¿La quieres azul a rayas rojas o roja a rayas azules?

—Mamá, son las ocho y media de la mañana. Estamos en verano. Hace mucho calor. No quiero una maleta de azafata.

—Julie Enderby tiene una. Dice que nunca utiliza otra cosa.

—¿Quién es Julie Enderby?

—¡Tú conoces a *Julie,* cariño! Es la hija de Mavis Enderby. ¡Julie! La que tiene ese fantástico empleo en Arthur Andersen...

—Mamá...

—Siempre se la lleva en los viajes...

—No quiero una maletita con ruedecillas incorporadas.

—Déjame decirte algo. ¿Por qué no nos juntamos Jamie, papá y yo, y te compramos una maleta grande como Dios manda y un juego de ruedas?

Agotada, me alejé el teléfono del oído, incapaz de entender de dónde surgía aquel entusiasmo por regalarme una maleta en Navidad. Cuando volví a acercar el auricular, mamá estaba diciendo:

—... De hecho, puedes comprarla con un compartimiento con botellitas para tus jaboncitos y demás. La otra cosa en la que había pensado era un carrito de la compra.

—¿Hay algo que *tú* quieras para Navidad? —le dije, desesperada, parpadeando bajo la luz del sol de las vacaciones de verano.

—No, no —dijo enfadada—. Ya tengo todo lo que *yo* necesito. Bueno, cariño —dijo repentinamente entre dientes—, este año vas a venir al Bufé de Año Nuevo de Pavo al Curry de Geoffrey y Una, ¿verdad?

—Ah. De hecho, yo... —Me entró el pánico. ¿Qué podía inventar que tuviera que hacer?—... Creo que quizá tenga que trabajar el día de Año Nuevo.

—Eso no importa. Puedes venir cuando hayas acabado de trabajar. Oh, ¿te lo he dicho? Malcolm y Elaine Darcy van a venir, y llevarán a Mark. ¿Te acuerdas de Mark, cariño? Es uno de esos abogados de primera.

Montañas de dinero. Divorciado. La cena no empieza hasta las ocho.

Dios mío. No será otro fanático de la ópera, vestido de forma rara y con una mata de pelo peinada a un lado de la cabeza.

—Mamá, ya te lo he dicho. No necesito que me busques...

—Venga, cariño. ¡Una y Geoffrey hacen el Bufé de Año Nuevo desde que tú corrías desnuda por el césped! Claro que vas a ir. Y tendrás oportunidad de utilizar tu maleta nueva.

11.45 p.m. Ugh. El primer día del año ha sido horrible. Todavía no puedo creer que empiezo otra vez el año en una cama individual en casa de mis padres. Es demasiado humillante a mi edad. Me pregunto si olerán el humo si enciendo un cigarrillo asomada a la ventana. Tras pasar todo el día en casa, esperando que se me pasase la resaca, al final claudiqué y salí demasiado tarde, en dirección al Bufé de Pavo al Curry. Cuando llegué a casa de los Alconbury y apreté el timbre-que-emitía-una-cancioncilla-estilo-reloj-del-ayuntamiento, todavía me encontraba en un extraño mundo interior: nauseabundo, horrible, ácido. También sufría de un resto de furia-de-carretera, tras haber tomado sin darme cuenta la M6 en lugar de la M1, y haber tenido que recorrer la mitad del camino hacia Birmingham hasta encontrar un sitio donde poder dar la vuelta. Estaba tan furiosa que seguí golpeando el suelo con el pie encima del acelerador para dar rienda suelta a mis sentimientos, lo cual es muy peligroso. Ahora observaba resignada la silueta de Una Alconbury —fascinantemente deformada a través de la puerta de vidrio esmerilado—, acercándose hacia mí en un dos piezas fucsia.

—¡Bridget! ¡Ya casi te habíamos dado por perdida! ¡Feliz Año Nuevo! Estábamos a punto de empezar sin ti.

Supo arreglárselas para besarme, sacarme el abrigo, colgarlo en una percha, limpiar su pintalabios de mi mejilla y hacerme sentir increíblemente culpable, todo en un solo movimiento, mientras yo me apoyaba contra un estante repleto de chucherías para no caerme.

—Lo siento. Me he perdido.

—¿Perdido? ¡Jo! ¿Qué vamos a hacer contigo? ¡Pasa adentro!

Me acompañó a través de las puertas de cristal esmerilado hasta el salón, mientras gritaba:

—¿Qué os parece? ¡Se había perdido!

—¡Bridget! ¡Feliz Año Nuevo! —dijo Geoffrey Alconbury, embutido en un suéter amarillo a rombos. Dio un paso divertido a lo Bruce Forsyth y me dio el tipo de abrazo de los que atentan contra el orden público, por el que habrían de esposarlo y enviarle directamente a la jefatura de policía.

—Ahhumph —dijo, se sonrojó y se subió los pantalones hasta la cintura—, ¿Qué salida cogiste?

—La salida diecinueve, pero había un desvío...

—¡La salida diecinueve! ¡Una, salió por la salida diecinueve! Has añadido una hora a tu viaje antes de empezarlo. Ven, te daré algo que beber. ¿Y cómo va tu vida amorosa?

Oh, Dios mío. ¿Por qué no puede entender la gente casada que hace ya tiempo que no es educado hacer esta pregunta? Nosotros no nos abalanzamos sobre *ellos* y les gritamos: «¿Cómo va vuestro matrimonio?

¿Todavía practicáis sexo?» Todo el mundo sabe que tener citas a los treinta no es nada fácil, ni se consigue con la alegría y despreocupación de cuando tenías veintidós, y que la respuesta sincera se parecía más a: «En realidad, anoche mi amante casado apareció vestido con ligas y con un hermoso pequeño top de angora, me dijo que él era gay/adicto al sexo/adicto a los narcóticos/fóbico al compromiso, y me golpeó con un consolador», en lugar de: «Genial, gracias.»

Como no soy una mentirosa congénita, acabé murmurando con rostro avergonzado a Geoffrey: «Bien», y él gritó:

—¡Así que *todavía* no has conseguido un tío!

—¡Bridget! ¡Qué *vamos* a hacer contigo! —dijo Una—. ¡Chicas de carrera! ¡No sé! Eso no se puede aplazar para siempre, ¿sabes? Tic-tac-tic-tac.

—Sí. ¿Cómo se las apaña una mujer para llegar a tu edad sin estar casada? —gritó Brian Enderby (casado con Mavis, había sido presidente del Rotary Club de Kettering), mientras zarandeaba su jerez en el aire.

Por suerte mi padre me rescató.

—Estoy muy contento de verte, Bridget —dijo, cogiéndome del brazo—. Tu madre tenía a toda la policía de Northamptonshire preparada para peinar el condado con cepillos de dientes en busca de tus restos descuartizados. Ven y que todos te vean, para que yo pueda empezar a divertirme. ¿Qué tal la maleta con ruedecitas?

—Desmesuradamente grande. ¿Qué tal la maquinilla para cortar el pelo de las orejas?

—Oh, maravillosa, ¿sabes?, *cortante.*

Tampoco era espantoso, supongo. Me habría sentido un poco mal de no haber aparecido, pero Mark Darcy... Yuk. Hacía semanas que, cada vez que mi madre me llamaba, era para decirme: «Claro que recuerdas a los *Darcy,* cariño. ¡Fueron a visitarnos cuando estábamos viviendo en Buckingham, y tú y Mark jugasteis en la piscina inflable!», o: «¡Oh! ¿He mencionado que Malcolm y Elaine van a traer a Mark al Bufé de Año Nuevo de Pavo al Curry de Una? Parece ser que él acaba de regresar de América. Divorciado. Está buscando una casa en Holland Park. Al parecer lo pasó fatal con su mujer. Japonesa. Una raza muy cruel.»

Y a la siguiente llamada, por las buenas: «¿Te acuerdas de Mark Darcy, cariño? ¿El hijo de Malcolm y Elaine? Es uno de esos abogados de primera. Divorciado. Elaine dice que trabaja todo el tiempo y que está muy solo. Creo que tal vez vaya al Bufé de Año Nuevo de Pavo al Curry de Una.»

No sé por qué no lo decía sin tapujos de una vez: «Cariño, echa un polvo con Mark Darcy encima del pavo al curry, ¿vale? Es un tipo *muy* rico.»

—Ven conmigo a ver a Mark —canturreó Una Alconbury, antes incluso de que yo hubiese podido tomar un trago. Que te impongan una pareja contra tu voluntad es un hecho que provoca cierto nivel de humillación, pero que te arrastre literalmente a ello Una Alconbury, mientras una intenta superar el malestar de la resaca, observada por una habitación llena de amigos de tus padres, eso eleva la humillación a nivel de catástrofe.

El rico, divorciado-de-esposa-cruel, Mark —bastante alto— estaba de pie de espaldas a la gente, escrutando el contenido de la librería de los Alconbury: principalmente colecciones sobre el Tercer Reich encuadernadas en cuero, que Geoffrey encarga al *Reader's Digest.* Me pareció bastante ridículo llamarse míster

Darcy como el de *Orgullo y prejuicio,* y permanecer a solas con aires de superioridad en una fiesta. Como llamarse Heathcliff el de *Cumbres borrascosas* e insistir en pasar toda la noche en el jardín, gritando «Cathy» y golpeándose la cabeza contra un árbol

—¡Mark! —dijo Una, como si fuese una de las hadas de Santa Claus—. Tengo alguien a quien te gustará conocer.

Él se dio la vuelta, revelando así que lo que de espaldas parecía un inofensivo suéter azul marino era en realidad un cuello en V a cuadros en tonos amarillos y azules; el favorito de los locutores deportivos más maduros del país. Como suele decir mi amigo Tom, es alucinante la cantidad de tiempo y dinero que se pueden ahorrar en el mundo de las citas fijándose en los detalles. Un calcetín blanco por aquí, unos tirantes rojos por allá, un mocasín gris, una esvástica, suele ser todo lo que uno necesita para saber que no hace falta anotar el número de teléfono ni derrochar el dinero en restaurantes caros, porque no va a funcionar.

—Mark, ésta es Bridget, la hija de Colin y Pam —dijo Una, con excitación y sonrojándose—. Bridget trabaja en el mundo editorial, ¿verdad, Bridget?

—Es cierto —dije por alguna razón, como si participase en un programa telefónico de Radio Capital y a punto de preguntarle a Una si podía «saludar» a mis amigos Jude, Sharon y Tom, a mi hermano Jamie, a todos los de la oficina, a mi mamá y a mi papá, y, por último, a todo el personal del Bufé de Pavo al Curry.

—Bueno, os dejo a los jóvenes a solas —dijo Una—. Supongo que debéis estar hartos de viejos carrozas.

—En absoluto —dijo Mark Darcy torpemente, en un intento frustrado de sonreír, ante el cual Una, tras haber puesto los ojos en blanco, colocándose una mano en el pecho y emitiendo una risita alegre y risueña, nos dejó con un movimiento brusco de cabeza en un silencio odioso.

—Yo. Hum. ¿Estás leyendo algún, ah...? ¿Has leído algún buen libro últimamente? —me dijo él.

Oh, Dios mío.

Intenté pensar cuándo fue la última vez que había leído un libro decente. El problema de trabajar en una editorial es que leer en tu tiempo libre es un poco como si fueras basurero y esnifaras por la noche el cubo de los desperdicios. Estoy a la mitad de *Los hombres proceden de Marte, las mujeres proceden de Venus,* me lo prestó Jude, pero no creí que Mark Darcy, aunque fuese un tipo raro, estuviese dispuesto a aceptarse como un marciano. Entonces vi la luz.

—*Reacción violenta*, de Susan Faludi —dije triunfal.

¡Ja!No es que lo haya leído exactamente, pero me siento como si lo hubiese hecho, porque Sharon ha hablado apasionadamente de él. De todas formas, era una opción absolutamente segura, porque era imposible que un santito-con-suéter-a-cuadros hubiese leído un tratado feminista de quinientas páginas.

—Ah, ¿de verdad? —me dijo—. Lo leí en cuanto salió. ¿No crees que contiene demasiadas reivindicaciones?

—Oh, bueno, no demasiadas... —dije desatinadamente, mientras buscaba en mi cerebro una forma de cambiar de tema—. ¿Has estado con tus padres en Año Nuevo?

—Sí —contestó con entusiasmo—. ¿Tú también?

—Sí. No. Anoche estuve en una fiesta en Londres. Todavía estoy un poco resacosa —farfullé animosa, para que Una y mamá no pensasen que yo era tan inútil con los hombres que ni tan siquiera era capaz de sostener con Mark Darcy una conversación—. Mira, yo creo que no se puede esperar que los propósitos de Año Nuevo empiecen técnicamente el día de Año Nuevo, ¿no crees? Porque, al ser una prolongación de Noche Vieja, los fumadores ya están en su papel de fumadores y no se puede esperar que paren de golpe al dar las doce, con tanta nicotina en su organismo. Tampoco es buena idea hacer régimen el día de Año Nuevo, ya que no puedes comer racionalmente, pues necesitas libertad total para consumir todo lo que necesitas, minuto a minuto, a fin de aliviar tu resaca. Creo que sería mucho más sensato que los propósitos empezasen el dos de enero.

—Quizá deberías comer algo —dijo, y salió corriendo hacia el bufé, dejándome sola, de pie, junto a las estanterías, mientras todo el mundo me miraba y pensaba: «Así que ésta es la razón por la cual Bridget no está casada. Ahuyenta a los hombres.»

Lo peor fue que Una Alconbury y mamá no dejaron las cosas así. Me hicieron andar arriba y abajo con bandejas de pepinillos y vasos de licor de cereza, en un desesperado intento para que me volviese a cruzar en la trayectoria de Mark Darcy. Al final, se sentían tan desesperadamente frustradas que, en cuanto yo me aparté cuatro pasos de él con los pepinillos, Una atravesó la sala corriendo como Will Carling y dijo: «Mark, tienes que apuntarte el teléfono de Bridget antes de irte, así podréis estar en contacto en Londres.»

No pude evitar ponerme como un tomate. Pude sentir cómo me subían los colores por el cuello. Ahora Mark pensaría que le había pedido a Una que dijera aquella majadería.

—Estoy seguro de que la vida de Bridget en Londres ya debe ser muy atribulada, señora Alconbury —dijo él.

Humph. No es que yo quisiera que Mark tuviese mi número de teléfono o algo parecido, pero tampoco quería que dejara perfectamente claro ante todo el mundo que no lo quería. Al bajar la mirada, observé que llevaba calcetines blancos con abejorros amarillos.

—¿Puedo ofrecerte un pepinillo? —le dije, para mostrar que había tenido una razón real para acercarme, más basada en los pepinillos que en el número de teléfono.

—Gracias, no —contestó, mirándome inquieto.

—¿Seguro? ¿Una aceituna rellena? —insistí.

—No, de verdad.

—¿Un aro de cebolla? —le animé—. ¿Un dado de remolacha?

—Gracias —dijo desesperado, y cogió una aceituna.

—Espero que te guste —dije triunfante.

Hacia el final de la fiesta, le vi sermoneado por su madre y por Una, que lo empujaron hacia mí y se quedaron justo detrás, mientras él decía envarado:

—¿Tienes que conducir de regreso a Londres? Yo me quedo aquí, pero puedo ofrecerte mi coche para acompañarte.

—¡Vaya! ¿Es que tu coche se conduce solo?

Él parpadeó.

—Mark tiene un coche de la empresa y un chófer, tonta —dijo Una.

—Gracias, muy amable —le dije—. Pero creo que regresaré por mis propios medios por la mañana.

2 a.m. Oh, ¿por qué soy tan poco atractiva? ¿Por qué? Incluso un hombre que lleva calcetines con abejorros me encuentra horrible. Odio el Año Nuevo. Odio a todo el mundo. Menos a Daniel Cleaver. De todas formas, me queda una tableta de chocolate con leche tamaño gigante, que sobró de Navidad, en el tocador y también un botellín miniatura de gin tonic. Voy a consumirlo todo y a quedarme hecha polvo.

martes 3 de enero

58,95 kg (terrible desliz hacia la obesidad, ¿por qué? ¿por qué?), 6 copas (excelente), 23 cigarrillos (muy bien), 2.472 calorías.

9 a.m. Uf. No puedo ni pensar en ir al trabajo. Lo único que lo hace tolerable es pensar que voy a volver a ver a Daniel, pero incluso eso es poco aconsejable, porque estoy gorda, tengo un grano en la barbilla, y sólo me apetece sentarme en los cojines y comer chocolate mientras veo en televisión los especiales de Navidad. No está bien y es injusto que se nos fuerce contra nuestra voluntad al ajetreo de la Navidad, con sus retos financieros y emocionales estresantes y difíciles de controlar, y que después, cuando estamos empezando a meternos en el rollo, nos la quiten de las manos. Estaba empezando a disfrutar realmente de la sensación de que todo quedaba en suspenso y de que estaba bien gandulear en la cama todo el tiempo que quisiese, meterme todo lo que me apeteciese en la boca y beber alcohol cuando me viniese en gana, incluso por las mañanas. Ahora, de repente, se supone que todos debemos volver a la autodisciplina, como perritos amaestrados.

10 p.m. Uf. Perpetua, algo mayor que yo y convencida por tanto de que es responsable de mí, no ha podido estar más detestable y mandona, hablando sin parar y hasta aburrirme de la última propiedad de medio millón de libras que está planeando comprar con su novio rico-pero-demasiado-afectado, Hugo. «Sí, sí, bueno, está orientada al norte, pero han hecho algo terriblemente inteligente con la luz.»

La miré con atención, su trasero grande y protuberante envuelto en una apretada falda roja, con un extraño chaleco tres cuartos a rayas atado a la cintura. Menuda bendición haber nacido con tal arrogancia de niña bien. Perpetua podría ser del tamaño de un Renault Espace y no reparar en ello. ¿Cuántas horas, meses, años, he pasado preocupada por el peso, mientras Perpetua buscaba felizmente lámparas con soportes de gatos de porcelana por Fulham Road? De todas formas, está desaprovechando una fuente de felicidad. Está probado por las encuestas que la felicidad no la da el amor, la riqueza o el poder, sino la búsqueda de metas inalcanzables: ¿y qué es una dieta si no es esto?

De camino a casa, como protesta al-final-de-la-Navidad, compré un paquete rebajado de adornos de chocolate para el árbol, por 3 libras y 69 peniques, y una botella de vino espumoso de Noruega, Pakistán o algún sitio parecido. Los engullí a la luz del árbol de Navidad, junto a un par de pastelillos de frutos secos, los últimos restos de la tarta de Navidad y un poco de queso Stilton, mientras miraba la serie *Vecinos*, imaginando que era un programa especial de Navidad.

Ahora, sin embargo, me siento avergonzada y repulsiva. De hecho, puedo sentir la grasa inundando mi cuerpo. No importa. A veces tienes que hundirte en el nadir de un envoltorio de grasa tóxica para poder resurgir, como el fénix, de los residuos químicos, con la figura purificada y hermosa de una Michelle Pfeiffer. Mañana empezará una cura de salud espartana y un régimen de belleza.

Mmmm. Daniel Cleaver, claro. Me encanta su aire malvado y disoluto, al tiempo que exitoso e inteligente. Hoy estaba muy divertido, contándole a todo el mundo que su tía pensaba que el soporte de papel de cocina hecho de ónice que su madre le había regalado para Navidad era un modelo de pene. Realmente lo explicaba con mucha gracia. También me ha preguntado, coqueteando, si me habían regalado algo bonito por Navidad. Quizá mañana me ponga la minifalda negra.

miércoles 4 de enero

59,4 kg (estado de emergencia, como si la grasa se hubiera almacenado en cápsulas durante la Navidad y ahora se liberara poco a poco debajo de la piel), 5 copas (mejor), 20 cigarrillos, 700 calorías (muy bien).

4 p.m. Oficina. Estado de emergencia. Jude acaba de llamar hecha un mar de lágrimas desde su teléfono móvil, y al final ha conseguido explicar, con voz de corderito, que acababa de tener que salir de la reunión de la junta directiva (Jude es directora de contratación en Brightlings), porque estaba a punto de echarse a llorar, y que ahora estaba encerrada en el lavabo de señoras, con los ojos a lo Alice Cooper y sin su neceser de maquillaje. Su novio, Richard el Malvado (autoindulgente con su fobia al compromiso), al que ha estado viendo ahora sí, ahora no durante dieciocho meses, la ha dejado, por haberle preguntado si quería ir de vacaciones con ella. Típico, pero Jude, claro está, se echaba todas las culpas.

—Soy codependiente. Pedí demasiado, para satisfacer mi propia avaricia y no para satisfacer mis necesidades. Oh, ¡si pudiese hacer retroceder el reloj!

He telefoneado inmediatamente a Sharon, y hemos organizado una cumbre de emergencia a las 6.30 en el Café Rouge. Espero poder salir sin que la maldita Perpetua me monte un numerito.

11 p.m. Tarde desapacible. Sharon no tardó ni un segundo en exponer su teoría acerca de la situación de Richard: «Sexo sin compromiso emocional», que se está extendiendo como un fuego descontrolado entre los hombres de más de treinta años. Cuando las mujeres se deslizan de los veinte a los treinta, argumenta Shazzer, el equilibrio de poder cambia ligeramente. Incluso las vampiresas más descaradas pierden su vigor, al luchar con las primeras punzadas de la angustia existencial: temor a morir sola y ser encontrada tres semanas más tarde medio devorada por un pastor alemán. Las ideas estereotipadas de compartimientos, engranajes y chatarra sexual, conspiran para hacerte sentir estúpida, sin importar cuánto tiempo pases pensando en Joanna Lumley y Susan Sarandon.

—Y los hombres como Richard —prosiguió Sharon enfurecida— juegan con el punto débil del ser humano para evitar el compromiso, la madurez, el honor y la progresión natural de las cosas entre un hombre y una mujer.

En este punto, Jude y yo susurrábamos «Shhh, shhh», con mucha discreción e íbamos hundiéndonos en nuestros abrigos. A fin de cuentas, no hay nada tan poco atractivo para un hombre como el feminismo radical.

—¿Cómo puede atreverse a decirte que estás yendo demasiado en serio porque le has preguntado si podías ir de vacaciones con él? —gritó Sharon—. ¿De qué está *hablando*?

Pensando distraídamente en Daniel Cleaver, aventuré que no todos los hombres son como Richard. Momento en el que Sharon empezó una larga lista ilustrativa de sexo sin compromiso emocional entre nuestras amigas: una cuyo novio de hace tres años se niega incluso a hablar de vivir juntos; otra que salió con un hombre cuatro veces y éste la plantó porque la cosa se estaba poniendo demasiado seria; otra que se vio perseguida por un tío durante tres meses con apasionadas propuestas de matrimonio, para ver cómo se escabullía tres semanas después de que ella sucumbiese, para repetir el mismo proceso con su mejor amiga.

—Las mujeres como nosotras sólo somos vulnerables porque pertenecemos a una generación pionera que se atreve a no comprometerse en el amor y a confiar en su propia autonomía económica. Dentro de veinte años, los hombres ni siquiera se atreverán a empezar con sexo sin compromiso, porque nosotras *nos reiremos delante de sus narices* —bramó Sharon.

En aquel momento Alex Walker, que trabaja en la

compañía de Sharon, entró con una rubia despampanante, unas ocho veces más atractiva que él, y se acercó lentamente a nosotras para saludarnos.

—¿Es tu nueva novia? —preguntó Sharon.

—Bueno. Hum. Ya sabes, ella cree que lo es, pero no salimos, sólo nos acostamos juntos. Debería acabar con esto, pero, bueno... —dijo, con aire de suficiencia.

—Oh, ¡vaya montón de basura, gilipollas cobarde y disfuncional! Vale. Voy a hablar con esa mujer —dijo Sharon, levantándose.

Jude y yo la contuvimos por la fuerza, mientras Alex, presa del pánico, se alejaba corriendo, para continuar libre de tropiezos con su sexo sin compromiso.

Al final las tres preparamos una estrategia para Jude. Tiene que dejar de obsesionarse con lo de *Mujeres que aman demasiado* y, en cambio, pensar más en plan *Los hombres proceden de Marte, las mujeres proceden de Venus*, lo cual la ayudará a ver el comportamiento de Richard menos como un signo de que ella es dependiente y está amando demasiado, y más como si él fuese una goma elástica marciana que necesita alejarse para poder regresar.

—Sí, pero ¿eso qué quiere decir, le llamo o no le llamo? —dijo Jude.

—No —dijo Sharon, en el mismo instante que yo estaba diciendo «Sí».

Cuando Jude se hubo ido —porque se tiene que levantar a las 5.45 para ir al gimnasio y ver a su asesor de imagen personal antes de empezar a trabajar a las 8.30 (de locos)—, Sharon y yo sentimos de repente remordimientos y nos odiamos por no haberle dicho a Jude que se deshiciese de Richard el Malvado, porque es de verdad malvado. Pero, como sugirió Sharon, la última vez que hicimos esto ellos volvieron a juntarse y ella, en un ataque de confesión reconciliadora, le contó todo lo que nosotras habíamos dicho y ahora es terriblemente embarazoso cada vez que le vemos, y él cree que somos las Putas Reinas del Infierno; lo cual, como puntualiza Jude, es un malentendido porque, pese a que ya hemos descubierto a la puta que llevamos dentro, todavía no la hemos liberado.

jueves 5 de enero

58,5 kg (excelente progreso, casi un kilo de grasa quemado de forma espontánea por la felicidad y las buenas perspectivas sexuales), 6 copas (muy bien para una fiesta), 12 cigarrillos (sigo haciendo un buen trabajo), 1.258 calorías (el amor ha erradicado la necesidad de ponerse morada).

11 a.m. Oficina. Oh, Dios mío. Daniel Cleaver acaba de enviarme un mensaje. Estaba intentando trabajar en mi currículo sin que Perpetua se diese cuenta (como preparación para mejorar mi profesión) cuando apareció de repente en el extremo superior de la pantalla MENSAJE PENDIENTE. Alegre por, bueno, por cualquier cosa —como siempre lo estoy si no se trata de trabajo— apreté rápidamente RMS EJECUTAR y casi me da un soponcio al ver CLEAVE al final del mensaje. Inmediatamente pensé que había sido capaz de entrar en mi ordenador y darse cuenta de que no estaba llevando a cabo mi trabajo. Pero entonces leí el mensaje:

MENSAJE A JONES

PARECE SER QUE HAS OLVIDADO LA FALDA. COMO CREO ESTÁ PERFECTAMENTE CLARO EN TU CONTRATO LABORAL, LOS EMPLEADOS DEBEN VESTIR EN TODO MOMENTO CORRECTAMENTE.

CLEAVE

¡¡Ahh!! Indudablemente insinuante. Reflexioné unos momentos, mientras fingía estudiar el manuscrito increíblemente aburrido de un lunático. Nunca antes le había enviado un mensaje a Daniel Cleaver, pero lo realmente brillante del sistema de mensajes es que puedes mostrarte bastante atrevida e informal, incluso con tu jefe. También puedes pasarte años practicando. Esto es lo que envié.

MENSAJE A CLEAVE

SEÑOR, EL MENSAJE ME HA DEJADO CONSTERNADA. MIENTRAS MI FALDA PODRÍA SER RAZONABLEMENTE CATALOGADA COMO ALGO UN POCO ESCASO (EL AHORRO HA SIDO SIEMPRE NUESTRO LEMA EN LA EDITORIAL), CONSIDERO UNA GRAN TERGIVERSACION DESCRIBIR LA SUSODICHA FALDA COMO AUSENTE, Y ESTOY CONSIDERANDO CONTACTAR CON EL SINDICATO.

JONES

¿Esperé la respuesta en un frenético estado de excitación? Seguro. Enseguida la pantalla parpadeó MENSAJE PENDIENTE. Apreté RMS:

QUIEN HAYA COGIDO SIN PENSAR EL TEXTO EDITADO DE **LA MOTOCICLETA DE KAFKA** DE ENCIMA DE MI MESA. **POR FAVOR** TENGA LA DECENCIA DE DEVOLVERLO DE INMEDIATO.

DIANE

Aargh. Después de esto: nada de nada.

Más tarde. Dios mío. Daniel no ha contestado. Debe de estar furioso. Quizá lo de la falda iba en serio. Oh, Dios mío, Dios mío. He sido seducida por el carácter informal de enviar mensajes y he acabado mostrándome impertinente con el jefe.

12.10. Quizá todavía no lo haya recibido. ¡Si pudiese recuperar el mensaje! Creo que voy a dar una vuelta y ver si puedo encontrar alguna manera de entrar en el despacho de Daniel y borrarlo.

12.15. Ja. Todo explicado. Él está con Simon en una reunión de marketing. Me ha mirado al pasar. Ahá. Ahahahaha. MENSAJE PENDIENTE:

MENSAJE A JONES

SI PASAR POR DELANTE DEL DESPACHO ERA UN INTENTO PARA DEMOSTRAR LA PRESENCIA DE LA FALDA, SÓLO PUEDO DECIR QUE HA SIDO UN ESTREPITOSO FRACASO. NO CABE DUDA DE QUE LA FALDA ESTÁ INDISCUTIBLEMENTE AUSENTE. ¿SE HABRÁ PUESTO ENFERMA?

Al instante volvió a parpadear MENSAJE PENDIENTE:

MENSAJE A JONES

SI LA FALDA ESTÁ REALMENTE ENFERMA, MIRA POR FAVOR CUÁNTOS DÍAS SE HA TOMADO LIBRES POR MOTIVOS DE ENFERMEDAD EN LOS ÚLTIMOS DOCE MESES. LA NATURALEZA ESPASMÓDICA DE LA ASISTENCIA DE LA FALDA INDUCE A PENSAR EN BAJAS INJUSTIFICADAS.

CLEAVE

Le contesté:

MENSAJE A CLEAVE

LA FALDA NO ESTÁ NI ENFERMA NI AUSENTE Y SE PUEDE DEMOSTRAR. ESTOY CONSTERNADA POR LA ACTITUD DESCARADAMENTE PENDIENTE DE LAS TALLAS DE LA FALDA QUE MUESTRA LA DIRECCIÓN. EL OBSESIVO INTERES POR LA FALDA SUGIERE QUE NO ES LA FALDA QUIEN ESTÁ ENFERMA SINO MÁS BIEN LA DIRECCIÓN.

JONES

Mmm. Creo que eliminaré la última parte, ya que contiene una leve acusación de acoso sexual, y a mí me gustaría muchísimo ser acosada sexualmente por Daniel Cleaver.

Aaargh. Perpetua acaba de pasar por aquí y ha empezado a leer por encima de mi hombro. Conseguí apretar PANTALLA PRINCIPAL justo a tiempo: gran error, ya que simplemente volví a hacer aparecer el currículo en la pantalla.

—Cuando hayas acabado de leer, házmelo saber, ¿vale? —dijo Perpetua con una sonrisita—. Odiaría sentir que estás siendo *infrautilizada.*

En cuanto se fue y se puso a hablar por teléfono («Quiero decir, francamente, Sr. Birkett, ¿qué sentido *tiene* poner que hay tres o cuatro dormitorios, cuando va a ser obvio cuando vayamos a ver la casa que el cuarto dormitorio es un armario?») volví a la tarea. Esto es lo que estoy a punto de enviar.

MENSAJE A CLEAVE

LA ENFERMEDAD O LA AUBSENCIA DE LA FALDA SON INDEMOSTRABLES. ESTOY CONSTERNADA POR LA ACTITUD DESXCARADAMENTE PENDIENTE DE LA TALLA DE LA FALDA QUE MUESTRA LA DIRECCIÓN. SE ESTÁ CONSIDERANDO UNA APELACIÓN A MAGISTRATURA LABORAL, PRENSA SENSACIONALISTA, ETC.

JONES

Oh, querida. Éste fue el mensaje de respuesta.

MENSAJE A JONES

AUSENCIA, JONES, NO AUBSENCIA. DESCARADAMENTE, NO DESXCARADAMENTE. POR FAVOR, COMO MÍNIMO INTENTA ADQUIRIR CONOCIMIENTOS SUPERFICIALES DE ORTOGRAFÍA. AUNQUE NO ESTOY NI MUCHO MENOS SUGIRIENDO QUE EL LENGUAJE SEA FIJO EN LUGAR DE UNA HERRAMIENTA DE COMUNICACION QUE SE ADAPTA Y FLUCTÚA CONSTANTEMENTE (CF. HOENIGSWALD), EL CORRECTOR DE ORTOGRAFÍA DEL ORDENADOR PUEDE SERVIR DE AYUDA.

CLEAVE

Justo cuando me sentía alicaída, Daniel pasó por delante con Simon de marketing, levantó una ceja y lanzó una mirada muy sexy a mi falda. Adoro el adorable sistema de mensajes del ordenador. Aunque debo trabajar la ortografía. Después de todo, tengo una licenciatura en Filología.

viernes 6 de enero

4.45 p.m. No podía estar más contenta. El intercambio de mensajes por ordenador (asunto: presencia o no de falda) prosiguió de forma obsesiva toda la tarde. No puedo creer que el respetable jefe no trabajara en todo el día. Extraña situación con Perpetua (mi superior inmediato), pues sabía que yo estaba enviando mensajes y esto la enojaba, pero el hecho de que yo estuviera intercambiando mensajes con el jefe supremo le creaba un conflicto de lealtad: campo de juego claramente irregular, donde cualquiera con una pizca de sentido común sabría que es el jefe supremo quien tiene prioridad.

Último mensaje leído:

MENSAJE A JONES

ME GUSTARÍA ENVIAR UN RAMO ESTE FIN DE SEMANA A LA FALDA ENFERMA. POR FAVOR, PROPORCIONA DIRECCIÓN DE CONTACTO LO ANTES POSIBLE, YA QUE, POR RAZONES OBVIAS, NO ME BASTA SÓLO CON «JONES» PARA BUSCAR EN EL ARCHIVO.

CLEAVE

¡Síííííí! ¡Síííííí! Daniel Cleaver quiere mi número de teléfono. Soy maravillosa. Soy la Irresistible Diosa del Sexo. ¡Hurra!

domingo 8 de enero

58,05 kg (jodidamente bien, pero ¿para qué?), 2 copas (excelente), 7 cigarrillos, 3.100 calorías (fatal).

2 p.m. Dios mío, ¿por qué soy tan poco atractiva? No puedo creer que me convenciese a mí misma de que estaba dejando todo el fin de semana libre para trabajar, cuando en realidad estaba en alerta permanente de cita-con-Daniel. Fue horrible, me pasé dos días mirando el teléfono como una psicópata, y sin dejar de comer. ¿Por qué no ha llamado? ¿Por qué? ¿Cuál es mi problema? ¿Por qué pedirme el número de teléfono si no iba a llamarme, pues, caso de hacerlo, lo habría hecho durante el fin de semana? Tengo que centrarme más. Le pediré a Jude un libro de autoayuda, posiblemente basado en la religión oriental.

8 p.m. Alarma, llamada de teléfono. Sólo era Tom, preguntando si había algún progreso telefónico. Tom, que ha decidido, en términos poco halagüeños, llamarse a sí mismo vieja bruja, me ha apoyado cariñosamente en la crisis de Daniel. Tom tiene una teoría según la cual los homosexuales y las mujeres solteras de treinta años tienen una vinculación natural: ambos están habituados a decepcionar a sus padres y a ser tratados como bichos raros por la sociedad. Él me consoló mientras yo le explicaba mis obsesivas crisis acerca de mi falta de atractivo, precipitadas, según le dije, primero por el maldito Mark Darcy y después por el maldito Daniel, momento en el cual exclamó, y debo decir que no fue de demasiada ayuda: «¿Mark Darcy? Pero ¿no se tratará del famoso abogado, el defensor de los derechos humanos?»

Hmmm. Bueno, da igual. ¿Y qué hay de mi derecho humano a no tener que andar por ahí con aterradores traumas de falta de atractivo?

11 p.m. Ya es demasiado tarde para que llame Daniel. Muy triste y traumatizada.

lunes 9 de enero

58,05 kg, 4 copas, 29 cigarrillos, 770 calorías (muy bien, pero ¿a qué precio?).

Día de pesadilla en la oficina. Estuve mirando la puerta toda la mañana, a la espera de ver aparecer a Daniel: nada. A las 11.45 a.m. estaba seriamente preocupada. ¿Debería conectar la alarma?

Entonces, de repente. Perpetua gritó al teléfono: «¿Daniel? Se ha ido a una reunión en Croydon. Estará aquí mañana.» Colgó el teléfono con un golpe y dijo: «Dios, todas estas malditas chicas llamándole.»

Presa del pánico, cogí el Silk Cut. ¿Qué chicas? ¿Qué? De un modo u otro logré pasar el día, llegué a mi casa y, en un momento de locura, dejé un mensaje en el contestador de Daniel, diciendo (oh, no, no puedo creer que hiciese eso): «Hola, soy Jones. Sólo me preguntaba cómo estabas y si querías un encuentro cumbre para la salud de la falda, como dijiste.»

En cuanto hube colgado el teléfono, me di cuenta de que aquello era una emergencia y llamé a Tom, que me dijo tranquilamente que lo dejase en sus manos: llamaría varias veces al contestador, hasta encontrar el código que le permitiera reproducir y borrar el mensaje. Incluso llegó a pensar que lo había conseguido, pero entonces, por desgracia, Daniel contestó al teléfono. Y, en lugar de decir «lo siento, me he equivocado de número», Tom colgó. Así que ahora Daniel no sólo tiene el disparatado mensaje, sino que creerá que soy yo quien ha llamado a su contestador catorce veces esta tarde y, al oír su voz, he colgado el teléfono de golpe.

martes 10 de enero

57,6 kg, 2 copas, 0 cigarrillos, 998 calorías (excelente, muy bien, parezco una santa).

Entré sigilosamente en la oficina, traumatizada por la vergüenza de lo del mensaje. Había decidido distanciarme totalmente de Daniel, pero apareció él con un aspecto disparatadamente sexy, hizo reír a todo el mundo, y me desmoroné.

De repente, parpadeó MENSAJE PENDIENTE en la parte superior de la pantalla de mi ordenador.

MENSAJE A JONES
GRACIAS POR TU LLAMADA DE TELÉFONO.

CLEAVE

El corazón me dio un vuelco. Aquella llamada era una proposición de cita. Uno no contesta «gracias» y lo deja en el aire, a no ser que... pero, tras pensarlo un poco, le contesté:

MENSAJE A CLEAVE

POR FAVOR, CÁLLATE. ESTOY MUY OCUPADA Y ES IMPORTANTE.

JONES

Y, en unos pocos minutos más, contestó:

MENSAJE A JONES

SIENTO INTERRUMPIR, JONES, LA PRESIÓN DEBE DE SER DE MIL DEMONIOS.

CAMBIO Y CORTO.

PD. ME GUSTAN TUS TETAS CON ESE TOP.

CLEAVE

...Y así empezamos. Los frenéticos mensajes continuaron toda la semana, y culminaron con el suyo proponiendo una cita para el domingo por la noche y con el mío aceptando eufórica y medio mareada. A veces echo un vistazo por la oficina mientras todos tecleamos y me pregunto si alguien está de veras trabajando.

(¿Son imaginaciones mías, o es extraña una noche de domingo para una primera cita? Da mala espina, como el sábado por la mañana o el lunes a las 2 p.m.)

domingo 15 de enero

57,15 kg (excelente), 0 copas, 29 cigarrillos (muy, muy mal, sobre todo en 2 horas), 3.879 calorías (repulsivo), 942 pensamientos negativos (aprox. a una media de uno por minuto), 127 minutos malgastados contando pensamientos negativos (aprox.).

6 p.m. Absolutamente exhausta debido a la preparación de la cita. Ser mujer es peor que ser granjero; hay tanta recolección y fumigación de cultivos: depilar las piernas con cera, afeitar las axilas, depilar las cejas, frotar los pies con piedra pómez, exfoliar e hidratar la piel, limpiar las manchas, teñir las raíces, pintar las pestañas, limar las uñas, masajear la celulitis, ejercitar los músculos del estómago. Todo este conjunto de actividades resulta tan perentorio que con sólo olvidarlas unos cuantos días todo se marchita. A veces me pregunto cómo sería volver a la naturaleza: con barba y con un bigote estilo Dalí, con las cejas de Dennis Healey, un cementerio de células cutáneas muertas en la cara, granos en erupción, uñas largas y enroscadas como Struwelpeter, ciega como un murciélago o como una vieja decrépita al no disponer de lentes de contacto, cuerpo fofo relleno de grasa bailando a tu alrededor. Uf, uf. ¿Es sorprendente que las mujeres no tengan confianza en sí mismas?

7 p.m. No puedo creer que esto haya ocurrido. De camino al cuarto de baño, para completar los últimos retoques agrícolas, vi que la luz del contestador parpadeaba: Daniel.

«Mira, Jones. Lo siento mucho. Creo que voy a tener que perderme lo de esta noche. Tengo una presentación a las diez de la mañana y una montaña de cuarenta y cinco balances para revisar.»

No lo puedo creer. Me han dejado plantada. Los esfuerzos y la energía hidroeléctrica generada por mi cuerpo en un día entero malgastados. De todos modos, no se debe vivir la vida a través de los hombres, sino que hay que ser una mujer completa y autosuficiente.

9 p.m. Sin embargo, tiene un cargo de mucho trabajo. Quizá no ha querido estropear la primera cita con un subyacente estado de pánico a causa del trabajo.

11 p.m. Hum. Qué demonios, podría haber vuelto a llamar. Seguramente ha salido con otra más delgada.

5 a.m. ¿Cuál es mi problema? Estoy completamente sola. Odio a Daniel Cleaver. No voy a tener más contacto con él. Me voy a pesar.

lunes 16 de enero

58,05 kg (¿de dónde? ¿por qué? ¿por qué?), 0 copas, 20 cigarrillos, 1.500 calorías, 0 pensamientos negativos.

10.30 a.m. Oficina. Daniel sigue encerrado en su reunión. Quizá *era* una excusa de verdad.

1 p.m. Acabo de ver a Daniel saliendo para ir a comer. No me ha enviado un mensaje ni nada. Muy deprimida. Ir de tiendas.

11.50 p.m. Acabo de cenar en el quinto piso de Harvey Nichols con Tom, que estaba obsesionado con un «director de cine freelance», que me pareció pretencioso, llamado Jerome. Le lloriqueé por lo de Daniel, que se había pasado toda la tarde en reuniones y sólo se las había apañado para decir: «Hola, Jones, ¿cómo está la falda?» a las 4.30. Tom me dijo que no me pusiese paranoica, que le diese tiempo, pero pude ver que él no estaba demasiado atento y que lo único que quería era hablar de Jerome, como si estuviese obsesionado por una fijación sexual.

martes 24 de enero

Día celestial. A las 5.30, como un regalo divino, Daniel ha aparecido en el despacho, se ha sentado en el extremo de mi mesa, dándole la espalda a Perpetua, ha sacado su diario y ha murmurado: «¿Cómo lo tienes para el viernes?»

¡Síííííí! ¡Síííííí!

viernes 27 de enero

58,5 kg (pero atiborrada de comida genovesa), 8 copas, 400 cigarrillos (eso parece), 875 calorías.

Huh. Tuve una cita de ensueño en un pequeño e *íntimo* restaurante genovés, cerca del piso de Daniel.

—Hum... vale. Cogeré un taxi —solté con torpeza, cuando estuvimos en la calle, después de la cena.

Entonces él me apartó un mechón de la frente, me

cogió la cabeza entre las manos y me besó, con urgencia, con desesperación. Un momento después me estrechaba contra sí y susurraba con voz ronca:

—No creo que vayas a necesitar ese taxi, Jones.

En cuanto entramos en el piso, nos precipitamos el uno sobre el otro como animales: zapatos y chaquetas desparramados por la habitación.

—Creo que esta falda tiene muy mal aspecto —murmuró—. Me parece que debería tumbarse en el suelo. —Y, al tiempo que empezaba a abrir la cremallera, murmuró—: Esto es sólo un poco de diversión, ¿vale? No creo que tengamos que empezar una relación.

Entonces, hecha la advertencia, siguió con la cremallera. De no haber sido por Sharon y el sexo sin compromiso y el hecho de que yo había bebido la mayor parte de la botella de vino, creo que habría caído rendida en sus brazos. Pero, estando como estaba, me puse en pie y me volví a abrochar la falda.

—Esto es una mierda —dije arrastrando las palabras—. ¿Cómo te atreves a ser tan descaradamente coqueto, tan cobarde y tan torpe? Yo no estoy interesada en el sexo sin compromiso emocional. Adiós.

Fue genial. Deberíais haber visto su cara. Pero ahora estoy en casa y me hundo en la melancolía. Puede que yo tuviese razón, pero mi recompensa, lo sé, será acabar sola, medio devorada por un pastor alemán.

Febrero:

masacre del día de San Valentín

miércoles 1 de febrero

57,15 kg, 9 copas, 28 cigarrillos (pero voy a dejarlo en la Cuaresma, de modo que voy a convertirme en humo en una frenética carrera de fumadora), 3.826 calorías.

Me pasé el fin de semana luchando por mantenerme desdeñosamente optimista tras la debacle del sexo sin compromiso de Daniel. Seguí pronunciando las palabras «autoestima» y «huh», una y otra vez hasta el mareo, en un intento de no dejar escapar «pero le quieeero». Lo del tabaco fue fatal Al parecer hay un personaje de Martin Amis que sufre una adicción tan fuerte que acaba deseando un cigarrillo incluso cuando está fumando otro. Ésa soy yo. Me fue bien llamar a Sharon para alardear de ser la señora de las bragas de hierro, pero, cuando llamé a Tom, él lo vio todo claro y dijo: «Oh, mi pobre cariñito», lo cual me hizo enmudecer, mientras intentaba no ahogarme en lágrimas autocompasivas.

—Mira —me advirtió Tom—. Ahora estará muriéndose de ganas. Muriéndose de ganas.

—No, no es verdad —dije con tristeza—. La he cagado.

El domingo fui a atiborrarme con una abundante y grasienta comida en casa de mis padres. Mamá, que acababa de llegar de una semana en Albufeira con Una Alconbury y con Audrey, la mujer de Nigel Coles, estaba de un naranja brillante y más aferrada a sus ideas que nunca.

Mamá había ido a la iglesia y de repente se dio cuenta, en un flash del tipo San-Pablo-camino-de-Damasco, de que el vicario era gay.

—Sólo es pereza, cariño —fue su punto de vista en lo referente a la homosexualidad—. Simplemente no se toman la molestia de relacionarse con el sexo opuesto. Mira a tu Tom. De verdad creo que, si este chico tuviese algo de sentido común, estaría como Dios manda, en lugar de ir con todos esos ridículos «amigos».

—Mamá —le dije—. Tom sabe que es homosexual desde los diez años.

—Oh, ¡cariño! ¡De verdad! Ya sabes que la gente adquiere ideas ridículas. Siempre se les puede hacer cambiar de opinión.

—¿Quieres decir que, si yo te hablase de forma realmente persuasiva, dejarías a papá y empezarías un *affaire* con la tía Audrey?

—Ahora estás diciendo tonterías, cariño —me contestó.

—Es cierto —se unió papá—. La tía Audrey parece una cafetera.

—Oh, por Dios, Colin —dijo mamá bruscamente, lo cual me sorprendió porque no acostumbra a hablarle así a papá.

Mi padre, cosa rara, insistió en hacerle un chequeo completo a mi coche antes de que me fuese, aunque le aseguré que no tenía ningún problema. Quedé bastante en evidencia al no recordar cómo se abría el capó.

—¿Has observado algo extraño en tu madre? —me preguntó, un poco tenso y avergonzado, mientras toqueteaba la varilla del aceite, la limpiaba con un trapo y la volvía a introducir de una forma un poco inquietante si lo vemos desde una óptica freudiana. Cosa que no soy.

—¿Quieres decir aparte del color naranja?

—Bueno sí, y... bueno, ya sabes, lo habitual, sus *cualidades*.

—Me ha parecido inusitadamente alterada con la homosexualidad.

—Oh no, eso se debe sólo a que los nuevos atuendos del vicario la hicieron estallar esta mañana. *Estaban* en el límite de lo frou-frou, para ser sinceros. Él acaba de llegar de un viaje a Roma con el abad de Dumfries. Vestido de la cabeza a los pies de color rosa. No, quiero decir, ¿has observado algo diferente de lo *habitual* en tu madre?

Me devané los sesos.

—Para ser sinceros, no puedo decir que sí, aparte de parecer muy radiante y segura de sí misma.

—Hummm. Da igual —dijo—. Será mejor que te vayas antes de que oscurezca. Saluda a Jude de mi parte. ¿Cómo está?

Entonces golpeó el capó como queriendo decir «vete», pero con tanta fuerza que tuve la sensación de que se podría haber roto la mano.

Pensé que solucionaría todo lo de Daniel el lunes, pero él no estaba allí. Tampoco ayer. El trabajo se ha convertido en algo como ir a ligar a una fiesta y encontrarse con que no hay nadie. Me preocupa mi propia ambición, las posibilidades de mi carrera y la seriedad moral, porque ahora mismo todo me ha quedado reducido a un nivel de discoteca. Me las arreglé para sonsacarle a Perpetua que Daniel se había ido a Nueva York. Está claro que ahora ya debe de haber ligado con una americana delgada y simpática llamada Winona, que quita el sentido, que lleva una pistola y es todo lo que yo no soy.

Además de todo eso, esta noche tengo que ir a una cena de Petulantes Casados en casa de Magda y Jeremy. Estas ocasiones siempre reducen mi ego al tamaño de un caracol, lo cual no quiere decir que no agradezca que me inviten. Quiero a Magda y a Jeremy. Algunas veces me quedo en su casa, admirando las sábanas frescas y los numerosos tarros de cristal llenos de diferentes tipos de pasta e imaginando que ellos son mis padres. Pero, cuando están juntos con sus amigos casados, siento como si me hubiese convertido en Miss Havisham.

11.45 p.m. Dios mío. Estaba yo, cuatro matrimonios y el hermano de Jeremy (olvídalo, tirantes rojos a juego con su cara. Llama a las chicas «potrancas»).

—Y bien —gritó Cosmo, mientras me servía una copa—, ¿qué tal tu vida amorosa?

Oh, no. ¿Por qué hacen esto? ¿Por qué? Quizá los Petulantes Casados sólo se mezclan con otros Petulantes Casados y ya no saben cómo relacionarse con la gente. Quizá quieren realmente tratarnos con condescendencia y hacernos sentir como seres fracasados. O quizá tienen una vida sexual tan rutinaria que piensan «hay todo un mundo diferente ahí fuera», y esperan emociones indirectas al hacernos explicar los detalles de la montaña rusa que son nuestras vidas sexuales.

—Sí, ¿por qué no te has casado todavía, Bridget? —dijo Woney con desdén (intentando que la oyese Piona, casada con Cosmo, amigo de Jeremy) y con una leve apariencia de preocupación, mientras se daba golpecitos en su embarazada barriga.

Porque no quiero acabar como tú, gorda, aburrida, vaca lechera Sloaney, es lo que hubiese tenido que decir, o: *Porque si tuviese que hacerle la cena a Cosmo y meterme en la misma cama que él sólo una vez, y no digamos todas las noches, me arrancaría la cabeza y me la comería*, o: *Porque de hecho, Woney, debajo de mi ropa, tengo todo el cuerpo cubierto de escamas.* Pero no quise herir sus sentimientos. Así que esbocé una débil y tonta sonrisa de disculpa, en el momento en que alguien llamado Álex saltó con:

—Bueno, ya sabéis, una vez llegas a cierta edad...

—Exacto... Todos los tipos decentes ya han sido atrapados —dijo Cosmo, dándose golpecitos en la barrigota y sonriendo de manera que sus carrillos temblaron.

En la cena, Magda me había colocado, como si de un sándwich sexoincestuoso se tratase, entre Cosmo y el plomazo del hermano de Jeremy.

—Deberías darte prisa y explotar tus encantos, ¿sabes, viejarrona? —dijo Cosmo, tragando medio cuarto de litro de Pauillac del 82—. El tiempo se te acaba.

En aquellos momentos yo ya había bebido más de un cuarto de litro de Pauillac del 82.

—¿Es uno de cada tres matrimonios que acaba en divorcio o uno de cada dos? —dije, en un vano intento de mostrarme sarcástica—. En serio, de hecho ese problema no lo tengo —susurré, mientras movía el cigarrillo en el aire.

—Oh, cuéntanos más —pidió Woney.

—¿Y de quién se trata entonces?—dijo Cosmo.

—¿Echando un polvo, viejarrona? —dijo Jeremy.

Todos los ojos se clavaron en mí. Las bocas abiertas, babeando.

—No es asunto vuestro —dije en tono veleidoso.

—¡O sea que no se ha conseguido un tío! —gritó Cosmo.

—Oh, Dios mío, ¡son las once en punto! —chilló Woney—. ¡La canguro!

Y todos se pusieron en pie y empezaron a prepararse para volver a casa.

—Dios mío, siento mucho todo esto. ¿Estás bien, querida? —murmuró Magda, que sabía cómo me estaba sintiendo.

—¿Quieres que te acompañe? —farfulló el hermano de Jeremy, antes de soltar un eructo.

—En realidad, ahora me voy a un club —canturreé, mientras me precipitaba hacia la calle—, ¡Gracias por esta supernoche!

Me metí en un taxi y me eché a llorar.

Medianoche. Ajá. Acabo de llamar a Sharon.

—Tendrías que haber dicho: «No estoy casada porque soy una tía *fallada*, imbéciles petulantes, prematuramente envejecidos y de mente obtusa —dijo Shazzer echando pestes—. Y porque hay más de una única jodida forma de vivir; en este país uno de cada cuatro hogares está compuesto por un solo individuo, la mayor parte de la familia real está soltera, varios estudios han demostrado que los jóvenes ingleses son *absolutamente incasables,* y como resultado hay toda una generación de chicas solteras como yo, con sus propios ingresos y hogares, que se divierten mucho y no necesitan lavar los calcetines de nadie. Estaríamos como unas pascuas si las personas como vosotros no conspirasen para hacernos sentir estúpidas sólo porque estáis celosos.»

—¡Falladas! —grité llena de felicidad—. ¡Viva las falladas!

domingo 5 de febrero

Sigo sin saber nada de Daniel. No puedo soportar pensar en lo que queda del domingo, mientras el resto de las personas de todo el mundo está en la cama con alguien, tonteando y practicando el sexo. Lo peor de todo es que sólo falta una semana y un poquito más para la inminente llegada de la humillación del día de San Valentín. No voy a recibir ninguna felicitación. Me he estado planteando flirtear locamente con alguien a quien crea que se le puede ocurrir enviarme una, pero lo he desestimado por inmoral. Tendré que sufrir todas las consecuencias de la humillación.

Humm. Ya lo sé. Creo que volveré a visitar a mamá y a papá, porque estoy preocupada por papá. Así me sentiré como un bondadoso ángel o como un santo.

2 p.m. El último pequeño resto de seguridad me ha sido arrancado bajo los pies. Magnánima oferta de una bondadosa visita sorpresa, ha sido contestada por un papá de voz extraña al otro lado del teléfono.

—Eh... No estoy seguro, cariño. ¿Puedes esperar?

Me quedé petrificada. Parte de la arrogancia de la juventud (bueno, digo «juventud» por decir algo) radica en la suposición de que tus padres dejarán todo lo que estén haciendo y te recibirán con los brazos abiertos en cuanto tú decidas aparecer. Volvió a coger el teléfono.

—Bridget, mira, tu madre y yo estamos teniendo problemas. ¿Podemos llamarte la semana próxima?

¿Problemas? ¿Qué problemas? Intenté que papá me lo explicase, pero no conseguí nada. ¿Qué está pasando? ¿Está el mundo entero condenado a sufrir traumas emocionales? Pobre papá. ¿Tengo ahora, aparte de todo lo demás, que ser la trágica víctima de un hogar destrozado?

lunes 6 de febrero

56,2 kg (la sensación de sobrepeso ha desaparecido completamente, misterio), 1 copa (muy bien), 9 cigarrillos (muy bien), 1.800 calorías (bien).

Hoy Daniel volverá a la oficina. Yo debería estar preparada y tranquila, y recordar que soy una mujer de carácter y que no necesito hombres para sentirme completa, en especial a él. No voy a enviarle mensajes ni, de hecho, fijarme en él.

9.30 a.m. Hum. Daniel no parece haber llegado todavía.

9.35 a.m. No hay rastro de Daniel

9.36 a.m. Oh, Dios, Dios mío. Quizá se haya enamorado en Nueva York y se haya quedado allí.

9.47 a.m. O se haya ido a Las Vegas y se haya casado.

9.50 a.m. Hummm. Creo que voy a echarle un vistazo a mi maquillaje, sólo por si él aparece.

10.05 a.m. El corazón me dio un vuelco cuando, de regreso del cuarto de baño, vi a Daniel de pie con Simon de marketing junto a la fotocopiadora. La última vez que le había visto, estaba tumbado en su sofá con aspecto muy desconcertado, mientras yo me abrochaba la falda y despotricaba sobre sexo sin compromiso. Ahora tenía todo el aspecto de «he estado fuera», con el rostro fresco y un aire muy saludable. Al pasar frente a él me ha mirado la falda de forma significativa y ha esbozado una enorme sonrisa.

10.30 a.m. MENSAJE PENDIENTE parpadeó en la pantalla. Apreté RMS para ver el mensaje.

> MENSAJE A JONES
> VACA FRÍGIDA.
>
> CLEAVE

Reí. No pude remediarlo. Cuando le miré a través del cristal de su oficina, estaba sonriéndome de forma aliviada y cariñosa. De todas formas, no voy a contestar al mensaje.

10.35 a.m. Sin embargo, parece de mala educación no contestarle.

10.45 a.m. Dios, estoy aburrida.

10.47 a.m. Sólo le enviaré un mensajillo amistoso, nada insinuante, sólo para restaurar las buenas relaciones.

11.00 a.m. Je, je. Acabo de entrar en el sistema como Perpetua para darle un susto a Daniel.

MENSAJE A CLEAVE

YA ES BASTANTE DURO INTENTAR ALCANZAR TUS OBJETIVOS SIN QUE LA GENTE HAGA PERDER EL TIEMPO DE MI EQUIPO CON MENSAJES INSUSTANCIALES.

PERPETUA

P.D. LA FALDA DE BRIDGET NO SE ENCUENTRA NADA BIEN Y LA HE ENVIADO A CASA.

10 p.m. Mmmmm. Daniel y yo nos hemos pasado todo el día enviándonos mensajes. Pero no pienso acostarme con él.

Esta noche he vuelto a llamar a mamá y a papá, pero nadie ha contestado. Muy extraño.

jueves 9 de febrero

58 kg (hipergorda, probablemente a causa de la grasa de ballena acumulada en invierno), 4 copas, 12 cigarrillos (muy bien), 2.845 calorías (mucho frío).

9 p.m. Estoy disfrutando mucho del paraíso del invierno y no olvido que estamos a merced de los elementos, y que no debería concentrarme tanto en ser sofisticada o trabajadora, sino en estar al calor y mirar la tele.

Ésta es la tercera vez esta semana que llamo a mamá y a papá y no obtengo respuesta. ¿Quizá la nieve ha cortado las comunicaciones? En un acto de desesperación, he descolgado el teléfono y he marcado el número de mi hermano Jamie en Manchester, para oír uno de sus divertidísimos mensajes de contestador: el sonido de agua corriendo y Jamie haciendo ver que es el presidente Clinton en la Casa Blanca, entonces el sonido al tirar de la cadena del lavabo y su patética novia riendo a lo lejos.

9.15 p.m. Acabo de llamar a mamá y a papá tres veces seguidas, dejando sonar el teléfono veinte veces cada vez. Al final, mamá lo ha cogido y, con una voz extraña, me ha dicho que ahora no podía hablar pero que me llamaría el fin de semana.

sábado 11 de febrero

56,6 kg, 4 copas, 18 cigarrillos, 1.467 calorías (pero quemadas por las compras).

Acabo de llegar a casa después de ir de compras, para encontrarme con un mensaje de mi padre preguntándome si quedaría con él el domingo para comer. Me han dado escalofríos. Mi padre no viene a Londres para comer a solas conmigo los domingos. Come rosbif, o salmón y patatas, en casa con mamá.

—No me llames —decía el mensaje—. Te veré mañana.

¿Qué está pasando? He ido hasta la esquina, temblando, a comprar un Silk Cut. De regreso he encontrado un mensaje de mamá. Al parecer, ella también viene a verme mañana para ir a comer. Traerá un trozo de salmón, y estará aquí hacia la una.

He vuelto a llamar a Jamie y he escuchado veinte segundos de Bruce Springsteen y luego a Jamie gruñendo «chica, yo nací para correr...» hasta acabar el tiempo del contestador.

domingo 12 de febrero

56,6 kg, 5 copas, 23 cigarrillos (poco sorprendente), 1.647 calorías.

11 a.m. Oh, Dios mío, no puedo permitir que lleguen a la misma hora. Es demasiado folletinesco. Quizá todo lo de la comida sólo sea una broma llevada a la práctica por mis padres, que han estado demasiado expuestos a seriales televisivos. Quizá mi madre llegue con un salmón vivo, dando nerviosas volteretas en el aire atado a una correa, y me anuncie que deja a papá para irse con el salmón. Quizá papá aparezca colgando boca abajo ante mi ventana, vestido como un bailarín de Morris, rompa el cristal, entre y empiece a golpear a mamá en la cabeza con una vejiga de oveja; o salga de repente del armario y caiga boca abajo, con un cuchillo de plástico clavado en la espalda. La única cosa que puede volver a poner las cosas en su sitio es un Bloody Mary. Después de todo, ya es casi mediodía.

12.05 p.m. Mamá ha llamado.

—Deja que *él* venga, pues —me ha dicho—. Deja que el jodido acabe saliéndose con la suya como siempre —(Mi madre no dice palabrotas. Dice cosas como «condenado» o «mecachis».)—. Estaré jodidamente bien a solas. Limpiaré la casa como Germaine, la puñetera Greer y la Mujer Invisible.

(¿Cabe la posibilidad de que estuviese borracha? Mi madre no ha bebido nada —aparte de un jerez dulce por la noche los domingos— desde 1952, en que se puso un poco alegre después de haber bebido unos vasos de sidra en el veintiún cumpleaños de Mavis Enderby, y nunca lo ha olvidado ni ha dejado que otro lo haga: «No hay nada peor que una mujer borracha, cariño.»)

—Mamá. No. ¿No podríamos hablar de todo esto juntos durante la comida? —dije, como si esto fuese *Lo que necesitas es amor* y la comida fuese a terminar con papá y mamá cogidos de la mano y yo guiñándole el ojo a la cámara, con un aura luminosa.

—Sólo tienes que esperar —me dijo con misterio—. Sabrás cómo son los hombres.

—Pero yo ya... —empecé.

—Voy a salir, cariño —me dijo—. Voy a salir y a echar un *polvo.*

A las dos en punto llegó papá, con un ejemplar delicadamente doblado del *Sunday Telegraph,* Al sentarse en el sofá, se le arrugó el rostro y las lágrimas empezaron a resbalarle por las mejillas.

—Se ha comportado así desde que fue a Albufeira con Una Alconbury y Audrey Coles —dijo sollozando, mientras intentaba secarse las mejillas con el puño—. Cuando regresó, empezó a decir que quería recibir un sueldo por las tareas domésticas, y que había malgastado su vida siendo nuestra esclava —(¿Nuestra esclava? Lo sabía. Todo esto era culpa mía. Si yo fuese mejor persona, mamá no habría dejado de querer a papá.)—. Quiere que yo me mude durante un tiempo, dice, y... y... —se desplomó en silenciosos sollozos.

—¿Y qué, papá?

—Dijo que yo creía que el clítoris era algo relacionado con la colección de lepidópteros de Nigel Coles.

lunes 13 de febrero

57,6 kg, 5 copas, 0 cigarrillos (el enriquecimiento espiritual elimina la necesidad de fumar: adelanto importantísimo), 2.845 calorías.

Aunque con el corazón roto por el disgusto de mis padres, tengo que confesar un vergonzoso sentimiento paralelo de suficiencia por mi nuevo papel de cuidadora y, me lo digo yo misma, de sensata consejera. Hace tanto tiempo que no hago de sensata consejera. Hace tanto tiempo que no hago nada por nadie que es una sensación totalmente nueva y embriagadora. Era lo que faltaba en mi vida. Aliento fantasías sobre convertirme en un samaritano o dar sesiones dominicales de catequesis para niños, o hacer sopa para los sin techo (o, como sugirió mi amigo Tom, deliciosas minibrochetas con salsa de pesto), o incluso reconvertirme en doctor. Quizá sería todavía mejor salir con un doctor, satisfaciendo así tanto lo sexual como lo intelectual. Incluso empecé a pensar en poner un anuncio en la sección de corazones solitarios del *Lancet*. Podría coger los mensajes, enviar a la mierda a los pacientes que quisiesen visitas nocturnas, cocinarle suflés de queso de cabra, y acabar fatal con él cuando yo tuviese sesenta años, como mamá.

Oh, Dios mío. Mañana es San Valentín. ¿Por qué? ¿Por qué? ¿Por qué está el mundo entero empeñado en hacer que las personas que no tienen un idilio se sientan unas estúpidas, cuando todo el mundo sabe que el idilio no funciona? Mirad a la familia real. Mirad a mamá y papá.

El día de San Valentín es sólo una explotación comercial ridicula y carente de sentido. Algo absolutamente indiferente para mí.

martes 14 de febrero

57,15 kg, 2 copas (romántico sabor del día de San Valentín: 2 botellas de Becks, a solas, huh), 12 cigarrillos, 1.545 calorías.

8 a.m. Oooh, bueno. El día de San Valentín. Me pregunto si ya ha llegado el correo. Quizá haya una felicitación de Daniel. O de un admirador secreto. O unas flores o chocolatinas con forma de corazón. De hecho, estoy bastante excitada.

Un breve momento de desmesurada alegría al encontrar un ramo de rosas en el pasillo. ¡Daniel! Corrí y las cogí alegremente, justo en el momento en que se abría la puerta del piso de abajo y aparecía Vanessa.

—Oh, son preciosas —me dijo con envidia—. ¿Quién te las envía?

—¡No lo sé! —dije con timidez, bajando la mirada para leer la nota—. Ah... Son para ti.

—No te preocupes. Mira, esto es para ti —dijo Vanessa, de modo alentador.

Era una factura.

Decidí tomar un cappuccino y unos cruasanes de chocolate de camino a la oficina, para animarme. No me importa la figura. No tiene sentido, ya que nadie me quiere ni se preocupa por mí.

En el metro podías ver quién había recibido tarjetas de San Valentín y quién no. Todo el mundo miraba a su alrededor, intentando cruzar la mirada con los otros, y o sonreír o apartar la mirada a la defensiva.

Entré en la oficina, para encontrarme a Perpetua con un ramo de flores del tamaño de una oveja encima de la mesa.

—¡Bueno, Bridget! —gritó de forma que todo el mundo pudiese oírlo—. ¿Cuántas has recibido?

Me desplomé en la silla murmurando «cierra el pico», con los labios entreabiertos como una adolescente humillada.

—¡Venga! ¿Cuántas?

Pensé que me iba a coger el lóbulo de la oreja e iba a empezar a retorcerlo o algo así.

—Todo esto es ridículo y carente de sentido. Una cínica explotación comercial.

—*Sabía* que no habías recibido ninguna —alardeó Perpetua.

Sólo entonces me di cuenta de que Daniel nos estaba escuchando desde el otro extremo de la habitación y se estaba riendo.

miércoles 15 de febrero

Sorpresa inesperada. Estaba a punto de salir de mi casa en dirección al trabajo, cuando vi que había un sobre rosa encima de la mesa del vestíbulo —evidentemente un Valentín tardío—, donde se leía para la belleza morena. Por un instante me puse muy contenta, al imaginar que era para mí, pero de repente me vi como un oscuro y misterioso objeto del deseo de los hombres de la calle. Entonces pensé en la jodida Vanessa y en su sensual melena morena. Hum.

9 p.m. Acabo de volver y el sobre sigue ahí.

10 p.m. Sigue ahí.

11 p.m. Increíble. El sobre sigue ahí. Quizá Vanessa todavía no haya regresado.

jueves 16 de febrero

56,2 kg (pérdida de peso por la subida de escaleras), 0 copas (excelente), 5 cigarrillos (excelente), 2.452 calorías (no demasiado bien), he bajado 18 veces las escaleras para ver el sobre que parece de San Valentín (psicológicamente malo, pero muy bueno en lo que respecta al ejercicio).

¡El sobre sigue ahí! Está claro que es como comerse el último canapé o el último trozo de pastel Ambas somos demasiado educadas para cogerlo.

viernes 17 de febrero

56,2 kg, 1 copa (muy bien), 2 cigarrillos (muy bien), 3.241 calorías (mal, pero quemadas por las escaleras), 12 comprobaciones del sobre (obsesivo).

9 a.m. El sobre sigue ahí.

9 p.m. Sigue ahí.

9.30 p.m. Sigue ahí. No podía soportarlo más. Deduje que Vanessa había llegado, ya que de su piso emanaba un olor a cocina y llamé a su puerta.

—Creo que esto debe de ser para ti —dije, sosteniendo el sobre, cuando ella abrió la puerta.

—Oh, yo pensaba que debía de ser para ti —contestó.

—¿Lo abrimos?

—De acuerdo.

Se lo entregué, ella me lo devolvió, riendo. Yo se lo volví a dar. Me encantan las chicas.

—Venga —le dije. Y ella abrió el sobre con el cuchillo de cocina que tenía en la mano. Era más bien una tarjeta artística, como si la hubiesen comprado en una galería de arte.

Ella torció el gesto.

—No tiene ningún significado para mí —dijo, entregándome la tarjeta.

En su interior se leía: UN POQUITO DE EXPLOTACIÓN COMERCIAL RIDÍCULA Y CARENTE DE SENTIDO, PARA MI QUERIDA VAQUITA FRÍGIDA.

Emití un sonido muy agudo.

10 p.m. Acabo de llamar a Sharon y le he explicado todo lo sucedido. Me ha dicho que no debería permitir que una mísera tarjeta me hiciese perder la cabeza y que debería pasar de Daniel, porque él no es una persona correcta y no saldrá nada bueno de esto.

He llamado a Tom para una segunda opinión, en particular sobre si debo o no llamar a Daniel este fin de semana. *«¡Noooooo!»,* ha gritado. Me ha hecho varias sagaces preguntas: por ejemplo, cuál ha sido el comportamiento de Daniel los últimos días, en que, habiendo enviado la tarjeta, no había recibido respuesta de mi parte. Le comuniqué que se había mostrado más seductor que de costumbre. La receta de Tom fue: espera hasta la semana próxima y mantente distante.

sábado 18 de febrero

57,15 kg, 4 copas, 6 cigarrillos, 2.746 calorías, 2 números correctos de la lotería (muy bien).

Por fin he llegado al fondo de la cuestión de lo de mamá y papá. Estaba empezando a imaginar una historia de posvacaciones en Portugal a lo Shirley Valentine y que un día abriría el *Sunday People* para ver a mi madre teñida de rubio y con un top de leopardo, sentada en un sofá junto a un tipo llamado Gonzales, con tejanos lavados a la piedra, y explicando que, si realmente amas a alguien, una diferencia de cuarenta y seis años carece realmente de importancia.

Hoy ella me ha pedido que nos encontrásemos para comer en la cafetería de Dickens y Jones, y le he preguntado directamente si estaba saliendo con alguien.

—No, no hay nadie más —me ha contestado, mirando al infinito, con un aspecto de coraje melancólico que podría jurar copiado de la princesa Diana.

—Entonces, ¿por qué estás siendo tan mala con papá?

—Querida, simplemente me di cuenta, cuando tu padre se retiró, de que me había pasado treinta y cinco años sin descanso llevando su casa y criando a sus hijos...

—Jamie y yo también somos hijos tuyos —interrumpí, herida.

—... y que, por lo que a él respectaba, el trabajo de toda su vida se había acabado, y en cambio el mío seguía, que es exactamente lo que solía sentir yo cuando erais pequeños y llegaba el fin de semana. Sólo tienes una vida. He tomado únicamente la decisión de cambiar un poco las cosas y de vivir lo que me queda pensando un poquito en mí para variar.

Al ir a la caja para pagar, estaba pensando en todo eso e intentando, como feminista, ver el punto de vista de mamá, cuando mi mirada ha quedado atrapada en un hombre alto y de porte distinguido, con el pelo gris, una chaqueta de piel y uno de esos maletines de caballero. Él estaba mirando al interior del local, dando golpecitos a su reloj y arqueando las cejas. Di media vuelta y pesqué a mi madre articulando: «Tardaré un segundo», y señalando con la cabeza en mi dirección, como disculpándose.

En aquel momento no le dije nada. Me despedí de ella, di la vuelta a la esquina y la seguí, para asegurarme de que no estaba imaginándome cosas. Efectivamente, la encontré en la sección de perfumería, paseando con el bien plantado caballero, rociándose las muñecas con todo lo que veía, levantándolas hasta la altura de la nariz y riendo con coquetería.

Llegué a casa y encontré un mensaje de mi hermano Jamie. Le llamé inmediatamente y se lo conté todo.

—Oh, por Dios, Bridget —dijo con una sonora carcajada—. Estás tan obsesionada con el sexo que, si vieses a mamá comulgando, pensarías que le estaba haciendo una mamada al vicario. No has recibido nada para San Valentín este año, ¿verdad?

—De hecho, sí —dije enfadada.

Tras lo cual volvió a echarse a reír, y dijo que tenía que colgar, porque tenía que ir a hacer Tai Chi con Becca en el parque.

domingo 19 de febrero

56,65 kg (muy bien, pero puramente por la preocupación), 2 copas (pero es el Día del Señor), 7 cigarrillos, 2.100 calorías.

Llamé a mamá para hacerle saber que la había visto con un galán madurito, después de la comida conmigo.

—Oh, debes referirte a Julián —gorjeó.

Aquello la delató. Mis padres no se refieren a sus amigos por los nombres de pila. Siempre es Una Alconbury, Audrey Coles, Brian Enderby: «Ya conoces a David Ricketts, cariño, casado con Anthea Ricketts, que está en el Lifeboat.» Es un gesto que corrobora que ellos tienen clarísimo que yo no tengo pijotera idea de quién es Mavis Enderby, aunque ellos vayan a pasar los próximos cuarenta minutos hablando de Brian y Mavis Enderby como si yo hubiese tenido una relación íntima con ellos desde los cuatro años.

Supe de inmediato que Julián no tenía nada que ver con los almuerzos de compromiso de Lifeboat, ni tendría tampoco una mujer que estuviese en algún Lifeboat, Rotary Club o Amigos de St George. También intuí que ella le había conocido en Portugal, antes de los problemas con papá, y bien podía ser que resultase llamarse Julio y no Julián. Intuí que, seamos realistas, Julio *era* el problema con papá.

Me enfrenté a ella con este presentimiento. Lo negó. Incluso me salió con una historia elaboradamente inventada sobre «Julián», que había tropezado con ella en el Marks and Spencer de Marble Arch, haciendo que le cayese su nueva terrina de Le Creuset encima del pie y llevándola a tomar un café a Selfridges, lugar donde surgió una sólida amistad platónica, basada por completo en las cafeterías de los grandes almacenes.

¿Por qué, cuando las personas dejan a sus parejas porque están teniendo un lío con otra persona, creen mejor hacer ver que no hay nadie más involucrado? ¿Creen que será menos doloroso para sus parejas pensar que se van simplemente porque ya no podían aguantarlos más y que entonces tienen suerte, dos semanas más tarde, de conocer a alguien alto, con el físico de Omar Sharif y un maletín de caballero, mientras su ex pareja se pasa las noches llorando a lágrima viva al ver el vaso de los cepillos de dientes? Es lo mismo que esas personas que inventan una mentira como excusa en lugar de decir la verdad, aunque la verdad sea mejor que la mentira.

Una vez oí a mi amigo Simon cancelando una cita con una chica —que le gustaba muchísimo—, porque tenía un grano con la punta amarilla justo a la derecha de su nariz y porque, debido a un problema en la lavandería, había tenido que ir a trabajar con una chaqueta de finales de los setenta, creyendo que a la hora de comer podría recoger su chaqueta normal de la lavandería, pero todavía no se la habían limpiado.

Entonces se le metió en la cabeza decirle a la chica que no podía verla porque su hermana había llegado a pasar la tarde de manera inesperada con él y tenía que entretenerla, añadiendo a lo loco que también tenía que mirar hoy mismo unos vídeos para el trabajo; momento en el cual la chica le recordó que le había dicho que no tenía hermanos y sugirió ir a su casa y que él viera los vídeos, mientras ella preparaba la cena. De todas formas, no había vídeos del trabajo que ver, así que tuvo que construir una nueva telaraña de mentiras. El incidente acabó con la chica, convencida de que él estaba teniendo un lío con otra cuando ésta era sólo su segunda cita, plantándole y con Simon pasando la noche emborrachándose a solas con su grano, vistiendo su chaqueta de los setenta.

Intenté explicarle a mamá que no me estaba diciendo la verdad, pero estaba tan cegada por la lujuria que había perdido la visión de, bueno, de todo.

—Te has vuelto muy cínica y desconfiada, cariño —me dijo—. Julio —¡jaja!, ¡jajajajajaja!— es sólo un amigo. Lo único que necesito es un poco de *espacio*.

Así que papá, para complacerla, se ha trasladado al apartamento independiente que tienen los Alconbury al fondo de su jardín.

martes 21 de febrero

Muy cansada. Papá me ha llamado varias veces a lo largo de la noche, sólo para hablar.

miércoles 22 de febrero

57,15 kg, 2 copas, 19 cigarrillos, 8 unidades de grasa (noción inesperadamente repulsiva: nunca había afronta-

do la realidad de la grasa extendiéndose por el culo y los muslos debajo de la piel. Mañana tengo que volver a contar las calorías).

Tom tenía toda la razón. Yo había estado tan preocupada por mamá y papá y tan cansada por las angustiadas llamadas de papá, que casi no me había fijado en Daniel: con el milagroso resultado de que él ha estado absolutamente pendiente de mí. Sin embargo, hoy me he comportado como una completa idiota. Entré en el ascensor para ir a comprar un bocadillo y me encontré a Daniel con Simon de marketing, hablando sobre unos futbolistas que habían sido arrestados por perder partidos deliberadamente.

—¿Has oído algo al respecto, Bridget? —preguntó Daniel.

—Oh, sí —mentí, intentando improvisar una opinión—. De hecho, creo que todo el asunto es bastante insignificante. Ya sé que se comportaron como..., pero, dado que no prendieron fuego a nadie, no entiendo a qué viene tanto alboroto.

Simon me miró como si estuviese loca, y Daniel me miró un momento y se echó a reír. Rió y siguió riendo hasta que él y Simon salieron del ascensor, y entonces se giró y dijo:

—Cásate conmigo —mientras las puertas se cerraban entre nosotros. Mmmm.

jueves 23 de febrero

56,65 kg (si pudiese permanecer por debajo de los 57,15 kg y dejar de subir y bajar como un cadáver ahoga-

do: ahogado en grasa), 2 copas, 17 cigarrillos (nervios prepolvo: comprensible), 775 calorías (último intento de bajar hasta los 53,95 kg antes de mañana).

8 p.m. ¡Jo! Los mensajes por ordenador adquirieron un ritmo febril A las 6 en punto acabé por ponerme el abrigo y salir para encontrarme a Daniel entrando en el ascensor en el piso inferior. Ahí estábamos, solos él y yo, atrapados en un enorme campo de alto voltaje, atraídos el uno hacia el otro inevitablemente, como un par de imanes. Entonces, de repente, el ascensor se detuvo y nos separamos, justo en el momento que entró Simon de marketing, con un espantoso impermeable beige sobre su gordo cuerpo.

—Bridget —dijo con una sonrisita de suficiencia, mientras yo me estiraba involuntariamente la falda—, parece que te hubiesen pillado perdiendo partidos deliberadamente.

Al salir del edificio, Daniel corrió hacia mí y me pidió que cenara con él mañana. ¡Sííííí!

Medianoche. Uf. Absolutamente exhausta. ¿Verdad que no es normal estar preparando una cita como si se tratase de una entrevista de trabajo? Sospecho que lo bien que Daniel lee el pensamiento puede acabar siendo una lata si las cosas van a más. Quizá debería haberme enamorado de alguien más joven y tonto, que cocinase para mí, me lavase toda la ropa y estuviese de acuerdo en todo lo que yo dijese. Desde la salida del trabajo casi me ha salido una hernia discal, resollando en una clase de steps, rascando mi cuerpo desnudo durante siete minutos con un cepillo duro; he limpiado el piso; he llenado la nevera, me he depilado las cejas, he leído por encima los periódicos y *La Última Guía Sexual*, he puesto una lavadora y me he depilado las piernas, porque ya era demasiado tarde para pedir hora. He acabado arrodillada sobre una toalla, intentando arrancar un trozo de cera firmemente pegado a la parte de atrás de mi pantorrilla, mientras veía el *Newsnight*, en un intento por obtener algunas opiniones interesantes. Me duele la espalda, me duele la cabeza, y mis piernas están rojas y cubiertas de restos de cera.

La gente sensata diría que tengo que gustarle a Daniel tal y como soy, pero yo soy hija de la cultura del *Cosmopolitan,* he sido traumatizada por las supermodelos y por demasiados enigmas, y sé que ni mi personalidad ni mi cuerpo están a la altura si los dejo a su merced. No puedo soportar la presión. Voy a cancelarlo y a pasar la noche comiendo donuts con un cárdigan manchado de huevo.

sábado 25 de febrero

55,3 kg (milagro: el sexo ha demostrado ser la mejor forma de ejercicio), 0 copas, 0 cigarrillos, 200 calorías (por fin he encontrado el secreto de no comer: simplemente reemplazar la comida por el sexo).

6 p.m. ¡Oh, qué alegría! Me he pasado el día en un estado que sólo puedo describir como borrachera de polvo, deambulando por el piso, sonriendo, cogiendo cosas y volviendo a dejarlas. Fue tan bonito. Los únicos puntos negativos fueron: 1) en cuanto hubo acabado, Daniel dijo: «Maldita sea. Quería haber dejado el coche en el taller de la Citroën», y 2) cuando me levanté para ir al lavabo, me señaló que llevaba unas medias pegadas a la parte de atrás de la pantorrilla.

Pero, en cuanto las sonrosadas nubes empezaron a dispersarse, empecé a preocuparme. ¿Y ahora qué? No habíamos hecho ningún plan. De repente advierto que vuelvo a estar pendiente del teléfono. ¿Cómo es posible que la situación entre los dos sexos después de una primera noche siga siendo tan exasperantemente desequilibrada? Me siento como si acabase de pasar un examen y ahora tuviese que esperar los resultados.

11 p.m. Dios mío. ¿Por qué no ha llamado Daniel? Ahora estamos saliendo juntos, ¿no? ¿Cómo puede mi madre pasar de una relación a otra con tanta facilidad y yo ni tan siquiera llegar a concretar lo más sencillo? Quizá su generación es mejor en lo que a llevar las relaciones se refiere. Quizá no deambulan tan paranoicos e inseguros. Quizá ayude no haber leído nunca en la vida un libro de autoayuda.

domingo 26 de febrero

57,15 kg, 5 copas (ahogando las penas), 23 cigarrillos (fumigando las penas), 3.856 calorías (enterrando las penas en un edredón de grasa).

Me he despertado, sola, para encontrarme imaginando a mi madre en la cama con Julio. Consumida por el asco de la visión de sexo de los padres, o más bien de uno de ellos; indignada en favor de mi padre; presa de un optimismo embriagador, egoísta, al pensar que me pueden quedar también otros treinta años de pasión desenfrenada por delante (relacionado con frecuentes evocaciones de Joanna Lumley y Susan Sarandon); pero ante todo con una sensación extrema de celos, de fracaso e insensatez, al estar sola en la cama el domingo por la mañana, mientras mi madre, que tiene más de sesenta años, está probablemente a punto de hacerlo por segunda... ¡Oh, Dios mío! No, no puedo soportar pensar en ello.

Marzo:

gran pánico relacionado
con el treinta cumpleaños

sábado 4 de marzo

57,15 kg (¿qué sentido tiene estar a régimen todo febrero si acabas pesando exactamente lo mismo al principio de marzo que al principio de febrero? Huh. Voy a dejar de pesarme y de contar las cosas cada día, porque no tiene puñetero sentido).

Mi madre se ha convertido en un torbellino que ya no reconozco. Esta mañana ha irrumpido en mi piso, mientras yo estaba despatarrada en bata, me pintaba las uñas de los pies y miraba el preámbulo de la carrera.

—Cariño, ¿puedo dejar esto aquí un par de horas? —gorjeó, tirando por el suelo todas las bolsas que llevaba colgadas del brazo y dirigiéndose hacia mi dormitorio.

Minutos más tarde, en un ataque de leve curiosidad, seguí sus pasos para ver qué hacía. Estaba sentada frente al espejo, con un sujetador de aspecto caro y color café, poniéndose rímel en las pestañas, con la boca muy abierta (la necesidad de abrir la boca durante la aplicación del rímel: gran misterio de la naturaleza sin resolver).

—¿No crees que tendrías que vestirte, cariño?

Ella tenía un aspecto despampanante: la piel perfecta, el pelo brillante. Me vi en el espejo. Realmente debería haberme quitado el maquillaje ayer por la noche. Una parte de mi cabello estaba pegoteada a mi cabeza, la otra sobresalía en una serie de picos y cuernos. Como si los pelos de mi cabeza tuviesen vida propia, y mientras se comportaban con total sensatez durante el día, esperaran hasta que yo quedara dormida y entonces empezaran a correr y a saltar por todas partes como niños, gritando: «¿Y ahora qué hacemos?»

—Ya sabes —dijo mamá, poniéndose una gotita de Givenchy II en el escote—, todos estos años tu padre montaba un escándalo porque se encargaba de las cuentas y los impuestos, como si eso le exculpase de treinta años de fregar. Bueno, el plazo para la declaración de la renta había acabado, de modo que pensé: a la mierda, lo haré yo misma. Obviamente, no entendí ni papa y llamé a la oficina de impuestos. El hombre me trató de forma muy autoritaria. «De verdad, señora Jones —me dijo—, no puedo entender en qué radica la dificultad.» Yo le dije: «Escuche, ¿sabe *usted* hacer un asado?» Entendió lo que le quería decir, me ayudó y acabamos en quince minutos. Bueno, hoy me lleva a comer. ¡Un tío de Hacienda! ¡Imagínate!

—¿Qué? —balbuceé, agarrada al marco de la puerta—. ¿Y qué hay de Julio?

—El hecho de que Julio y yo seamos «amigos» no significa que yo no pueda tener otros «amigos» —dijo mamá con dulzura, mientras se deslizaba en un dos piezas amarillo—. ¿Te gusta? Acabo de comprarlo. Un amarillo limón genial, ¿no crees? Bueno, tengo que irme. He quedado con él en la cafetería Debenhams a la una y cuarto.

Cuando se hubo ido, comí un poco de muesli directamente del paquete con una cuchara y acabé los restos de vino de la nevera.

Sé cuál es su secreto: ha descubierto el poder. Tiene poder sobre papá: él quiere que ella vuelva. Tiene poder sobre Julio y sobre el tío de Hacienda, y todo el mundo siente su poder y quiere un poquito de él, lo cual la hace todavía más irresistible. Así que todo lo que tengo que hacer yo es encontrar a alguien o algo sobre lo que tener poder y entonces... Oh, Dios. Ni siquiera tengo poder sobre mi propio pelo.

Estoy tan deprimida. Daniel, aunque muy hablador, amable e incluso seductor toda la semana, no me ha dado la rnás mínima pista sobre lo que va a haber entre nosotros, como si fuese del todo normal acostarse con uno de sus colegas y dejarlo así. El trabajo —antaño sólo un pesado incordio— se ha convertido en una agonizante tortura. Tengo un grave trauma cada vez que él desaparece para comer o se pone el abrigo para irse al final del día: ¿Adónde? ¿Con quién? ¿Quién?

Perpetua parece haber conseguido echarme todo su trabajo encima y se pasa el tiempo parloteando por teléfono con Arabella o con Piggy, discutiendo sobre el piso de Fulham de medio millón de libras que está a punto de comprar con Hugo. «Ya. No. Ya. No, estoy *completamente* de acuerdo. Pero la pregunta es: ¿quiere uno pagar otros treinta de los grandes por un cuarto dormitorio?»

A las 4.15 del viernes por la tarde, Sharon me llamó a la oficina.

—¿Saldrás conmigo y con Jude mañana?

—Eh... —me entró el pánico, pensando: Seguramente Daniel, antes de salir de la oficina, me pedirá que nos veamos este fin de semana.

—Llámame si no te lo pide —dijo Shazzer con sequedad tras una pausa.

A las 5.45 Daniel, con el abrigo puesto, salió por la puerta. Seguramente mi expresión traumatizada debió de avergonzarlo incluso a él, porque me dirigió una sonrisa furtiva, hizo un gesto hacia la pantalla del ordenador y salió disparado.

En efecto, MENSAJE PENDIENTE estaba parpadeando. Apreté RMS. Ponía:

> MENSAJE A JONES
>
> QUE TENGAS UN BUEN FIN DE SEMANA. PIP PIP.
>
> CLEAVE

Abatida, descolgué el teléfono y llamé a Sharon.

—¿A qué hora nos encontramos mañana? —farfullé avergonzada.

—A las ocho y media. Café Rouge. No te preocupes, nosotras sí te queremos. Mándalo a la mierda. Es un practicante de sexo sin compromiso emocional.

2 a.m. Jura que fui con Shazzan y Jud. Me importa un pito estúpido Daniel. Sin embargo me encuentro mal. Uups.

domingo 5 de marzo

8 a.m. Ugh. Desearía estar muerta. Nunca, nunca más en mi vida voy a volver a beber.

8.30 a.m. Oooh. Tengo un antojo de patatas chips.

11.30 a.m. Necesito agua desesperadamente, pero será mejor permanecer con los ojos cerrados y la cabeza inmóvil en la almohada, para no molestar a los engranajes y a los faisanes que tengo en la cabeza.

Mediodía. Me lo he pasado de puta madre pero estoy muy confusa con el asunto y con los consejos relativos al asunto: Daniel. Primero tuvimos que pasar por los problemas de Jude con Richard el Malvado, ya que está claro que son más serios, porque han estado saliendo durante dieciocho meses en lugar de haber follado sólo una vez. Por consiguiente, esperé humildemente, hasta que me llegó el turno de contar el último episodio de Daniel. El unánime veredicto inicial fue «bastardo-practicador-de-sexo-sin-compromiso».

De todas formas, Jude expuso un concepto interesante de «tiempo masculino» —como en la película *Clueless:* cinco días concretamente («siete», interrumpí) durante los cuales la nueva relación se deja en el aire después del sexo, lo cual no constituye un período agonizante para los machos de la especie, sino un período normal de enfriamiento, en el que reunir emociones antes de proseguir. Daniel, argumentaba Jude, seguro que está preocupado por la situación laboral, etc., etc., así que dale una oportunidad, sé amable y coqueta: para que se tranquilice al saber que confías en él y que no vas a ponerte exigente ni a perder los estribos.

En aquel instante, Sharon casi escupió encima de las virutas de parmesano, al asegurar que era inhumano dejar colgada en el aire a una mujer durante dos semanas tras haber practicado el sexo con ella, y que era un terrible abuso de confianza, y que yo debería decirle lo que pensaba de él. Mmmm. Bueno. Voy a echar otra cabezadita.

2 p.m. Acabo de regresar triunfante de una heroica expedición escaleras abajo en busca del periódico y un vaso de agua. Podía sentir correr el agua como un riachuelo de cristal hacia la parte de mi cabeza que más la necesita. Aunque no estoy segura, he pensado en ello, que el agua pueda entrar en tu cabeza. Es posible que entre por el torrente sanguíneo. Quizá, si tenemos en cuenta que las resacas son debidas a la deshidratación, el agua llega al cerebro por algún tipo de acción capilar.

2.15 p.m. Una noticia en los periódicos sobre niños de dos años que tienen que hacer exámenes para entrar en la guardería acaba de dejarme alucinada. Se supone que debería estar en una merendola para celebrar el aniversario de mi sobrino Harry.

6 p.m. Conduje como alma que lleva el diablo, como si me estuviese muriendo, a través de un Londres gris y lluvioso, hasta casa de Magda, con una parada en Waterstone para regalos de cumpleaños. Tenía el alma por los suelos al pensar que estaba llegando tarde y resacosa, y que iba a estar rodeada de madres que habían abandonado sus carreras profesionales y que ahora se dedicaban a la crianza competitiva. Magda, antaño agente de ventas, miente ahora sobre la edad de Harry, para que parezca más desarrollado de lo que está. Incluso la concepción fue feroz, con Magda intentando tomar ocho veces más ácido fólico y minerales que el resto de la gente. El nacimiento fue genial. Había estado diciéndole a todo el mundo durante diez meses que iba a ser un parto natural y, a los diez minutos, perdió la compostura y empezó a gritar: «Vaca asquerosa, dame las drogas.»

La merendola era un escenario de pesadilla; yo en una habitación llena de supermadres, una de las cuales tenía un bebé de sólo cuatro semanas.

—Oh, ¿no es *dulce*? —susurró Sarah de Lisie, y añadió bruscamente—: ¿Qué tal hizo su AGPAR?

Yo no sé qué hay tan importante en este test que los niños tienen que hacer en dos minutos. Magda quedó en ridículo dos años atrás al presumir en una cena de que Harry había sacado un diez, momento en el cual otro de los invitados, que resultó ser una niñera, señaló que el AGPAR sólo llega hasta nueve.

Magda, impertérrita, ha empezado a presumir por el circuito de niñeras, asegurando que su hijo es un prodigio defecacional, lo cual desencadena una ronda de jactancias y de contrajactancias. Los niños pequeños, por consiguiente, en una edad en que deberían ir debidamente envueltos por capas de caucho, deambulan por el cuarto en poco más que tangas de Baby Gap. No había pasado allí ni diez minutos cuando ya había tres zurullos en la alfombra. Empezó una discusión levemente humorística pero feroz sobre quién había hecho los zurullos, seguida de un tenso cambio de pañales, lo cual desencadenó otro concurso sobre el tamaño de los genitales de los niños y, en consecuencia, de los maridos.

—No puedes hacerle nada, esto es hereditario. Cosmo no debe tener ningún problema sobre este tema, ¿verdad?

Creí que la cabeza me iba a estallar a causa del barullo. Al final, me excusé y me fui a casa, felicitándome por estar soltera.

lunes 6 de marzo

56,2 kg (muy muy bien: me he dado cuenta de que el secreto de seguir una dieta es no pesarse).

11 a.m. Oficina. Completamente agotada. Anoche estaba tomando un buen baño caliente con aceite de esencia de geranio y un vodka con tónica, cuando sonó el timbre. Era mi madre, deshecha en llanto, en el umbral. Tardé un poco en establecer cuál era el problema, mientras ella se arrastraba por la cocina, llorando a lágrima viva y con más fuerza que antes, y diciendo que no quería hablar de ello, hasta que empecé a preguntarme si su ola de perpetuo poder sexual se había desmoronado como un castillo de naipes: papá, Julio y el tipo de los impuestos perdiendo interés por ella de forma simultánea. Pero no. Sólo se había visto infectada por el síndrome de «Tenerlo Todo».

—Me siento como la cigarra que cantó todo el verano —reveló (en cuanto sintió que yo estaba perdiendo interés por su crisis)—. Y ahora es el invierno de mi vida y no he almacenado nada mío.

Yo iba a señalar que tres potenciales compañeros que se morían de ganas de estar con ella, más la mitad de la casa y el plan de pensiones no era exactamente nada, pero me mordí la lengua.

—Quiero una carrera —dijo.

Y una parte terrible y malvada de mí se sintió feliz y petulante, porque yo sí tenía una carrera. Bueno, en cualquier caso un trabajo. Yo era una cigarra lista, que recogía un montón de hierba, grano, o lo que coman las cigarras, incluso no teniendo novio.

Acabé por animar a mamá al permitirle revisar mi

armario, criticar toda mi ropa y explicarme por qué debía yo empezar a comprarlo todo en Sport Jaeger and Country. Salió a la perfección y acabó estando tan en forma como para llamar a Julio y concertar una cita para tomar una «copita antes de acostarse».

Se fue pasadas las diez, y entonces llamé a Tom, para explicarle la espantosa novedad de que Daniel no había llamado en todo el fin de semana, y preguntarle qué debía pensar de los contradictorios consejos de Jude y de Sharon. Tom dijo que yo no debería escucharlas a ninguna de las dos, ni flirtear, ni sermonear, sino ser simplemente una reina de hielo, distante y profesional.

Los hombres, dice, se ven a sí mismos en una especie de escalera sexual, con todas las mujeres debajo de ellos, o encima de ellos. Si la mujer está «debajo» (esto es, deseando acostarse con él, sintiéndose muy atraída), entonces, como si de Groucho Marx se tratase, él no quiere ser un miembro de su «club». Esta idea me deprimió muchísimo, pero Tom me dijo que no fuese ingenua y que, si realmente quería a Daniel y quería ganarme su corazón, tenía que ignorarle y ser tan fría y distante con él como me fuese posible.

Al final me fui a la cama a medianoche, muy confundida, pero me tuve que levantar tres veces en medio de la noche para contestar las llamadas de papá.

—Cuando alguien te ama es como tener una manta rodeándote el corazón —me dijo—, y entonces, cuando te la quitan... —y se echó a llorar.

Me llamaba desde el apartamento independiente situado al fondo del jardín de los Alconbury, donde está viviendo «sólo hasta que se arreglen las cosas», dice lleno de esperanza.

De repente me doy cuenta de que todo ha cambiado, y ahora yo me estoy ocupando de mis padres en lugar de ser ellos quienes se ocupan de mí, y eso parece antinatural y erróneo. ¿Seguro que no soy tan vieja?

Puedo confirmar de manera oficial que hoy en día no se llega al corazón de un hombre a través de la belleza, la comida, el sexo o un carácter seductor, sino simplemente aparentando que no estás muy interesada en él.

No me fijé en Daniel en todo el día e hice ver que estaba ocupada (intenté no reír), MENSAJE PENDIENTE no dejó de parpadear, pero yo seguí suspirando y acariciándome el pelo como si fuese una persona muy importante y glamurosa sometida a una gran presión. Al final del día entendí, como si de un milagro de la clase de química de la escuela se tratase (fósforo, prueba de acidez o algo así), que aquello estaba funcionando. Él se me quedaba mirando fijamente y me lanzaba miradas muy significativas. Al final, cuando Perpetua hubo salido, pasó por delante de mi mesa, se detuvo un instante y murmuró:

—Jones, divina criatura. ¿Por qué me estás ignorando?

En un ataque de felicidad y cariño, estuve en un tris de soltar toda la historia de Tom, y las teorías opuestas de Jude y Sharon, pero los astros me sonreían y sonó el teléfono. Puse los ojos en blanco en forma de disculpa y descolgué. Entonces Perpetua empezó a trajinar no sé qué, tirando al suelo un montón de pruebas con el trasero, y gritó: «Ah, Daniel. Ahora...», y se lo llevó, lo cual fue una suerte, porque la llamada era de Tom, que me dijo que debía seguir con lo de la reina de hielo y me dio un mantra para repetirlo en momentos de flaqueza: «reina de hielo distante y no disponible; reina de hielo distante y no disponible».

martes 7 de marzo

58 kg, ¿¿o 58,95, o 59,4??, 0 copas, 20 cigarrillos, 1.500 calorías, 6 lotos instantáneas (pocas).

9 a.m. Aargh, ¿Cómo puede ser que haya ganado casi un kilo y medio desde anoche? Pesaba 58 cuando me fui a la cama, 58,95 a las 4 a.m. y 59,4 cuando me levanté. Puedo entender que el peso se *vaya* —puede haberse evaporado o salido del cuerpo en el lavabo—, pero ¿cómo puede *añadirse*? ¿Es posible que una comida tenga una reacción química con otra comida, doble su densidad y volumen y se solidifique en una grasa más densa y pesada? No parezco más gorda. Puedo abrochar el botón, pero, ay, no la cremallera de mis tejanos del 89. Así que quizá todo mi cuerpo se está haciendo más pequeño pero más denso. Todo esto huele a mujeres culturistas y hace que me sienta extrañamente enferma. Llamé a Jude para quejarme del fracaso de la dieta, que dice que escribas todo lo que has comido, honestamente, y veas si has seguido la dieta. Aquí está la lista:

Desayuno: bollo de pasas de Viernes Santo (Dieta Scarsdale - leve variante de la especificada tostada de pan integral); Barra de Mars (Dieta Scarsdale - leve variante del especificado medio pomelo).

Tentempié: dos plátanos, dos peras (cambié al plan B por estar hambrienta y no poder con el tentempié de

Scarsdale a base de zanahorias). Zumo de naranja de tetrabrik (Dieta Anticelulítica y de Comida Cruda).

Almuerzo: patata asada (Dieta Vegetariana Scarsdale) y hummus (Dieta de Heno, bien con patatas asadas, ya que todo es fécula, y el desayuno y el tentempié han sido básicamente alcalinos, con la excepción del bollo de pasas y el Mars: aberración leve).

Cena: cuatro vasos de vino, pescado con patatas fritas (Dieta Scarsdale y también Dieta de Heno, base de proteínas); ración de tiramisú; menta Aero (meada).

Me doy cuenta de que encontrar una dieta que vaya con lo que te apetece comer se ha convertido en algo demasiado fácil, y que las dietas no están ahí para ser cogidas y mezcladas, sino para ser cogidas y mantenidas, que es exactamente lo que tengo que empezar a hacer en cuanto me haya comido este cruasán de chocolate.

martes 14 de marzo

Desastre. Desastre absoluto. Exaltada por el éxito de la teoría de la reina de hielo de Tom, empecé a contagiarme de la teoría de Jude y a volver a enviarle mensajes a Daniel, para asegurarle que confiaba en él y que no iba a ponerme pesada o a perder los estribos sin motivo alguno.

Hacia media mañana, el enfoque de reina de hielo, combinado con *Los hombres proceden de Marte, las mujeres proceden de Venus,* era tan positivo que Daniel se acercó a mí cuando estaba al lado de la cafetera y dijo:

—¿Te vendrías a Praga el próximo fin de semana?

—¿Qué? Eh jajajaja, ¿te refieres al fin de semana de la semana que viene?

—Sííííí, el próximo fin de semana —dijo, con un aire alentador, levemente condescendiente, como si él me hubiese estado enseñando a hablar inglés.

—Oooh. *Sí, por favor* —le contesté, olvidando el mantra de la diosa de hielo a causa del entusiasmo.

Lo siguiente fue acercarse y preguntarme si quería ir a la vuelta de la esquina a comer. Quedamos en vernos fuera del edificio, para que nadie sospechase, y todo tenía algo de emocionante y clandestino, hasta que él dijo, mientras caminábamos hacia el pub:

—Escucha, Bridge, de verdad que lo siento, la he jodido.

—¿Por qué? ¿Qué? —dije, recordando a mi madre al mismo tiempo que hablaba, y preguntándome si no era mejor decir «¿Perdón?».

—No puedo ir a Praga el fin de semana que viene. No sé en qué estaba pensando. Pero quizá lo hagamos en otro momento.

Una sirena retumbó en mi cabeza y una enorme señal de neón empezó a parpadear, con la cabeza de Sharon en medio diciendo: «SEXO SIN COMPROMISO, SEXO SIN COMPROMISO.»

Me quedé parada en medio del pavimento, fulminándole con la mirada.

—¿Qué pasa? —dijo, con una expresión graciosa en la cara.

—Estoy harta de ti —le dije furiosa—. Te dije de forma bastante específica, la primera vez que intentaste desabrocharme la falda, que no estoy en lo de sexo sin compromiso emocional. Estuvo muy mal seguir coqueteando, acostarse conmigo y luego ni siquiera una llamada de teléfono, sino intentar hacer ver que aquello nunca ocurrió. ¿Sólo me preguntaste lo de Praga para asegurarte de que todavía podías acostarte conmigo si querías, como si estuviésemos en alguna especie de escalera?

—¿Una escalera, Bridge? ¿Qué clase de escalera?

—Cállate —le dije enfurecida—. Contigo todo es ahora sí y ahora no. O sales conmigo y me tratas bien, o me dejas en paz. Como te he dicho, no estoy interesada en el sexo sin compromiso.

—¿Y tú qué, esta semana? Primero me ignoras por completo como una solterona de hielo de las Juventudes Hitlerianas, luego te conviertes en una irresistible y sexy gatita, mirándome por encima del ordenador con ojos no tanto de «ven-a-la-cama» como de sólo «ven», y ahora, de repente, eres una pacata.

Nos miramos el uno al otro paralizados, como dos animales de África a punto de enzarzarse en una pelea, en un programa del *National Geographic*. Entonces, de repente, Daniel dio media vuelta y salió del pub, dejándome pasmada, asombrada. De vuelta a la oficina, me metí en el baño, cerré la puerta y me senté, mirando a la puerta con un solo ojo, como una loca. Oh, Dios mío.

5 p.m. Ja ja. Soy maravillosa. Me siento muy satisfecha de mí misma. Tuve una reunión de alto nivel poscrisis del trabajo en el Café Rouge, con Sharon, Jude y Tom, quienes estuvieron encantados con el resultado de lo de Daniel, cada uno de ellos convencido de que se debía a que yo había seguido su consejo. También Jude había escuchado un estudio en la radio, según el cual para el cambio de milenio una tercera parte de todas las familias será unipersonal, lo que por consiguiente demuestra que por fin ya no somos monstruos trágicos. Shazzer se carcajeó y dijo:

—¿Uno de cada tres? Nueve de cada diez, más bien.

Sharon mantiene que los hombres —a excepción de la compañía presente (esto es, Tom)— están tan catastróficamente subdesarrollados que pronto las mujeres los guardarán como mascotas para el sexo, por lo cual presumiblemente no contarán en la familia, ya que los hombres estarán fuera en casetas para perros. En cualquier caso, me siento llena de poder. Tremenda. Creo que leeré un poco del *Contragolpe* de Susan Faludi.

5 a.m. Oh, Dios mío, me siento tan desgraciada por lo de Daniel. Le quiero.

miércoles 15 de marzo

57,15 kg, 5 copas (vergüenza: orina de Satanás), 14 cigarrillos (hierbajo de Satanás, lo dejaré el día de mi cumpleaños), 1.795 calorías.

Humph. Me he despertado muy alicaída. Además, sólo faltan dos semanas para mi cumpleaños, y tendré que afrontar el hecho de que ya ha pasado otro año, durante el cual todo el mundo menos yo se ha transformado en Petulante Casado, ha tenido hijos plaf, plaf, plaf, izquierda derecha y centro, ha ganado centenares de miles de libras y ha progresado en la empresa, mientras yo voy a toda velocidad sin timón y sin novio, a través de relaciones frustradas y sin progresar en el trabajo.

Me he encontrado escrutándome la cara una y otra vez en el espejo en busca de arrugas, y leyendo desesperadamente el *Hola*, comparando las edades de todo el mundo en una búsqueda desesperada de modelos (¡Jane Seymour tiene cuarenta y cuatro!), luchando contra el miedo aterrador de que un día, en tus treinta, de repente y sin previo aviso, te crecerá un enorme vestido de nilón, una bolsa de la compra, una permanente llena de rizos, y tendrás el rostro desmoronado como en los efectos especiales de una película, y eso será todo. Intenté con todas mis fuerzas concentrarme en Joanna Lumley y en Susan Sarandon.

También he pensado en cómo celebrar mi cumpleaños. El tamaño del piso y el saldo del banco impiden llevar a cabo una fiesta, ¿Quizá una cena? Pero tendría que pasarme el cumpleaños trabajando como una negra y odiaría a todos los invitados en cuanto llegasen. Podríamos ir todos a comer fuera, pero entonces me sentiría mal al tener que pedirle a la gente que pagase cada uno su cena, obligándoles egoístamente a pasar una noche costosa y aburrida simplemente para celebrar mi cumpleaños. Sin embargo, no puedo permitirme pagar lo de todos. Oh, Dios. ¿Qué hacer? Ojalá no hubiese nacido, sino que hubiese aparecido de una forma similar, aunque no idéntica, a Jesús, y entonces no habría tenido que soportar los cumpleaños. Simpatizo con Jesús en cuanto a la vergüenza que él tendría, y quizá debería tener, ante una imposición social de dos milenios de antigüedad acerca del cumpleaños de uno en numerosas zonas del globo.

Medianoche. He tenido una idea muy buena sobre lo del cumpleaños. Voy a invitar a todo el mundo a casa a tomar cócteles, quizá Manhattans. Entonces habré dado a los invitados algo en plan anfitriona de la alta sociedad, y, si después a todo el mundo le apetece ir a cenar: bueno, pueden hacerlo. Acabo de darme cuenta de que no estoy segura de lo que es un Manhattan. Pero quizá podría comprar un libro de cócteles. Para ser del todo sincera probablemente no lo haga.

jueves 16 de marzo

57,6 kg, 2 copas, 3 cigarrillos (muy bien), 2.140 calorías (pero fruta en su mayoría), 237 minutos utilizados en hacer la lista de invitados para la fiesta (mal).

Yo	Shazzer
Jude	Richard el Malvado
Tom	Jerome (¡puaj!)
~~Michael~~	
Magda	Jeremy
Simon	
Rebecca	Martin el Plomo
Woney	Cosmo
Joanna	
¿Daniel?	¿Perpetua? (aagh) ¿y Hugo?

Oh, no. Oh, no. ¿Qué voy a hacer?

viernes 17 de marzo

Acabo de llamar a Tom, que me ha dicho, muy sabiamente:

—Es tu cumpleaños y deberías invitar sólo a la gente que tú quieras.

Así que se lo voy a decir a los siguientes:

Shazzer
Jude
Tom
Magda y Jeremy
y a hacer la cena para todos yo misma.

Volví a llamar a Tom para explicarle el plan y él me dijo:

—¿Y Jerome?

—¿Qué?

—¿Y Jerome?

—Creía, como dijimos, que se lo iba a decir a los que... —me detuve al darme cuenta de que si decía «quería» eso significaría que yo no «quería» específicamente a gente «como» el novio pretencioso e insoportable de Tom—. ¡Oh! —dije, exagerando demasiado—. ¿Te refieres a *tu* Jerome? *Claro* que Jerome está invitado, tontaina. Pero ¿crees que está bien no decírselo a Richard el Malvado de Jude? ¿Ni a Woney la Niñata, a pesar de que ella me invitase a su cumpleaños la semana pasada?

—Nunca lo sabrá.

Cuando le expliqué a Jude quién iba a venir, me dijo con desparpajo:

—Oh, ¿así que vendremos con nuestras medias naranjas?

Lo que nos lleva a Richard el Malvado.

Ahora que ya no somos sólo seis, también tendré que preguntárselo a Michael. Oh, bueno. Quiero decir, nueve está bien. Diez. Estará bien.

La siguiente llamada fue de Sharon.

—Espero no haber metido la pata. Acabo de ver a Rebecca y le he preguntado si iba a ir a tu cumpleaños, y me ha parecido que se ofendía mucho.

Oh, no, ahora voy a tener que decírselo a Rebecca y a Martin el Plomo. Y eso significa que también voy a tener que decírselo a Joanna. Mierda. Mierda. Ahora que he dicho que voy a cocinar no puedo anunciar de repente que vamos a ir a un restaurante, ya que pareceré perezosa y tacaña.

Oh, Dios mío. Acabo de llegar a casa y escuchar un mensaje que Woney había grabado en mi contestador con un tono frío y ofendido.

—Cosmo y yo nos estábamos preguntando qué querrías para tu cumpleaños este año. ¿Nos llamas, vale?

Acabo de darme cuenta de que me voy a pasar el día de mi cumpleaños preparando una cena para dieciséis personas.

sábado 18 de mano

56,65 kg, 4 copas (harta), 23 cigarrillos (muy muy mal, sobre todo en dos horas), 3.827 calorías (repulsivo).

2 p.m. Hum. Justo lo que necesitaba. Mi madre irrumpió en mi piso, la crisis de la Cigarra Que Cantó Todo el Verano milagrosamente olvidada.

—¡Dios mío, cariño! —dijo entrecortadamente, y se movió a toda velocidad por mi piso en dirección a la cocina—. ¿Has tenido una mala semana o algo así? Tienes un aspecto espantoso. Parece que tengas noventa años. Bueno, adivina qué, cariño —dijo dándose la vuelta, mientras aguantaba la tetera, dejaba caer la mirada y la volvía a levantar, brillando como Bonnie Langford a punto de embarcarse en un número de claqué.

—¿Qué? —farfullé malhumorada.

—He conseguido un trabajo de presentadora de televisión.

Me voy de compras.

domingo 19 de marzo

56,2 kg, 3 copas, 10 cigarrillos, 2.465 calorías (pero principalmente chocolate).

Hurra. Una perspectiva positiva totalmente diferente del cumpleaños. He hablado con Jude acerca de un libro que ella ha estado leyendo de fiestas y ritos de iniciación en culturas primitivas y me siento feliz y tranquila.

Entiendo que es superficial y malo creer que un piso es demasiado pequeño para recibir a diecinueve, y que no puedo verme obligada a pasar el día de mi cumpleaños cocinando, y que preferiría ponerme un vestido elegante y que un dios del sexo con una enorme tarjeta de crédito oro me llevase a un restaurante pijo. En lugar de eso, voy a pensar en mis amigos como en una gran y cariñosa familia africana, o quizá turca.

Nuestra cultura está demasiado obsesionada con las apariencias, la edad y el estatus. El amor es lo que importa. Estas diecinueve personas son mis amigos; quieren ser bienvenidos en mi hogar para celebrar con cariño y sencilla comida casera este día; no para juzgarme. Voy a preparar pastel de carne para todos. Cocina casera inglesa. Será una fiesta étnica familiar maravillosa, afectuosa y de estilo tercermundista.

lunes 20 de marzo

57,15 kg, 4 copas (entonándome), 27 cigarrillos (pero último día antes de dejarlo), 2.455 calorías.

He decidido servir el pastel de carne con ensalada de endivias belgas a la parrilla, taquitos de roquefort y chorizo frito, para añadir un toque moderno (no lo he intentado antes pero seguro que será fácil), seguido de suflés individuales al Grand Marnier. Espero ansiosa el día de mi cumpleaños. Espero ser reconocida como una brillante cocinera y anfitriona.

***martes 21 de marzo**: cumpleaños*

57,15 kg, 9 copas, 42 cigarrillos, 4.295 calorías. Si no me lo puedo permitir en mi cumpleaños, ¿cuando podré?

6.30 p.m. No puedo seguir. Acabo de pisar una cacerola de puré de patatas con mis nuevos y sexys zapatos de tacón de pied à terre (pied-à-pomme-de-terre, más bien), olvidando que todo el suelo de la cocina y su superficie estaba lleno de cacerolas de carne picada y de puré de patatas. Ya son las 6.30 y tengo que ir a Cullens a comprar los ingredientes para el suflé al Grand Marnier y otras cosas que me he olvidado. Oh, Dios mío, acabo de recordar que puede haber una caja de preservativos junto al lavabo. También tengo que esconder los tarros de conservas con embarazosos y nada modernos dibujitos de ardillas, y una tarjeta de cumpleaños de Jamie con una foto de un cordero, donde pone FELIZ CUMPLEAÑOS, ADIVINA CUÁL ERES TÚ. Entonces en el interior, TÚ ERES LA QUE ESTÁ AL OTRO LADO DE LA MONTAÑA. Hum.

Horario:

6.30. Ir a la tienda.

6.45. Volver con las provisiones olvidadas.

6.45-7. Montar el pastel de carne y colocarlo en el horno (oh, Dios, espero que todo cuadre).

7-7.05. Preparar los suflés Grand Marnier. (Creo que ahora voy a echar un traguito de Grand Marnier. Es mi cumpleaños, después de todo.)

7.05-7.10. Mmm. El Grand Marnier está delicioso. He buscado signos reveladores de mala limpieza en la vajilla y la cubertería y la he dispuesto en forma de abanico. Ah, también tengo que comprar servilletas.

7.10-7.20. He puesto orden y corrido los muebles a los lados de la habitación.

7.20-7.30. He hecho esa cosa del chorizo y los chicharrones fritos.

Lo cual me deja media hora larga para arreglarme, así que no tengo necesidad de dejarme llevar por el pánico. Tengo que fumar un cigarrillo. Aargh. Son las siete menos cuarto. ¿Cómo puede ser? Aargh.

7.15 p.m. Acabo de regresar de la tienda y ahora me doy cuenta de que he olvidado la mantequilla.

7.35 p.m. Mierda, mierda, mierda. El pastel de carne sigue dentro de las cacerolas repartidas por el suelo de toda la cocina y todavía no me he lavado el pelo.

7.40 p.m. Oh, Dios mío. Estaba buscando la leche y me he dado cuenta de que he dejado la bolsa de la compra en la tienda. También tenía los huevos allí. Eso quiere decir... Oh, Dios, y el aceite de oliva... Así que no puedo hacer lo de la ensalada rizadita.

Hmm. El mejor plan, seguramente, es meterme en el baño con una copa de champán y prepararme. Como mínimo si estoy guapa podré seguir cocinando cuando todo el mundo ya esté aquí y quizá pueda hacer que Tom vaya a buscar los ingredientes que faltan.

7.55 p.m. Aargh. El timbre. Estoy en sostenes y bragas, y con el pelo mojado. El pastel está por el suelo. De repente odio a los invitados. He tenido que trabajar como una negra durante dos días, y ahora todos ellos aparecerán pidiendo comida como locos. Me gustaría abrir la puerta y gritar: «Oh, que os *jodan.*»

2 a.m. Estoy muy emocionada. En la puerta estaban Magda, Tom, Shazzer y Jude con una botella de champán. Me dijeron que me diese prisa en estar lista y, para cuando yo me hube secado el pelo y vestido, ellos ya habían limpiado toda la cocina y tirado el pastel de carne. Resultó que Magda había reservado una mesa en 192 y les había dicho a todos que fuesen allí en lugar de ir a mi piso, y allí estaban todos esperando con regalos, planeando pagarme la cena. Magda dijo que habían tenido un extraño, casi espeluznante sexto sentido que les avisó que el suflé al Grand Marnier y los chicharrones fritos no iban a salir bien. Quiero a los amigos, mucho más que a una gran familia turca con extraños pañuelos en la cabeza.

Bien: para el año que viene volveré a activar los Buenos Propósitos de Año Nuevo, añadiendo lo siguiente:

Sí:

Dejar de obsesionarme tanto y de tener pavor a las cosas.

No:

Acostarme o no querer saber nada de Daniel Cleaver nunca más.

Abril:

elegancia interior

domingo 2 de abril

57,15 kg, 0 copas (maravilloso), 0 cigarrillos, 2.250 calorías.

He leído en un artículo que Kathleen Tynan, difunta mujer del difunto Kenneth, tenía «elegancia interior» y que, cuando escribía, se la podía ver vestida de forma inmaculada, sentada frente a una pequeña mesa en el centro de la habitación, dando sorbitos a una copa de vino blanco frío. Kathleen Tynan, si tuviera que entregar con retraso una nota de prensa para Perpetua, no permanecería tumbada completamente vestida y asustada bajo el edredón, fumando un cigarrillo tras otro, bebiendo *sake* frío de una taza y maquillándose como actividad histérica de sublimación. Kathleen Tynan no permitiría a Daniel Cleaver acostarse con ella cada vez que a él le viniese en gana, pero sin ser su novio. Tampoco perdería el conocimiento por la bebida y se pondría enferma. Me gustaría ser como Kathleen Tynan (aunque, obviamente, sin estar muerta).

Más tarde, por consiguiente, cada vez que me ha parecido que perdía el control sobre las cosas, he repetido la frase «elegancia interior» y me he imaginado vestida de lino blanco y sentada a una mesa con flores. «Elegancia interior.» Ya llevo seis días sin pitillos. He asumido un aire de digna altivez hacia Daniel y ni le he enviado mensajes, ni he coqueteado, ni me he acostado con él desde hace tres semanas. Sólo he consumido tres copas de alcohol esta última semana, concesión hecha a regañadientes a Tom, que se quejó de que pasar la noche con mi nueva yo libre-de-vicios era como salir a cenar con una ostra, una vieira, o alguna otra fláccida criatura marina.

Mi cuerpo es un templo. ¿Es ya la hora de ir a la cama? Oh no, sólo son las 8.30. Elegancia interior. Oh. Teléfono.

9 p.m. Era mi padre con voz extraña y entrecortada.

—Bridget. Pon la BBC1 en tu televisor.

Cambié los canales y quedé petrificada por el horror. Había un remolque en el show de Anne y Nick y allí, congelada en un diamante creado por un efecto de vídeo entre Anne y Nick en el sofá, estaba mi madre, toda emperifollada y maquillada, como si fuese la jodida Katie Boyle o alguien así.

—Nick —dijo Anne en tono agradable.

—... y también presentaremos nuestro nuevo Espacio de la Primavera —dijo Nick—, *De repente soltera...* —un dilema que tienen que afrontar un número cada vez mayor de mujeres, Anne.

—Y también presentamos a la flamante nueva presentadora Pam Jones —dijo Anne—. También ella «de repente soltera» y haciendo su debut televisivo.

Mientras Anne seguía hablando, mi madre se descongeló en el interior del diamante, que empezó a acercarse hacia la pantalla, tapando a Anne y a Nick, y mostrando a mi madre blandiendo un micrófono debajo de la nariz de una mujer que parecía muy poquita cosa.

—¿Has tenido pensamientos suicidas? —bramó mi madre.

—Sí —contestó la mujer poquita cosa y se echó a llorar, momento en el cual la imagen se congeló, dio la vuelta y se colocó rápidamente en una esquina, para dejarnos ver otra vez a Anne y a Nick en el sofá, con aspecto sepulcral.

Papá estaba destrozado. Mamá ni siquiera le había dicho lo del trabajo como presentadora de televisión. Parece ser que él se ha resignado y está convencido de que mamá sólo pasa una crisis de envejecimiento y que ya es consciente de que ha cometido un error, pero está demasiado avergonzada para pedirle que vuelva a casa.

En realidad, estoy completamente a favor de la resignación. Puedes convencerte a ti mismo de cualquier guión que elijas y eso te tiene como unas pascuas; siempre y cuando tu ex compañero no aparezca en la pantalla de tu televisor forjando una carrera a base de no estar ya casada contigo. Intenté hacerle ver que eso no significaba que no hubiera esperanza, y que quizá mamá estaba planeando su reencuentro como un final realmente oportuno de la serie, pero no coló. Pobre papá. No creo que sepa nada de Julio ni del hombre de los impuestos. Le pregunté si le gustaría que fuese mañana, y que saliésemos a cenar a un buen restaurante el sábado por la noche y quizá ir a pasear el domingo, pero él dijo que estaba bien. Los Alconbury iban a dar una cena *Old English* para el Lifeboat el sábado por la noche.

martes 4 de abril

Decidida ahora a enfrentarme a los constantes retrasos en el trabajo y al fracaso de resolver la bandeja de entrada del correo electrónico a punto de reventar con tantas amenazas de los administradores, etc., tomé la determinación de empezar un programa de autoayuda con estudio de racionalización del trabajo.

7 a.m. Me peso.

7.03 a.m. Vuelvo a la cama enfurruñada por el peso. Mal estado mental. Dormir o levantarme me resulta igual de imposible. Pienso en Daniel.

7.30 a.m. Retortijones de hambre me obligan a salir de la cama. Hago café, quizá pomelo. Cruasán de chocolate descongelado.

7.35-7.50 a.m. Miro por la ventana.

7.55 a.m. Abro el armario. Me quedo mirando la ropa.

8 a.m. Escojo la blusa. Intento encontrar la minifalda negra de licra. Saco ropa del fondo del armario en busca de la falda. Busco por los cajones y detrás de la silla del dormitorio. Busco en la cesta de la ropa por planchar. La falda ha desaparecido. Me fumo un cigarrillo para animarme.

8.20 a.m. Me froto la piel con un cepillo (anti-celulitis), me baño y me lavo el pelo.

8.35 a.m. Empiezo a escoger la ropa interior. Crisis de ropa limpia significa que las únicas bragas disponibles son de algodón blanco. Demasiado poco atractivas para ser consideradas, incluso para el trabajo (daño psicológico). Vuelvo a la cesta de la ropa por planchar. Encuentro unas negras de encaje inapropiadamente pequeñas, peliagudo pero mejor que las horribles bragas gigantes de premamá.

8.45 a.m. Empecé con las medias negras opacas. El primer par parece haberse encogido, están 8 centímetros por debajo de las rodillas. Me pongo el segundo par y encuentro un agujero en la parte de atrás. Las tiro. De repente recuerdo que llevaba puesta la minifalda de licra la última vez que volví a casa con Daniel. Voy a la sala de estar. Triunfalmente localizo la falda entre los cojines del sofá.

8.55 a.m. Vuelvo a las medias. El tercer par sólo tiene un agujero en la punta del pie. Me las pongo. El agujero se transforma en una carrera que sobresaldrá de forma reveladora del zapato. Voy a la cesta de la ropa por planchar. Localizo el último par de medias negras opacas, enrolladas como si de una cuerda se tratara. Las deshago y examino el tejido.

9.05 a.m. Ahora ya tengo las medias puestas. Añado la falda. Empiezo a planchar la blusa.

9.10 a.m. De repente me doy cuenta de que el pelo se está secando con una forma extraña. Busco un cepillo. Lo encuentro en el bolso. Me seco el pelo con el secador de mano y el cepillo. No quedará bien. Le pongo el spray de las plantas y lo seco un poco más.

9.40 a.m. Vuelvo a la plancha y descubro una mancha pertinaz en la parte delantera de la blusa. Todas las otras están sucias. Me entra el pánico a causa de la hora. Intento lavar la mancha. Ahora toda la blusa está empapada. La plancho.

9.55 a.m. Es muy tarde. Desesperada, me fumo un pitillo y leo un folleto de vacaciones para tranquilizarme cinco minutos.

10 a.m. Intento encontrar el bolso. El bolso ha desaparecido. Decido mirar si algo bonito ha llegado con el correo.

10.07 a.m. Sólo facturas y folletos publicitarios. Intento recordar qué estaba buscando. Vuelvo a empezar la búsqueda del bolso.

10.15 a.m. Ya es más que tarde. De repente, cuando estaba buscando el cepillo, he recordado que tenía el bolso en el dormitorio, pero no lo encuentro. Al final lo he localizado en el armario, debajo de la ropa. Vuelvo a colocar la ropa en el armario. Me pongo la chaqueta. Estoy lista para salir. No puedo encontrar las llaves. Registro la casa furiosa.

10.25 a.m. Encuentro las llaves en el bolso. Me doy cuenta de que he olvidado el cepillo.

10.35 a.m. Salgo de casa.

Tres horas y treinta y cinco minutos entre despertarse y salir de casa es demasiado tiempo. En el futuro debo arreglarme al levantarme y cambiar todo el sistema de lavandería. Abro el periódico para leer que en Estados Unidos un asesino convicto está convencido de que las autoridades le han implantado un microchip en el trasero para controlar sus movimientos, o algo así. Me aterroriza el pensamiento de tener un microchip similar en mi propio trasero, especialmente por las mañanas.

miércoles 5 de abril

56,65 kg, 5 copas (culpa de Jude), 2 cigarrillos (le puede pasar a todo el mundo: no significa que haya vuelto a empezar a fumar), 1.765 calorías, 2 lotos instantáneas.

Hoy le he hablado a Jude de lo de la elegancia interior y ella me contó, lo cual resultó interesante, que había estado leyendo un libro de autoayuda sobre el Zen. Dijo que, cuando mirabas la vida, el Zen se podía aplicar a todo: Zen y el arte de ir de compras, Zen y el arte de comprar pisos, etc. Aseguró que todo era cuestión de Flujo más que de lucha. Y si, por ejemplo, tenías un problema o las cosas no estaban saliendo bien, en lugar de ponerte tensa o enfadarte debías relajarte y notar cómo entras en el Flujo y todo saldría bien. Es, dijo, como cuando no puedes conseguir que una llave abra una cerradura y si la mueves con furia la cosa empeora, pero sácala, ponle un poco de pintalabios, y... ¡Eureka! Pero que no le mencionase la idea a Sharon, porque ella pensaba que era una chorrada.

jueves 6 de abril

Fui a encontrarme con Jude para tomar una copa tranquilas y hablar un poco más del Flujo, y vi la silueta familiar de un tipo moreno, guapo, con traje completo y jersey a rombos, sentado en una esquina tranquila, cenando: era el Jeremy de Magda. Le saludé y, durante una milésima de segundo, vi una expresión de horror en su rostro, lo que me hizo mirar rápidamente a su compañera que: a) no era Magda, b) no tenía treinta años, c) llevaba un traje que yo me había probado dos veces en Whistles y había tenido que desistir, porque era demasiado caro. Maldita bruja.

Estaba casi segura de que Jeremy iba a intentar zafarse con la típica mirada rápida de «hola, ahora no», que señala la importancia de vuestra vieja y duradera amistad, pero que, al mismo tiempo, demuestra que ése no es el momento para reafirmarla con besos y una charla profunda. Yo estaba a punto de dejarlo correr cuando de repente pensé: ¡Espera un minuto! ¡Hermanas! ¡Magda! Si el marido de Magda no tiene nada de que avergonzarse al cenar con esa despreciable marrana que lleva *mi* traje, me presentará.

Alteré mi camino para pasar por su mesa, con lo que él se sumergió en una profunda conversación con la marrana, mirándome cuando pasé y sonriéndome de manera firme y confiada, como queriendo decir «reunión de trabajo». Le eché una mirada de «a mí no me vengas con reuniones de trabajo», y pasé de largo.

¿Y qué tengo que hacer ahora? Oh, querida, oh, querida. ¿Decírselo a Magda? ¿No decírselo a Magda? ¿Llamar a Magda por teléfono y preguntarle si todo va bien? ¿Llamar a Jeremy por teléfono y preguntarle si todo va bien? ¿Llamar a Jeremy por teléfono y amenazarle con decírselo a Magda a menos que deje a la puta que lleva mi traje? ¿Ocuparme de mis asuntos?

Recordando el Zen, a Kathleen Tynan y a la elegancia interior, hice una versión de Saludo al Sol que recordaba de unas clases de yoga para centrarme, concentrándome en la rueda interior, hasta que el Flujo llegó. Entonces decidí con serenidad no decírselo a nadie, como si el chismorreo pudiese esparcir un veneno virulento. En cambio, llamaré muy a menudo a Magda y estaré allí para que, si hay algún problema (lo que seguro que ella, con su intuición femenina, acabará intuyendo), me lo diga. Entonces si, a través del Flujo, parece lo correcto, le diré lo que vi. Nada de valor se obtiene de la lucha; es todo cuestión de Flujo. Zen y el arte de la vida. Zen. Flujo. Humm, pero entonces, ¿cómo ocurrió que me encontrase con Jeremy y con la despreciable marrana si no a través del Flujo? Y entonces, ¿qué quiere decir esto?

martes 11 de abril

55,7 kg, 0 copas, 0 cigarrillos, 9 lotos instantáneas (esto tiene que acabar).

Todo parece normal entre Magda y Jeremy, así que quizá sólo fuera una reunión de trabajo. Quizá la noción de Zen y Flujo es correcta, ya que no hay duda alguna de que al relajarme y guiarme por las vibraciones he hecho lo correcto. La semana que viene estoy invitada a una brillante comida de intelectuales sobre *La Motocicleta de Kafka* en el Ivy. Estoy decidida a, en lugar de asustarme por la fiesta, dejarme llevar por el pánico y volver a casa enfadada y deprimida, mejorar mi sociabilidad, mi confianza y a Hacer que las Fiestas Me Salgan Bien, siguiendo los consejos de un artículo que acabo de leer en una revista.

Al parecer, Tina Brown, del *New Yorker,* es brillante en lo que a fiestas se refiere, se desliza con gracia de un grupo a otro, diciendo: «¡Martin Amis! ¡Nelson Mandela! ¡Richard Gere!», con un tono que sugiere: «Dios mío, ¡no he estado tan encantada de ver a alguien en toda mi vida! ¿Has conocido a la persona más deslumbrante de la fiesta aparte de ti? ¡Habla! ¡Habla! ¡Tengo que transmitir! ¡Adiós!» Me gustaría ser como Tina Brown, aunque, obviamente, no tan trabajadora.

El artículo está lleno de consejos útiles. Al parecer, uno nunca debería hablar con alguien en una fiesta más de dos minutos. Cuando ha pasado el tiempo, sólo dices: «Creo que se supone que debemos circular. Encantada de conocerte», y te marchas. Si no sabes qué decir después de haberle preguntado a alguien qué hace y de que te haya respondido «trabajo en una funeraria» o «trabajo para la Agencia de Ayuda al Niño», sólo tienes que preguntar: «¿Te gusta?» Cuando presentes a alguien, añade un amable comentario o dos sobre cada persona, para que su interlocutor tenga un punto de partida para la conversación. Por ejemplo: «Éste es John, es de Nueva Zelanda y le gusta hacer windsurf.» O: «Gina es una experta paracaidista y vive en un balandro.»

Lo más importante: uno no tiene que ir nunca a una fiesta sin un claro objetivo: establecer contactos que te puedan ayudar a mejorar tu carrera; hacer amistad con alguien en concreto; o simplemente «cerrar» un trato de primera. Entiendo lo mal que lo hacía, porque siempre iba a las fiestas con el único objetivo de no achisparme demasiado.

lunes 17 de abril

56,2 kg, 0 copas (muy bien), 0 cigarrillos (muy bien), 5 lotos instantáneas (pero gané 2 libras, así que el gasto total de lotos instantáneas ha sido sólo de 3 libras).

Vale. Mañana es *La Motocicleta de Kafka*. Voy a esforzarme por tener claro los objetivos que quiero conseguir. Dentro de un minuto. Voy a mirar los anuncios y después llamar a Jude.

Vale.

1) No achisparme demasiado.
2) Querer conocer a gente con la que conectar.

Humm. De todas formas, pensaré algunos más, después.

11 p.m. Vale.

3) Llevar a la práctica las formas sociales del artículo de prensa.

~~4) Hacer pensar a Daniel que tengo elegancia interior y que quiera volver a ligar conmigo. No. No.~~

~~4) Encontrar y acostarme con el dios del sexo~~.

4) Establecer contactos interesantes con el mundo de la edición e incluso con otras profesiones, para encontrar una nueva carrera.

Oh, Dios mío. No quiero ir a esa horrible fiesta. Quiero quedarme en casa con una botella de vino y mirar *Vecinos.*

martes 18 de abril

57,15 kg, 7 copas (oh, querida), 30 cigarrillos, calorías (no me atrevo ni a pensar en ello), 1 loto instantánea (excelente).

La fiesta tuvo un mal principio, porque no vi a nadie conocido. Me conseguí una bebida y entonces vi a Perpetua hablando con James del *Telegraph.* Me acerqué a ella esperanzada para entrar en acción, pero en lugar de decir: «James, Bridget viene de Northamptonshire y es buena gimnasta» (voy a empezar a volver a ir al gimnasio pronto), Perpetua siguió hablando —sobrepasando con creces el límite de los dos minutos— y me ignoró.

Estuve un rato dando una vuelta, sintiéndome una completa imbécil, y entonces vi a Simon de marketing. Simulando con astucia que no había tenido la más mínima intención de unirme a la conversación de Perpetua, me abalancé con determinación sobre Simon, lista para decir: «¡Simon Barnett!», al estilo de Tina Brown. Sin embargo, cuando ya casi estaba allí, me di cuenta, desgraciadamente, de que Simon de marketing estaba hablando con Julian Barnes. Temiéndome que no podría gritar «¡Simon Barnett! ¡Julian Barnes!» con la alegría y el *tono* adecuados, vacilé, y empecé a apartarme sigilosamente, momento en el cual Simon dijo enfadado con tono de superioridad (el que, curiosamente, nunca le ves utilizar cuando intenta ligar contigo junto a la fotocopiadora):

—¿Querías algo, Bridget?

—¡Ah! ¡Sí! —le dije, histérica, intentando encontrar algo que pudiera querer—. Ahm.

—¿Sí? —Simon y Julian Barnes me miraban expectantes.

—¿Sabes dónde están los lavabos? —solté.

Maldición. Maldición. ¿Por qué? ¿Por qué he dicho esto? Vi que los labios delgados-pero-atractivos de Julian Barnes esbozaban una leve sonrisa.

—Ah, creo que están por allí.

—Estupendo. Gracias —dije, y me dirigí a la salida.

Una vez pasadas las puertas de vaivén, me apoyé contra la pared e intenté recuperar el aliento, mientras pensaba en la «elegancia interior, elegancia interior». No me había ido demasiado bien por el momento, no había dos maneras de verlo.

Miré con nostalgia las escaleras. La idea de ir a casa, ponerme el camisón y encender la tele empezó a parecer irresistiblemente atractiva. Sin embargo, al recordar los objetivos de la fiesta, respiré hondo por la nariz, murmuré «elegancia interior», y empujé las puertas hacia adentro, de vuelta a la fiesta. Perpetua seguía junto a la puerta, hablando con sus espantosas amigas Piggy y Arabella.

—Ah, Bridget —dijo—. ¿Vas a buscar algo de beber? —y me dio un vaso.

Cuando volví con tres vasos de vino y una Perrier, estaban en plena charla.

—Tengo que decir que me parece vergonzoso. Lo que ocurre en la actualidad es que toda una generación llega a conocer las grandes obras de la literatura: Austen, Eliot, Dickens, Shakespeare, etc., sólo a través de la televisión.

—Claro, sí. Es absurdo, criminal

—Completamente. Ellos creen que lo que ven cuando están haciendo *zapping* entre *La fiesta en casa de Noel* y *El flechazo* es en realidad Austen o Eliot.

—*El flechazo* es los sábados —dije.

—¿Perdona? —dijo Perpetua.

—Los sábados. *El flechazo* es los sábados a las siete y cuarto, después de *Gladiadores.*

—¿Y? —dijo Perpetua de forma despectiva, mirando de reojo a Arabella y a Piggy.

—No acostumbran a pasar esas grandes adaptaciones literarias las noches de los sábados.

—Oh, mirad, ahí está Mark —interrumpió Piggy.

—Oh, Dios, sí —dijo Arabella abriendo unos ojos como platos—. Ha dejado a su mujer, ¿verdad?

—Lo que quería decir era que no hay nada tan bueno como *El flechazo* en los otros canales cuando hacen las obras maestras de la literatura, así que no creo que mucha gente haga *zapping*.

—Oh, con que *El flechazo* es bueno, ¿verdad? —dijo Perpetua de forma despectiva.

—Sí, es muy bueno.

—Y tú, Bridget, ¿eres consciente de que *A mediados de marzo* era originalmente un libro, verdad, y no un serial?

Odio a Perpetua cuando se pone así. Saco de pedos vieja y estúpida.

—Oh, creí que primero habían hecho el serial y después la novela —dije malhumorada, agarré un puñado de palitos y me los metí en la boca.

Al levantar la mirada, vi a un hombre trajeado y de pelo oscuro delante de mí.

—Hola, Bridget —me dijo.

Casi abro la boca y dejo caer todos los palitos. Era Mark Darcy. Pero sin el suéter a rombos a lo Frank Bough.

—Hola —dije con la boca llena, intentando no dejarme llevar por el pánico. Entonces, recordando lo que ponía el artículo, me giré hacia Perpetua.

—Mark, Perpetua es... —empecé, y quedé paralizada. ¿Qué decir? Perpetua es una gorda ¿y que se pasa todo el tiempo mandoneándome? ¿Mark es muy rico y tiene una ex mujer japonesa y cruel?

—¿Sí? —dijo Mark.

—... es mi jefe y se va a comprar un piso en Fulham, y Mark es —dije, girándome desesperada hacia Perpetua— un abogado de derechos humanos de primera.

—Oh, hola, Mark. Sé *de* ti, claro —dijo efusivamente Perpetua, como si fuese Prunella Scales del *Hotel Fawlty* y él fuese el Duque de Edimburgo.

—Mark, ¡hola! —dijo Arabella, abriendo mucho los ojos y parpadeando de una forma que debía creer muy atractiva—. Hace siglos que no te veo. ¿Qué tal en la Gran Manzana?

—Justo estábamos hablando de jerarquías de cultura —dijo Perpetua con voz tonante—. Bridget es una de esas personas que cree que el momento en el que abren la cortina en *El flechazo* es equivalente al monólogo «arroja mi alma del cielo» de Otelo —dijo, rompiendo a reír.

—Ah. Entonces Bridget es claramente una posmodernista de primera —dijo Mark Darcy—. Ésta es Natasha —añadió, haciendo gestos hacia una chica alta, delgada y glamurosa que estaba a su lado—. Natasha es una espléndida abogada de conflictos familiares.

Tuve la sensación de que me estaba tomando el pelo. Menuda insolencia.

—Tengo que decir —dijo Natasha con una sonrisa petulante— que siempre he creído, en lo que respecta a los clásicos, que las personas deberían demostrar que han leído el libro antes de permitirles que viesen la versión de la televisión.

—Oh, estoy *absolutamente* de acuerdo —dijo Perpetua, y se echó a reír—. ¡Qué idea más maravillosa!

En aquel preciso instante pude ver con claridad cómo Perpetua hacía encajar mentalmente a Mark y a Natasha en medio de un grupo de ositos, conejitos y cerditos de peluche, sonrientes alrededor de una mesa bien puesta, para cenar, reír y cantar juntos.

—¡Tendrían que haber impedido que la gente escuchase la canción de la Copa del Mundo —gritó Arabella—, hasta que pudiesen demostrar que habían escuchado *Turandot*!

—Aunque en muchos sentidos, claro está —dijo la Natasha de Mark, de repente seria, como preocupada porque la conversación podía ir por mal camino—, la democratización de nuestra cultura es una *buena cosa*...

—Excepto en el caso del señor Barrigón, que debería haber sido pinchado al nacer —chilló Perpetua. Al mirar involuntariamente el culo de Perpetua, pensando «tiene gracia que ella diga eso», pesqué a Mark Darcy haciendo lo mismo.

—Sin embargo, lo que me *molesta* —Natasha estaba nerviosa y crispada como si estuviese en un club de debate de Oxford— es esta especie de individualismo arrogante, que imagina que cada nueva generación puede crear de alguna manera un nuevo mundo.

—Pero eso es exactamente lo que *hacen* —dijo Mark Darcy con dulzura.

—Oh, bueno, si lo miras a este nivel —dijo Natasha a la defensiva.

—¿Qué nivel? —dijo Mark Darcy—. No es un nivel, es la razón pura.

—No, no. Lo siento, estás siendo *deliberadamente* obtuso —contestó ella, sonrojándose—. Yo no estoy hablando de una visión desconstruccionalista fresca y oxigenante. Estoy hablando de la *vandalización* definitiva de la estructura cultural

Parecía que Mark Darcy se fuese a echar a reír.

—Lo que quiero decir es que, si vas en ese plan cursi, moralmente relativista, en plan «*El flechazo* es brillante» —dijo, mirando con resentimiento hacia mí.

—Yo no iba en ese plan, sólo he afirmado que me gusta *El flechazo* —le dije—. Aunque sería mejor que dejaran que los participantes preparasen ellos mismos las preguntas, en lugar de leer esas estúpidas preguntas que les hacen llenas de juegos de palabras e insinuaciones sexuales.

—Absolutamente —agregó Mark.

—Sin embargo, no puedo soportar *Gladiadores.* Me hace sentir gorda —dije—. De todas formas, ha sido un placer conocerte, ¡adiós!

Estaba de pie esperando a que me diesen el abrigo, reflexionando sobre cómo puede cambiar el atractivo de alguien según la presencia o ausencia de un suéter a rombos, cuando sentí unas manos que me rodeaban suavemente por la cintura.

Me di la vuelta.

—¡Daniel!

—¡Jones! ¿Cómo te vas tan pronto? —se inclinó y me besó—. Mmmmmm, hueles muy bien.

Y me ofreció un cigarrillo.

—No, gracias. He encontrado la elegancia interior y he dejado de fumar —dije, de forma preprogramada, como un autómata, deseando que Daniel no fuese tan atractivo como cuando te encontrabas a solas con él.

—Ya veo —sonrió—, elegancia interior, ¿eh?

—Sí —dije remilgadamente—. ¿Has estado en la fiesta? No te había visto.

—Ya sé que no. Sin embargo, yo sí te vi a ti. Hablando con Mark Darcy.

—¿De qué conoces a Mark Darcy? —pregunté asombrada,

—De Cambridge. No soporto a ese estúpido ganso. ¿De qué lo conoces tú?

—Es hijo de Malcolm y Elaine Darcy —empecé, casi a punto de proseguir con: «Ya conoces a Malcolm y a Elaine, cariño. Vinieron a visitarnos cuando vivíamos en Buckingham...»

—¿Quién demonios...?

—Son amigos de mis padres. Yo solía jugar con él en la piscina de plástico.

—Sí, seguro que sí, guarra putilla —gruñó—. ¿Quieres venir conmigo a cenar?

Elegancia interior, me dije a mí misma, elegancia interior.

—Venga, Bridge —me dijo, y se inclinó hacia mí de forma seductora—. Necesito tener una seria discusión acerca de tu blusa. Es extremadamente delgada. Casi, si la examinas bien, fina hasta la transparencia. ¿Se te ha ocurrido alguna vez que quizá tu blusa sufra de... *bulimia*?

—Tengo que encontrarme con otra persona —murmuré desesperada.

—Venga, Bridge.

—No —le dije con una firmeza que me sorprendió.

—Lástima —dijo con dulzura—. Nos vemos el lunes —y me echó una mirada tan guarra que estuve a punto de perseguirle y gritarle: «¡Fóllame! ¡Fóllame!»

11 p.m. Acabo de llamar a Jude y explicarle el incidente con Daniel, y también lo del hijo de Malcolm y Elaine Darcy, con quien mamá y Una habían intentado que ligase en el Bufé de Pavo al Curry, y que apareció en la fiesta con un porte bastante atractivo.

—Espera un minuto —dijo Jude—. No hablarás de *Mark* Darcy, ¿verdad? ¿El abogado?

—Sí. ¿Es que... tú también le conoces?

—Bueno, sí. Quiero decir que hemos hecho algunos trabajos con él. Es increíblemente simpático y atractivo. Pensaba que me habías dicho que el tipo del Bufé de Pavo al Curry era realmente grotesco.

Humph. Maldita Jude.

sábado 22 de abril

53,95 kg, 0 cigarrillos, 0 copas, 1.800 calorías.

Hoy es un día histórico y feliz. Tras dieciocho años de intentar bajar hasta los 53,95, finalmente lo he conseguido. No es un truco de la balanza, los tejanos lo han confirmado. Estoy delgada.

No hay explicación fiable. He ido dos veces al gimnasio la última semana, pero eso, aunque raro, no es extraordinario. He comido con normalidad. Es un milagro. He llamado a Tom, que me ha dicho que quizá tenga la solitaria. La manera de desembarazarse de esa lombriz, me ha dicho, es sostener un bol de leche caliente y un lápiz delante de mi boca (a las lombrices, al parecer, les encanta la leche caliente. Les encanta). Abrir la boca. Entonces, cuando aparezca la cabeza de la lombriz, enroscarla con cuidado alrededor del lápiz.

—Escucha —le dije—, esta lombriz se queda donde está. Me encanta mi nueva lombriz. No sólo estoy delgada, sino que ya no quiero fumar o beber vino.

—¿Estás enamorada? —me preguntó Tom en un tono celoso, de sospecha.

Él siempre es así. No es que quiera estar conmigo porque, obviamente, es homosexual. Pero, si estás soltero, la última cosa que quieres es que tu mejor amigo establezca una relación positiva con otra persona. Me devané los sesos, y luego me detuve, sorprendida al darme repentinamente cuenta de algo sensacional. Ya no estoy enamorada de Daniel. Soy libre.

martes 25 de abril

53,95 kg, 0 copas (excelente), 0 cigarrillos (muy muy bien), 995 calorías (sigo haciendo un buen trabajo).

Humph. Esta noche he ido a la fiesta de Jude con un vestidito negro ajustado, para mostrar mi cuerpo, del que ahora me siento orgullosa.

—Dios, ¿estás bien? —me preguntó Jude al verme entrar—. Pareces muy cansada.

—Sí, estoy bien —contesté, alicaída—. He perdido más de tres kilos. ¿Qué pasa?

—Nada. No, sólo pensé...

—¿Qué? ¿Qué?

—Quizá los has perdido un poquito aprisa... tu cara —se calló y miró mi escote que puede que sí se haya desinflado un poco.

Simon estuvo igual

—¡Bridgeeeeet! ¿Tienes un cigarrillo?

—No, lo he dejado.

—¡Caray! Por eso tienes ese aspecto tan...

—¿Tan qué?

—Oh, nada, nada. Sólo un poquito... demacrado.

Prosiguió toda la velada. No hay nada peor que la gente diciéndote que pareces cansada. Por qué no decirte toda la verdad, que tienes el aspecto de mierda confitada. Estuve tan contenta conmigo misma por no beber, pero, a medida que pasaban las horas y todos se emborrachaban, empecé a sentirme tan tranquila y petulante que incluso me irrité a mí misma. Me iba encontrando en conversaciones en las que ni siquiera me molestaba en decir una sola palabra, y únicamente miraba y asentía de forma sensata e indiferente.

—¿Tienes manzanilla? —le pregunté a Jude en el momento en que pasó a mi lado tambaleándose, con hipo, justo en el momento en que le entró un ataque de risa, me pasó el brazo por encima de los hombros y se abalanzó sobre mí.

Decidí que era mejor irme a casa.

Una vez allí, me metí en la cama y coloqué la cabeza encima de la almohada, pero no ocurrió nada. Seguí poniendo la cabeza en un sitio, luego en otro, pero seguía sin poder dormirme. Normalmente, ahora ya estaría roncando y teniendo un sueño paranoico-traumático. Encendí la luz. Sólo eran las 11.30. Quizá debería hacer algo más terapéutico como, bueno, por ejemplo... ¿coser? Elegancia interior. Sonó el teléfono. Era Tom.

—¿Estás bien?

—Sí. Me encuentro genial. ¿Por qué?

—Parecías, bueno, apagada, esta noche. Todo el mundo decía que no eras la de siempre.

—No, estaba bien. ¿Has visto lo delgada que estaba? —Silencio—. ¿Tom?

—Creo que tenías mejor aspecto antes, cariño.

Ahora me siento vacía y desconcertada, como si me hubiesen sacado una alfombra de debajo de los pies. Dieciocho años perdidos. Dieciocho años de aritméticas de calorías y unidades de grasa. Dieciocho años de comprar camisas grandes y jerséis y de dejar la habitación caminando hacia atrás en situaciones íntimas para esconder mi trasero. Millones de tartas de queso y de tiramisús, decenas de millones de trozos de Emmental no comidos. Dieciocho años de lucha, sacrificio y esfuerzo, ¿para qué? Dieciocho años y el resultado es «cansada y apagada». Me siento como un científico que descubre que el trabajo de toda su vida ha sido un tremendo error.

jueves 27 de abril

0 copas, 0 cigarrillos, 12 lotos instantáneas (muy muy mal, pero no me he pesado ni he pensado en el régimen en todo el día; muy bien).

Tengo que dejar de comprar cartones rasca-rasca, pero el problema es que a menudo gano bastante. Los cartones son mucho mejor que la lotería, porque los números de ésta ya no se sortean durante *El flechazo* (que no se emite en estos momentos) y demasiado a menudo no has acertado, dejándote una sensación de impotencia y de haber sido engañada, sin otra solución que hacer añicos tu boleto y tirarlo al suelo con actitud desafiante.

Todo lo contrario que con los cartones, que son mucho más participativos, con seis casillitas para ser rascadas —a menudo una tarea bastante dura y habilidosa— y nunca terminas de tener la sensación de que no tenías ninguna oportunidad. Tres signos iguales tienen premio, y, según mi experiencia, siempre estás a punto de conseguirlo, a menudo salen dos signos iguales que llegan a sumas tan altas como 50.000 libras.

Sea como sea, no puedes negarte todos los placeres de la vida. Sólo juego cuatro o cinco al día y, además, pronto voy a dejarlo.

viernes 28 de abril

14 copas, 64 cigarrillos, 8.400 calorías (muy bien, aunque mal haberlas contado. Obsesión por la delgadez: muy mal), 0 lotos instantáneas.

A las 8.45 de anoche estaba tomando un relajante baño de aromaterapia y bebiendo una manzanilla, cuando saltó la alarma antirrobo de un coche. Yo había estado llevando a cabo una campaña en nuestra calle en contra de las alarmas antirrobo de los coches, que son insoportables y contraproducentes, ya que es más probable que un vecino enfadado te abra el coche para intentar desactivar la alarma que no que lo haga un ladrón.

Esta vez, sin embargo, en lugar de enfurecerme y llamar a la policía, respiré profundamente los aromas murmurando «elegancia interior». Sonó el timbre. Descolgué el interfono. Una voz muy pija y como de oveja baló: «Él está teniendo una *jodida* aventura.» Y entonces unos sollozos histéricos. Corrí escaleras abajo, y encontré a Magda fuera, hecha un mar de lágrimas, manoseando el volante, en el interior del Saab descapotable de Jeremy, que estaba emitiendo un «duuwi-duuwi-duuwi» a un volumen fortísimo, todas las luces parpadeando, mientras el niño gritaba en el asiento de atrás como si lo estuviese asesinando un gato doméstico.

—¡Apágalo! —gritó alguien desde la ventana de un piso de arriba.

—¡Joder, no puedo! —gritó Magda, tirando del capó del coche.

—¡Jerrers! —gritó al teléfono móvil—. ¡Jerrers, jodido bastardo adúltero! ¿Cómo abres el capó del Saab?

Magda es muy pija. Nuestro barrio no es muy pijo. Es de los que todavía tienen posters en las ventanas que dicen «Liberad a Nelson Mandela».

—Maldita sea, no voy a volver, ¡bastardo! —Magda estaba gritando—. Sólo quiero que me digas cómo se abre el jodido capó.

Ahora estábamos las dos en el coche, tirando de todas y cada una de las palancas que encontrábamos, y Magda dando sorbos intermitentes a una botella de Laurent-Perrier. Para entonces ya se había reunido a nuestro alrededor una airada muchedumbre. Lo siguiente fue que Jeremy apareció rugiendo en su Harley-Davidson. Pero, en lugar de apagar la alarma, intentó coger al niño que estaba en el asiento de atrás, mientras Magda le gritaba. Entonces Dan, el australiano que vive en el piso de abajo, abrió su ventana.

—Oye, Bridget —gritó—. Hay agua cayendo por mi techo.

—¡Mierda! ¡El baño!

Corrí escaleras arriba, pero cuando llegué a mi puerta recordé que la había cerrado dejando la llave dentro. Empecé a golpear la cabeza contra la puerta, gritando: «¡Mierda, mierda!»

Entonces apareció Dan en el pasillo.

—Dios —dijo—. Será mejor que cojas uno de éstos.

—Gracias —le dije, casi comiéndome el cigarrillo que me ofrecía.

Tras unos cigarrillos y mucho forcejeo con una tarjeta de crédito, pudimos entrar, para encontrar todo el apartamento inundado. No pudimos cerrar los grifos. Dan corrió escaleras abajo, y regresó con una llave inglesa y una botella de whisky escocés. Consiguió cerrar los grifos, y empezó a ayudarme a pasar la fregona. Entonces dejó de sonar la alarma antirrobo y corrimos hacia la ventana, justo para ver salir al Saab, con un estruendo, perseguido por la Harley-Davidson.

Los dos empezamos a reír: para entonces ya habíamos tomado bastante whisky. De repente —no sé exactamente cómo—, él me estaba besando. Era una situación bastante embarazosa, desde el punto de vista del protocolo, porque yo acababa de inundar su apartamento y de fastidiarle la noche, y no quise parecer desagradecida. Ya sé que eso no le daba permiso para acosarme sexualmente, pero la complicación era bastante agradable de verdad, después de todo el drama y la elegancia interior y todo eso. Entonces, de repente, un hombre con traje de motorista apareció en la puerta abierta, sosteniendo una caja de pizza.

—Oh, mierda —dijo Dan—. Olvidé que había pedido pizza.

Así que comimos la pizza y bebimos una botella de vino y fumamos unos cigarrillos más y bebimos un poco más de whisky y entonces él volvió a empezar a intentar besarme y yo dije, borracha: «No, no, no deberíamos», y él se puso divertido y empezó a susurrar: «Oh, Dios. Oh, Dios.»

—¿Qué pasa? —le dije.

—Estoy casado —dijo—. Pero, Bridget, creo que te quiero.

Cuando él se hubo ido finalmente, caí al suelo, temblando, con la espalda apoyada contra la puerta de entrada, fumando una tras otra todas las colillas. «Elegancia interior», dije sin creérmelo demasiado. Entonces sonó el timbre. Lo ignoré. Volvió a sonar. Sonó sin parar. Descolgué.

—Cariño —dijo una voz borracha que reconocí.

—Vete, Daniel —dije entre dientes.

—No. Deja que te explique.

—No.

—Bridge... Quiero entrar.

Silencio. Oh, Dios. ¿Por qué sigo estando tan colgada de Daniel?

—Te quiero, Bridge.

—Vete. Estás borracho —dije, con más convicción que la que realmente tenía.

—¿Jones?

—¿Qué?

—¿Puedo utilizar tu baño?

sábado 29 de abril

12 copas, 57 cigarrillos, 8.489 calorías (excelente).

Veintidós horas, cuatro pizzas, dos menús de comida india, tres paquetes de cigarrillos y tres botellas de champán más tarde, Daniel sigue aquí. Estoy enamorada. También estoy entre la primera y la cuarta de estas cosas.

a) Fumando paquete y medio al día.
b) Prometida.
c) Totalmente chiflada.
d) Embarazada.

11.45 p.m. Acabo de vomitar y mientras me arrodillo sobre el váter discretamente para que Daniel no me oiga, de repente él grita desde la habitación: «Ahí va tu elegancia interior, regordita mía. Es el mejor sitio donde podía estar.»

Mayo:

futura mamá

lunes 1 de mayo

0 copas, 0 cigarrillos, 4.200 calorías (como para dos).

De verdad creo que estoy embarazada. ¿Cómo pude ser tan estúpida? Daniel y yo nos dejamos llevar por la euforia de volver a estar juntos y la realidad desapareció por la ventana —y una vez has... mira, no quiero hablar de esto. Esta mañana, sin duda, he empezado a sentir náuseas, pero puede deberse a que ayer, después de que Daniel se fuese finalmente, estaba tan resacosa que comí las siguientes cosas para intentar sentirme mejor:

2 paquetes de lonchas de Emmental.
1 litro de zumo de naranja natural.
1 patata asada.
2 trozos de tarta de queso al limón que no estaban cocidos (muy ligeros; quizá también estaba comiendo para dos).
1 Milky Way (sólo 125 calorías. La entusiasta respuesta del cuerpo ante la tarta de queso sugirió que el niño necesitaba azúcar).
1 postre vienés de chocolate con nata encima (niño glotón e increíblemente exigente).

Brócoli al vapor (intento de alimentar al niño y evitar que crezca malcriado).

4 salchichas de frankfurt frías (única lata disponible en el armario; demasiado agotada por el embarazo para volver a salir a comprar).

Oh, Dios mío. Estoy empezando a dejarme llevar por la idea de convertirme en una mamá estilo Calvin Klein, posiblemente vestida con una chaqueta muy corta o lanzando al niño por el aire, riendo realizada en un anuncio para un diseñador de cocinas a gas, una película agradable o algo similar.

Hoy en la oficina, Perpetua estaba de lo más detestable, se pasó 45 minutos al teléfono con Desdémona, discutiendo si las paredes amarillas quedarían bonitas con cortinas rosas y grises, o si ella y Hugo deberían decidirse por el rojo sangre con una cenefa de flores. Durante un interludio de 15 minutos, no ha dicho otra cosa que «por descontado... no, por descontado... por descontado», y para concluir con: «Pero claro, en cierto modo, se podría decir lo mismo del rojo.»

En lugar de desear graparle cosas a la cabeza, he sonreído de manera beatífica, pensando que pronto todas estas cosas serían irrelevantes para mí, comparadas con ocuparse de un pequeño ser humano. Lo siguiente ha sido descubrir todo un nuevo mundo de fantasías centradas en Daniel: Daniel llevando al niño a la espalda, Daniel volviendo corriendo a casa del trabajo, emocionado por encontrarnos a los dos sonrosados y resplandecientes en el baño, y, en años venideros, desempeñando un papel impresionante en las reuniones de padres y maestros.

Pero entonces ha aparecido Daniel. Nunca le había

visto con peor aspecto. La única explicación posible era que ayer, al dejarme, hubiese continuado bebiendo. Me miró, por un instante, con la expresión de un sanguinario asesino. De repente, mis fantasías han sido reemplazadas por imágenes de la película *El borracho,* en la que la pareja se pasaba todo el tiempo borracha, gritando y lanzándose botellas el uno al otro, o de *Los vagos* de Harry Enfield, con Daniel gritando:

—Bridge. El niño. Está berreando. Como si lo mataran.

Y yo contestando:

—Daniel. Estoy fumando un cigarrillo.

miércoles 3 de mayo

58 kg (Agh. El niño está creciendo de forma monstruosa), 0 copas, 0 cigarrillos, 3.100 calorías (pero principalmente patatas, oh, Dios mío). Tengo que volver a controlar el peso, ahora, por el bien del niño.

Socorro. El lunes y la mayor parte del martes pensé que estaba embarazada, pero sabía que realmente no lo estaba: como cuando vuelves andando tarde a casa y crees que alguien te está siguiendo, pero sabes que en realidad no hay nadie. Pero entonces de repente te agarran por el cuello, y ahora ya llevo dos días de retraso. Daniel me ignoró durante todo el lunes, y entonces me atrapó a las 6 p.m. y me dijo:

—Mira, voy a estar en Manchester hasta finales de la semana. Te veré el sábado por la noche, ¿vale?

No ha llamado. Soy una madre soltera.

jueves 4 de mayo

58,45 kg, 0 copas, 0 cigarrillos, 12 patatas.

He ido discretamente a la farmacia a comprar una prueba de embarazo. Estaba yo, cabizbaja, dándole el paquete a la cajera, deseando haber pensado en ponerme el anillo en el dedo de casada, cuando el farmacéutico ha gritado:

—¿Quiere una prueba de embarazo?

—Shhh—he siseado, mirando por encima del hombro.

—¿Cuánto retraso lleva? —ha berreado—. Será mejor que se lleve el azul. Te dice si estás embarazada incluso *el primer día* que tu período se retrasa.

He cogido el azul, le he dado las puñeteras 8 libras y 95 peniques y he salido corriendo.

Las dos primeras horas de la mañana las he pasado mirando mi bolso como si fuese una bomba que todavía no había estallado. A las 11.30 ya no podía soportarlo más, he cogido el bolso, me he metido en el ascensor y he bajado dos pisos, para evitar el riesgo de que alguien conocido notase algo sospechoso. Por alguna razón, de repente todo aquel montaje me ha hecho enfurecerme con Daniel. También era su responsabilidad, y él no tenía que gastarse 8 con 95, ni esconderse en los lavabos para intentar mear en un palito. He deshecho el paquete hecha una furia, metiendo la caja y todo lo demás en la papelera, y he colocado el palito boca abajo en la parte de atrás del váter sin mirar. Tres minutos. No iba a ver sellarse mi destino viendo cómo iba apareciendo lentamente una línea azul. De un modo u otro han pasado los ciento ochenta segundos —mis últimos ciento ochenta segundos de libertad—, he cogido el palito y casi doy un grito. Allí, en la ventanita, había una línea azul delgada, con toda la desfachatez del mundo. ¡Aargh! ¡Aargh!

Después de 45 minutos contemplando embobada la pantalla del ordenador, intentando imaginar que Perpetua no era más que un cactus mexicano cada vez que me preguntaba qué pasaba, he salido corriendo hacia la cabina de teléfonos más cercana y he llamado a Sharon. Maldita Perpetua. Si Perpetua pensase que podía estar embarazada, el sistema social inglés pesaría tanto en sus espaldas que estaría al final del pasillo de la iglesia, con un vestido de novia de Amanda Wakeley, en menos de diez minutos. Fuera, había tanto ruido a causa del tráfico que no conseguí que Sharon me entendiese.

—¿Qué? ¿Bridget? No te oigo. ¿Tienes problemas con la policía?

—No —resoplé—. Con la línea azul de una prueba de *embarazo*.

—Dios mío. Nos encontramos en el Café Rouge dentro de 15 minutos.

Aunque sólo eran las 12.45, pensé que un vodka con naranja no me haría ningún daño, ya que se trataba de una auténtica emergencia, pero recordé que los niños no deben beber vodka. He esperado, sintiéndome como una clase extraña de hermafrodita, pues experimentaba al mismo tiempo los sentimientos violentamente opuestos de un hombre y de una mujer hacia un niño. Por un lado, experimentaba las esperanzas más cursis y sensibleras respecto a Daniel, me sentía orgullosa de ser una mujer de verdad —¡tan irrefrenablemente fecunda!— e imaginaba la piel de niño suave y rosada, una criaturita a la que amar, y conjuntos para niño de Ralph Lauren. Por otro lado pensaba: Oh, Dios mío, mi vida ha terminado y, cuando Daniel, que es un alcohólico loco, se entere, me matará y me descuartizará. No más noches por ahí con las chicas, no más compras, no más coqueteos, ni sexo, ni botellas de vino ni cigarrillos. En cambio, voy a convertirme en una espantosa máquina-dispensadora-de-leche-y-saco-que-engorda-más-y-más, que no le gustará a nadie y que no cabrá en ninguno de mis pantalones, especialmente en mis nuevos tejanos verde lima de Agnes B. Esta confusión, supongo, es el precio que tengo que pagar por convertirme en una mujer moderna, en lugar de seguir el curso de la naturaleza y casarme con Abnor Rimmington al salir del autobús de Northampton, a mis dieciocho años.

Cuando ha llegado Sharon, le he pasado tristemente la prueba de embarazo, con su reveladora línea azul, por debajo de la mesa.

—¿Es esto? —me ha preguntado.

—Claro que es esto —he mascullado— ¿Qué crees que es? ¿Un teléfono móvil?

—Tú eres un ser humano ridículo. ¿No has leído las instrucciones? Tiene que haber dos líneas. Esta línea sólo es para demostrar que la prueba funciona. Una línea significa que *no* estás embarazada, tontaina.

Al llegar a casa he encontrado un mensaje de mi madre en el contestador: «Cariño, llámame inmediatamente. Tengo los nervios hechos trizas.»

¡*Ella* tiene los nervios hechos trizas!

viernes 5 de mayo

57,15 kg (oh mierda, no puedo romper con la costumbre de toda una vida de pesarme, especialmente después del trauma del embarazo: haré algún tipo de terapia),

6 copas (¡hurra!), 25 cigarrillos, 1.895 calorías, 3 lotos instantáneas.

Me he pasado toda la mañana pensando en las musarañas por el duelo del niño perdido, pero me he animado un poco cuando Tom me ha llamado y ha sugerido un Bloody Mary a la hora del almuerzo para empezar bien el fin de semana. Llegué a casa para encontrarme un petulante mensaje de mi madre, diciendo que se va a un balneario y que me llamará más tarde. Me pregunto cuál debe ser la cuestión. Probablemente esté abrumada por demasiadas cajitas de Tiffany de pretendientes locos de amor, y por ofertas de trabajo de compañías rivales como presentadora de televisión.

11.45 p.m. Daniel acaba de llamar desde Manchester.

—¿Has tenido una buena semana? —me ha dicho.

—Genial, gracias —he contestado alegremente.

¡Huh! Leí en algún sitio que el mejor regalo que le puede hacer una mujer a un hombre es la tranquilidad, así que no podía admitir, cuando acabamos de empezar a salir como es debido, que en cuanto él vuelve la espalda empiezo a tener un ataque de histeria ante la posibilidad de estar embarazada.

Oh, bueno. Qué le importa. Hemos quedado mañana por la noche. ¡Hurra! Lalalala.

sábado 6 de mayo:
Día VE (día de la victoria aliada en Europa en la Segunda Guerra Mundial)

57,6 kg, 6 copas, 25 cigarrillos, 3.800 calorías (pero celebrando el aniversario del final del raciona-

miento), 0 números correctos en la loto instantánea (poco).

El Día VE ha amanecido con una ola de calor impropia de la estación y he intentado provocarme un arrebato de sentimientos sobre el final de la guerra, la libertad de Europa, maravilloso, maravilloso, etc., etc. Todo esto me hace sentir muy miserable, la verdad. De hecho, «excluida» quizá sea la expresión que estoy buscando. No tengo abuelos. Papá ha organizado una fiesta en el jardín de los Alconbury en la que él, por razones inexplicables, Dios sabe por qué estará preparando los panqueques. Mamá va a volver a la calle en la que nació, en Cheltenham, para asistir, probablemente con Julio, a una parrillada. (Gracias a Dios que no se fugó con un alemán.)

Ninguno de mis amigos va a organizar nada. Parecería vergonzosamente entusiasta y totalmente incorrecto por nuestra parte: como si buscáramos un enfoque positivo de la vida, o estuviéramos intentando apuntarnos a algo que no tiene nada que ver con nosotros. Quiero decir que probablemente yo ni siquiera era un óvulo cuando acabó la guerra. Simplemente no era nada, mientras ellos estaban luchando y haciendo mermelada de zanahoria o lo que fuese que hiciesen.

Odio esta idea y estoy pensando en llamar a mamá para saber si había empezado a tener el período cuando acabó la guerra. Me pregunto si los óvulos se producen de uno en uno o son almacenados en su microforma hasta ser activados. ¿Podría haber yo sentido el final de la guerra siendo un óvulo? Si tuviese un abuelo, podría participar en todo esto siendo amable con él. Oh, a la mierda; me voy de compras.

7 p.m. Lo juro, el calor ha doblado el tamaño de mi cuerpo. Nunca volveré a entrar en un probador colectivo. En Warehouse me quedé con un vestido trabado debajo de los brazos, mientras intentaba quitármelo, y acabé yendo de un lado a otro con el vestido del revés tapándome la cabeza, mientras tiraba y tiraba de él con los brazos en alto, y dejaba al descubierto mi estómago y mis muslos ante un grupo de quinceañeras regocijadas. Cuando intenté sacarme el jodido vestido por abajo, se me quedó trabado en la cintura.

Odio los probadores colectivos. Todo el mundo mira de reojo el cuerpo de los demás, pero nadie mira a los ojos a nadie. Siempre hay chicas que saben que tienen un aspecto estupendo se pongan lo que se pongan y que bailan radiantes alrededor de la habitación, moviendo sus melenas y posando frente al espejo como si fuesen modelos, diciendo: «¿Me hace parecer gorda?» a sus inevitables amigas obesas que, se pongan lo que se pongan, parecen focas.

Vaya, fue una salida desastrosa. La única manera de conseguir que ir de compras tenga un resultado positivo, lo sé, es unas pocas prendas de Nicole Farhi, Whistles y Joseph, pero los precios me asustan tanto que regreso hundida a Warehouse y a Miss Selfridge, y me lleno de entusiasmo ante una gran cantidad de vestidos a 34 libras con 99 peniques, que me quedan trabados en la cabeza, y termino comprando cosas de Marks and Spencer, porque no me las tengo que probar, y así como mínimo he comprado algo.

He vuelto a casa con cuatro prendas, todas ellas inservibles y desfavorecedoras. Una quedará olvidada detrás de la silla del dormitorio, dentro de una bolsa de M&S, durante dos años. Las tres restantes serán cambiadas por vales para Boules, Warehouse, etc., que más tarde perderé. Por lo tanto, he malgastado 119 libras, suma que habría sido suficiente para comprar algo realmente bonito de Nicole Farhi, como una camiseta muy pequeña.

Me doy cuenta de que es un castigo por estar obsesionada por comprar de manera superficial y materialista, en lugar de llevar el mismo vestido a rayas durante todo el verano y pintarme una línea en la parte de atrás de mis piernas; para simular que llevo medias. También por no unirme a las celebraciones del Día VE. Quizá debería llamar a Tom y organizar una encantadora fiesta juntos para el lunes, que es festivo. ¿Es posible celebrar el Día VE con una fiesta kitsch e irónica, como para la Boda Real? No, claro, no puedes ser irónico cuando hay muertos por medio. Y también está el problema de las banderas. La mitad de los amigos de Tom han militado en la Liga Antinazi, y creerían que la presencia de banderas británicas anunciaba la llegada inminente de un grupo de cabezas rapadas. Me pregunto qué habría ocurrido si nuestra generación hubiese sufrido una guerra. Bien, hora para una copita. Daniel llegará pronto. Será mejor que empiece los preparativos.

11.59 p.m. ¡Jo! Estoy escondida en la cocina fumando un cigarrillo. Daniel está durmiendo. De hecho, creo que está haciendo ver que está durmiendo. Una noche *absolutamente* rara. Me he dado cuenta de que toda nuestra relación hasta ahora se ha basado en la idea de que el uno o el otro tiene que resistirse a practicar el sexo. Pasar una noche juntos, cuando se *suponía* que teníamos que practicar el sexo al final de la velada, ha resultado por lo menos extraño. Nos sentamos a ver por televisión los festejos del Día VE, con el brazo de Daniel incómodamente sobre mis hombros, como si fuéramos dos quinceañeros en el cine. Su brazo se me estaba clavando en el cuello, pero no me he atrevido a pedirle que lo moviese. Entonces, cuando ya resultaba imposible evitar por más tiempo el tema de irse a la cama, nos hemos puesto muy formales y británicos. En lugar de arrancarnos la ropa como salvajes, nos hemos quedado ahí, diciendo:

—Por favor, utiliza tú primero el cuarto de baño.

—¡No! ¡Después de ti!

—¡No, no, no! ¡Después de ti!

—¡De verdad! Insisto.

—No, no, de ninguna manera. Deja que te busque una toalla para invitados y unos jaboncitos en forma de concha.

Hemos acabado tumbados el uno junto al otro, sin tocarnos, como si fuéramos Morecambe y Wise, o John Noakes y Valerie Singleton en Blue Peter House. Si hay un Dios, me gustaría pedirle humildemente —aprovecho para dejar claro que le estoy profundamente agradecida por haber convertido a Daniel de manera inexplicable en una criatura regular en mi vida, después de tanto sexo sin compromiso—, pedirle que no permita que él se meta en la cama con pijama y gafas, que lea un libro durante 25 minutos y después apague la luz y se dé la vuelta hacia el otro lado... ¡por favor, que se convierta en la bestia desnuda, sexual y lujuriosa que yo conocía y amaba!

Agradezco, Señor, tu amable atención en lo que a esta cuestión se refiere.

sábado 13 de mayo

59,86 kg, 7 cigarrillos, 1.145 calorías, 5 lotos instantáneas (he ganado 2 libras, con lo cual el gasto total sólo asciende a 3 libras, muy bien), 2 libras en lotería, 1 número correcto (mejor).

¿Cómo puede ser que, después de la orgía de comida de anoche, sólo haya engordado 226 gramos?

Quizá la comida y el peso son como el ajo y el aliento pestilente: si comes varias cabezas enteras, tu aliento no huele; igual que, si comes mucha cantidad, no ganas peso: una teoría extrañamente alentadora, pero que crea una situación confusa. Agradecería que me sacaran todas estas teorías y que me hiciesen una limpieza a fondo. Sin embargo, mereció la pena, porque fue una deliciosa noche de feministas etílicas y criticonas con Sharon y Jude.

Se consumió una cantidad increíble de comida y de vino, ya que las chicas, generosas ellas, no sólo trajeron cada una una botella de vino, sino también algo extra de M&S. Más tarde, además de las botellas de vino (1 espumoso, 1 blanco) y de los tres platos que yo había comprado en M&S (quiero decir que pasé todo el día como una esclava frente a la cocina), comimos:

1 tarrina de hummus y un paquete de minipittas
12 canapés de salmón ahumado y queso cremoso
12 minipizzas
1 tarta de frambuesa
1 tiramisú (tamaño familiar)
2 tabletas de chocolate

Sharon estaba en forma. Ya estaba gritando «¡bastardos!» a las 8.35, mientras bebía de un trago un vaso casi lleno de Kir Royale. «Bastardos estúpidos, petulantes, arrogantes, manipuladores y autoindulgentes. Están inmersos en una cultura de derechos adquiridos. Pásame una de esas minipizzas, ¿quieres?»

Jude estaba deprimida por culpa de Richard el Malvado, con el que ahora había roto, pero él seguía llamándola, dejando cebos verbales que insinuaban que quería volver con ella, para asegurarse de que ella seguía interesada por él, pero autoprotegiéndose al decir que él sólo quería que fuesen «amigos» (concepto fraudulento y contaminado). Entonces, anoche, él hizo una llamada increíblemente arrogante y condescendiente, preguntándole si asistiría a la fiesta de un amigo común.

—Ah bueno, en ese caso yo no iré —había dicho él—. No. Creo que no sería justo para ti. Mira, yo iba a ir con una especie de ligue. Quiero decir, que no es nada. Sólo es una chica lo bastante estúpida para dejar que me la folle un par de semanas.

—¿Qué? —explotó Sharon, empezando a ponerse colorada—. Esto es lo más repugnante que he oído decir a nadie sobre una mujer. ¡Arrogante hombrecillo! ¿Cómo se atreve a tomarse la licencia para tratarte como le plazca con el pretexto de que sois amigos, y después creerse muy listo al intentar disgustarte con su estúpido nuevo ligue? Si realmente le importase no herir tus sentimientos, se habría callado y habría ido solo a la fiesta, en lugar de pasarte por las narices su sucia historia.

—«¿Amigos?» ¡Bah! ¡El enemigo! —grité alegremente, abalanzándome sobre otro Silk Cut y un par de canapés de salmón—. ¡Hijo de puta!

Hacia las 11.30, Sharon despotricaba al cien por cien de sus facultades.

—Hace diez años todos se reían de las personas a las que les preocupaba el medio ambiente, como bichos-raros-barbudos-con-sandalias, y ahora mirad el poder del consumo ecológico —gritaba, mientras hundía los dedos en el tiramisú y se los metía directamente en la boca—. Dentro de unos años ocurrirá lo mismo con el feminismo. ¡Ya no habrá hombres que dejen a sus familias y a sus mujeres menopáusicas por jóvenes amantes, ni que intenten ligar presumiendo condescendientes de la cantidad de mujeres que se tiran a sus pies, ni que intenten tener relaciones sexuales con mujeres sin mostrarse amables y comprometidos, porque los jóvenes amantes y las mujeres darán media vuelta y les dirán que se vayan a la mierda, y los hombres no practicarán sexo ni tendrán mujer, a menos que aprendan a comportarse como es debido, en lugar de ensuciar el lecho marino que es el hábitat de las mujeres con su COMPORTAMIENTO MIERDOSO, PETULANTE Y AUTOINDULGENTE!

—¡Hijos de puta! —gritó Jude, y sorbió su Pinot Grigio.

—¡Hijos de puta! —grité con la boca llena de tarta de frambuesa mezclada con tiramisú.

—¡Jodidos hijos de puta! —gritó Jude, y encendió un Silk Cut con la colilla del último.

Justo en ese momento sonó el timbre.

—Me apuesto algo a que es Daniel, ese jodido hijo de puta —dije—. ¿Qué pasa? —grité en el interfono.

—Oh, hola, cariño —dijo Daniel con su tono más amable y educado—. Siento mucho molestarte. He llamado antes y te he dejado un mensaje en el contestador. Pero es que me he visto toda la noche metido en la reunión general más aburrida que puedas imaginar. Ha durado hasta ahora y tengo muchas ganas de verte. Si te parece bien, sólo un besito y me voy. ¿Puedo subir?

—Burr. De acuerdo, sube —murmuré de mal humor, apreté el botón y volví a la mesa tambaleándome—. Jodido hijo de puta.

—La cultura de los derechos adquiridos —gruñó Sharon—. Hermosos cuerpos de muchachitas cocinando para ellos, cuidándoles cuando son viejos y gordos. Creen que las mujeres sólo están ahí para darles todo lo que les corresponde por derecho... Hey, ¿se nos ha acabado el vino?

Entonces apareció Daniel, esbozando una sonrisa encantadora. Parecía cansado, pero con el rostro fresco, bien afeitado y muy bien vestido. Llevaba tres cajas de bombones.

—He comprado una para cada una —dijo, levantando la ceja de forma muy sexy—, para que las comáis con el café. Perdonad la interrupción. He hecho las compras para el fin de semana.

Llevó ocho bolsas de la compra de Callens hasta la cocina y empezó a ordenarlo todo.

En aquel momento sonó el teléfono. Era la compañía de taxis, donde las chicas habían llamado hacía media hora, para comunicar que había habido un terrible choque en cadena en Ladbroke Grove, que además todos sus coches habían explotado inesperadamente y que no iban a poder venir a buscarlas hasta dentro de tres horas.

—¿Hasta dónde vais? —preguntó Daniel—. Os acompaño a casa. No podéis estar por la calle buscando un taxi a estas horas de la noche.

Mientras las chicas buscaban sus bolsos y sonreían

estúpidamente a Daniel, yo empecé a comer todos los bombones de avellana, praliné, dulce de leche o caramelo que encontré en mi caja, sintiendo una desconcertante mezcla de satisfacción y orgullo por aquel novio perfecto al que las chicas se hubieran follado con gusto, y de furia contra aquel borracho, normalmente desagradable y sexista que había enterrado nuestra reunión feminista, fingiendo de forma perversa ser el hombre perfecto. Huh. Veremos cuánto dura, ¿no?, pensé, mientras esperaba a que regresase.

Al llegar, corrió escaleras arriba, me cogió entre sus brazos y me llevó al dormitorio.

—Tienes una chocolatina extra por ser encantadora incluso cuando estás achispada —dijo, sacando de su bolsillo una chocolatina con forma de corazón envuelto en papel de aluminio.

Y entonces... Mmmmmm.

domingo 14 de mayo

7 p.m. Odio las noches de los domingos. Es como la noche de los deberes. Tengo que escribir unos textos para el catálogo de Perpetua antes de mañana. Creo que antes llamaré a Jude.

7.05 p.m. No contesta. Hmmmph. Da igual, a trabajar.

7.30 p.m. Creo que llamaré a Sharon.

7.45 p.m. Shazzer se ha enfadado conmigo por Hamar, porque acababa de llegar a casa e iba a llamar al

1471 para saber si ese chico con el que ha estado saliendo había llamado mientras ella estaba fuera, y ahora sólo constará mi número.

Considero que el 1471 es un invento brillante: te dice instantáneamente el número de la última persona que ha llamado. Es irónico porque, cuando las tres nos enteramos de lo del 1471, Sharon dijo que estaba absolutamente en contra, ya que consideraba que British Telecom estaba llevando a cabo una explotación de la gente proclive a la adicción y de la epidemia de rupturas de relaciones en la población británica. Al parecer hay personas que llaman hasta veinte veces al día. Jude, por otro lado, está muy a favor del 1471, pero reconoce que si acabas de romper o de empezar a salir con alguien, este servicio dobla las posibilidades de que te sientas miserable al llegar a casa: miserable-por-la-falta-de-un-número-registrado-en-el-1471, miserable-por-la-falta-de-mensaje-en-el-contestador, o miserable porque resulta que-el-número-registrado-es-el-de-tu-madre.

Al parecer el equivalente al 1471 en Estados Unidos te dice *todos* los números que te han llamado desde la última vez que lo comprobaste y *el número de veces* que han llamado. Me estremecí de terror al pensar que yo misma, que al principio había llamado de manera obsesiva a Daniel, pudiera quedar en evidencia de este modo. Lo bueno de nuestro sistema es que si marcas el 141 antes de llamar, eso evita que tu número sea registrado en el teléfono de la otra persona. Sin embargo, Jude dice que tienes que ir con cuidado, porque si estás obsesivamente enamorada de alguien y llamas accidentalmente cuando están en casa, y entonces cuelgas y el número no queda almacenado, pueden sospechar que has sido tú quien ha llamado. Tengo que asegurarme de que Daniel no sepa nada de todo esto de los números.

9.30 p.m. He decidido hacer una escapadita a la vuelta de la esquina para comprar cigarrillos. Mientras subía las escaleras oí el teléfono. De repente he recordado que había olvidado volver a conectar el contestador después de la llamada de Tom. He corrido escaleras arriba, he vaciado el bolso en el suelo para encontrar la llave y me he abalanzado al teléfono en el momento en que dejaba de sonar. Acababa de entrar en el lavabo, cuando volvió a sonar de nuevo. Ha parado cuando lo he descolgado. Después ha vuelto a sonar cuando me iba. Por fin lo he podido coger.

—Oh, hola, cariño, adivina qué pasa —era mamá.

—¿Qué? —he preguntado con abatimiento.

—¡Voy a llevarte a que te coloreen! Y no sigas diciendo «qué», por favor, cariño. Bello Color, se llama. Me pone enferma verte por ahí con esos tonos marrones y verdosos. Pareces una discípula del presidente Mao.

—Mamá. No puedo hablar, estoy esperando...

—Venga, Bridget. Basta de tonterías —ha dicho con su voz Gengis-Kan-al-máximo-de-su-maldad—. Mavis Enderby solía tener un aspecto lamentable, con colores fango y colores medio verdosos, y ahora que se lo ha hecho y va siempre de rosa chillón y verde botella, parece veinte años más joven.

—Pero yo no quiero ir de rosa chillón y verde botella —he dicho entre dientes.

—Mira, cariño, Mavis es invierno. Y yo soy invierno, pero tú podrías ser verano como Una, y utilizar los tonos pastel. No se sabe hasta que te ponen la toalla en la cabeza.

—Mamá, no voy a ir a Bello Color —he mascullado desesperada.

—Bridget, no quiero oír una palabra más. Tía Una estaba diciendo el otro día que quizá, si hubieses llevado algo más vivo y alegre el día del Bufé de Pavo al Curry, Mark Darcy hubiera mostrado un poco más de interés. Nadie quiere a una novia que se pasea con el aspecto de alguien que ha estado en Auschwitz, cariño.

He estado a punto de alardear de que, a pesar de ir vestida color lodo de la cabeza a los pies, tengo un novio, pero la posibilidad de que yo y Daniel nos convirtiésemos en el tema de discusión del momento, lo que provocaría un constante Flujo de comentarios de sabiduría popular de mamá, me ha disuadido. Al final he conseguido que dejase lo de Bello Color al decirle que me lo pensaría.

martes 16 de mayo

58 kg (¡hurra!), 7 cigarrillos (muy bien), 6 copas (muy pero que muy bien, muy puro).

Daniel sigue genial ¿Cómo puede ser que todo el mundo estuviese tan equivocado respecto a él? Mi cabeza está llena de maravillosas fantasías sobre vivir en un piso con él y correr juntos por las playas con un niño pequeñito, como si de un anuncio de Calvin Klein se tratase, pasando a ser una Petulante Casada en lugar de una insulsa Solterona. Acabo de salir para encontrarme con Magda.

11 p.m. Hmmm. Esta cena con Magda, que está muy deprimida con lo de Jeremy, me hace reflexionar. La noche de la alarma del coche y de los gritos en mi calle fue resultado de una observación de Woney la Niñata, que decía haber visto a Jeremy en el Club Harbour, con una chica que se parecía sospechosamente a la bruja que yo había visto hace unas semanas. Despues, Magda me preguntó a bocajarro si yo había oído o visto algo, así que le hablé de la bruja con el vestido de Whistles.

Resulta que Jeremy había admitido que había flirteado con ella y que se había sentido muy atraído por aquella chica. Alegó que no se habían acostado juntos. Pero Magda estaba realmente harta.

—Deberías aprovechar al máximo tu soltería mientras dura, Bridge —me dijo—. Una vez has tenido hijos y has dejado tu trabajo, te encuentras en una posición increíblemente vulnerable. Yo sé que Jeremy cree que mi vida son unas vacaciones perpetuas, pero es muy duro tener que ocuparse todo el día de un niño pequeño y un bebé, y no se acaba nunca. Cuando Jeremy llega a casa al final del día, sólo quiere descansar y ser alimentado, e imagino que últimamente también fantasear con las chicas en mallas del Club Harbour.

»Yo antes tenía un trabajo como Dios manda. Tengo clarísimo que es mucho más divertido salir a trabajar, tener que arreglarse, coquetear en la oficina y salir a comer, que ir al jodido supermercado y al parvulario a buscar a Harry. Pero él siempre muestra este aire ofendido, como si yo fuera una de estas espantosas mujeres obsesionadas por Harvey Nichols, que estuviera dándome la gran vida, mientras él gana todo el dinero.

Es tan encantadora, Magda. La miraba manosear su copa de champán con desánimo y me he preguntado cuál era la respuesta para nosotras las mujeres. Nadie está contento con su suerte. La cantidad de veces que me he desplomado, deprimida, pensando lo inútil que soy y que paso todos los sábados por la noche emborrachándome, y quejándome a Jude y a Shazzer o a Tom porque no tengo novio, porque tengo que luchar para llegar a final de mes, y porque me veo ridiculizada por ser un bicho raro y estar soltera, mientras que Magda vive en una casa grande, con tarros de vidrio llenos de ocho clases diferentes de pasta, y puede ir de compras todo el día. Y, sin embargo, aquí está ella, hecha polvo, triste y sin confianza en sí misma, y diciéndome que soy yo la afortunada...

—Ooh, por cierto —me ha dicho, animándose—, hablando de Harvey Nicks, hoy me he comprado un vestido camisero de Joseph maravilloso, rojo, dos botones a un lado del cuello, un corte muy bonito, 280 libras. Dios mío, me gustaría tanto ser como tú, Bridge, y poder tener una aventura. O darme baños de burbujas de dos horas los domingos por la mañana. O salir toda la noche sin que me hagan preguntas. Supongo que no te apetecerá ir de compras mañana por la mañana, ¿verdad?

—Eh. Es que tengo que ir a trabajar —contesté.

—Oh —dijo Magda, momentáneamente sorprendida—. ¿Sabes? —ha proseguido—, cuando sientes que hay una mujer que tu marido prefiere a ti, es triste quedarse en casa imaginando todas las versiones de esa clase de mujer con la que él pueda toparse. Te sientes muy indefensa.

Pensé en mi madre.

—Podrías tomar el poder, con un golpe incruento. Vuelve al trabajo. Búscate un amante. Deja a Jeremy en ridículo.

—No con dos niños de menos de tres años —dijo resignada—. Creo que he hecho mi propia cama, ahora sólo me queda meterme en ella.

Oh, Dios mío. Tom nunca se cansa de decirme, en tono sepulcral, tocándome el brazo con la mano y mirándome a los ojos con una mirada alarmante: «Sólo las mujeres sangran.»

viernes 19 de mayo

56,45 kg (he perdido 3,6 kg durante la noche, debo de haber comido cosas que consumen más calorías de las que proporcionan, por ejemplo una lechuga muy masticada), 4 copas (modesto), 21 cigarrillos (mal), 4 lotos instantáneas (no muy bien).

4.30 p.m. Justo cuando Perpetua no me dejaba en paz para no acabar tarde y comprometer su fin de semana en Gloucestershire en casa de los Trehearne, ha sonado el teléfono.

—¡Hola, cariño! —mi madre—. ¿Adivina qué pasa? He conseguido una oportunidad maravillosa para ti.

—¿Qué? —he murmurado enfurruñada.

—Vas a salir en la televisión —ha dicho emocionada, mientras la cabeza se me desplomaba sobre el escritorio.

—Voy a venir con el equipo mañana a las diez en punto. Oh, cariño, ¿no estás *emocionada*?

—Madre. Si vas a venir a mi piso con un equipo de televisión, yo no estaré.

—Oh, pues tienes que estar —ha dicho en un tono glacial

—No —he contestado. Pero entonces la vanidad ha empezado a adueñarse de mí—. De todas formas, ¿por qué? Eh, ¿por qué?

—Oh, cariño. Quieren que entreviste a alguien *más joven* para el programa *De repente soltera:* alguien premenopáusica y «de repente soltera» y que pueda hablar de todo esto, ya sabes, cariño, las presiones inminentes de no tener hijos y demás.

—¡Yo no estoy *premenopáusica,* madre! —exploté—. Y tampoco soy, de repente, soltera. De repente, soy parte de una pareja.

—Oh, no seas tonta, cariño —dijo entre dientes.

Podía oír un fondo de ruido de oficina.

—Tengo novio.

—¿Quién?

—No te importa —dije, y miré por encima del hombro a Perpetua, que estaba sonriendo.

—Oh, por favor, cariño. Les he dicho que había encontrado a alguien.

—No.

—Oh, por favooooooor. No he tenido una profesión en toda mi vida y ahora estoy en el otoño de mis días y necesito hacer algo por mí misma —farfulló, como si estuviese leyendo de una chuleta.

—Puede verme alguien que me conozca. Además, ¿no se darán cuenta de que soy tu hija?

Hubo una pausa. Podía oírla hablando con alguien de fondo. Después volvió a ponerse al teléfono.

—Podríamos taparte la cara.

—¿Qué? ¿Ponerme una bolsa en la cabeza? Muchas gracias.

—Oh, por favor, Bridget. Recuerda que yo te di el regalo de la vida. ¿Dónde estarías a no ser por mí? En ningún sitio. Nada. Un óvulo muerto. Un pedazo de espacio, cariño.

La verdad es que siempre he sentido un deseo secreto de salir por la tele.

sábado 20 de mayo

58,4 kg (¿por qué?, ¿por qué?, ¿de dónde?), 7 copas (sábado), 17 cigarrillos (increíblemente pocos, dadas las circunstancias), 0 números correctos de la loto (pero ha sido divertido que me filmaran).

No habían pasado ni treinta segundos de su llegada, cuando el equipo ya había tirado un par de vasos de vino encima de la alfombra, pero este tipo de cosas no me preocupan demasiado. Sólo cuando uno de ellos entró tambaleándose y gritando «no os mováis», porque llevaba un foco enorme, y luego «Trevor, ¿dónde quieres este mamotreto?», y perdió el equilibrio, rompió el foco contra la puerta de vidrio del armario de la cocina y derramó una botella abierta de aceite de oliva virgen de primera sobre mi libro de recetas del River Café, me di cuenta de que había cometido un error.

Tres horas más tarde, todavía no habían empezado a filmar, y diciendo tonterías, «¿te importa correrte un poco hacia la izquierda, guapa?». Cuando finalmente empezamos, con mi madre y yo sentadas la una frente a la otra en la penumbra, era casi la una y media.

—Y dime —me estaba diciendo mamá en un tono afectuoso y comprensivo que yo nunca antes había oído—, ¿cuando tu marido te dejó, tuviste —ahora estaba casi susurrando— pensamientos suicidas?

Me quedé mirándola con incredulidad.

—Ya sé que esto es doloroso para ti. Podemos parar un momento, si sientes que no puedes resistirlo —dijo indulgente.

Yo estaba demasiado furiosa para hablar. ¿Qué marido?

—Quiero decir que debe de ser una experiencia terrible, sin ningún compañero a la vista y con el reloj biológico sin detenerse —dijo, dándome una patada por debajo de la mesa.

Yo le devolví la patada y ella saltó y emitió un débil gemido.

—¿No te gustaría tener un hijo? —y me ha tendido un pañuelo.

En aquel momento se ha oído una risotada procedente del fondo de la sala. Yo había pensado que no había problema en dejar a Daniel durmiendo en mi dormitorio, porque los sábados nunca se levanta hasta la hora de comer y le había dejado sus cigarrillos en la almohada.

—Si Bridget tuviese un hijo, lo perdería por todas partes —dijo riéndose a carcajadas—. Encantado de conocerla, señora Jones. Bridget, ¿por qué no puedes ir tan arreglada los sábados como tu mamá?

domingo 21 de mayo

Mi mamá no nos habla a ninguno de los dos, por haberla humillado y haber dejado al descubierto su fraude delante de su equipo. Al menos, ahora nos dejará un tiempo tranquilos. Bueno, tengo tantas ganas de que llegue el verano. Será fantástico tener novio cuando haga calor. Podremos ir de minivacaciones románticas. Estoy muy contenta.

Junio:

¡ajá!, novio

sábado 3 de junio

56,65 kg, 5 copas, 25 cigarrillos, 600 calorías, minutos pasados mirando folletos de viajes: 45 para larga distancia, 87 para minivacaciones, 7 llamadas al 1471 (bien).

Con el calor que hace me resulta casi imposible pensar en otra cosa que en las fantasías de minivacaciones con Daniel. Tengo la cabeza llena de imágenes de los dos tumbados en claros junto a un río, yo con un vaporoso vestido blanco; Daniel y yo sentados en un viejo pub de Cornualles a la orilla del mar, bebiendo cerveza, con la misma camiseta a rayas, y viendo cómo se pone el sol en el horizonte marino; Daniel y yo cenando a la luz de las velas en el patio de un histórico hotel-casa-de-campo, y regresando a nuestras habitaciones para follar durante toda la calurosa noche de verano.

Bueno. Daniel y yo vamos esta noche a una fiesta en casa de su amigo Wicksy, y espero que mañana vayamos al parque o a comer a un romántico pub de las afueras. Es maravilloso tener novio.

domingo 4 de junio

57,15 kg, 3 copas (bien), 13 cigarrillos (bien), minutos pasados mirando folletos de viajes: 30 para largas distancias (bien), 52 para minivacaciones, 3 llamadas al 1471 (bien).

7 p.m. Umf. Daniel se acaba de ir a su casa. La verdad es que estoy un poco harta. Ha sido un estupendo domingo estival, pero Daniel no ha querido salir, ni hablar siquiera de minivacaciones, y ha insistido en pasar toda la tarde con las cortinas cerradas, mirando criquet por televisión. Y la fiesta de anoche estuvo bastante bien, pero en un momento dado fuimos a saludar a Wicksy, que estaba hablando con una chica muy guapa. Me di cuenta, a medida que nos acercábamos, de que ella parecía ponerse a la defensiva.

—Daniel —dijo Wicksy—, ¿conoces a Vanessa?

—No —contestó Daniel, esbozando la sonrisa más seductora e insinuante de su repertorio y tendiéndole la mano—. Encantado de conocerte.

—Daniel —dijo Vanessa, cruzando los brazos y poniéndose lívida—, ¡pero si nos hemos acostado juntos!

Dios, qué calor. Me gusta bastante asomarme a la ventana. Alguien está tocando el saxo esforzándose en hacernos creer que estamos en un plató de Nueva York, y puedo oír voces de distinta gente, porque todo el mundo tiene las ventanas abiertas, y huelo la comida procedente de los restaurantes. Hmm. Creo que me gustaría trasladarme a Nueva York: aunque, probablemente, no sea una zona demasiado buena para minivacaciones. A no ser que las minivacaciones sean en Nueva York, lo que no tiene sentido si uno ya está en Nueva York.

Voy a llamar a Tom y después me pondré a trabajar.

8 p.m. Voy a casa de Tom a tomar una copita rápida. Sólo media hora.

martes 6 de junio

58,05 kg, 4 copas, 3 cigarrillos (muy bien), 1.326 calorías, 0 lotos instantáneas (excelente), 12 llamadas al 1471 (mal), 15 horas durmiendo (mal, pero no es culpa mía, sino de la ola de calor).

Conseguí convencer a Perpetua de que me deje quedar en casa para trabajar. Seguro que sólo aceptó porque también ella quiere tomar el sol. Mmmm. Tengo un folleto de minivacaciones genial: «Orgullo de Gran Bretaña: los Hoteles Señoriales más importantes de las Islas Británicas.» Maravilloso. Me estoy mirando las páginas una por una, imaginándome a mí con Daniel alternando sexo y romanticismo en todos los dormitorios y en todos los comedores.

11 a.m. Vale: ahora voy a concentrarme.

11.25 a.m. Mmmm, tengo una uña un poco rota.

11.35 a.m. Dios mío. Acabo de sufrir, sin razón alguna, una fantasía paranoica: que Daniel tiene un lío con otra, y he empezado a buscar comentarios dignos pero hirientes para que se arrepienta. Pero ¿por qué me ha pasado esto? ¿Me ha advertido mi intuición femenina que él tiene otra aventura?

El problema de intentar salir con gente cuando te haces un poco mayor es que todo soporta un peso excesivo. Cuando no tienes pareja y pasas de la treintena, el leve inconveniente de no tener una relación sentimental —nada de sexo, nadie con quien salir los domingos, volver a casa siempre sola después de una fiesta— queda imbuido por la noción paranoica de que la razón por la que no tienes una relación es tu edad, que ya has disfrutado tu última relación sentimental y la última experiencia sexual del resto de tu vida, y que todo es culpa tuya por ser demasiado arisca o testaruda, y por no haber sentado la cabeza en la flor de la vida.

Olvidas por completo el hecho de que cuando tenías veintidós y no tenías novio, ni conocías a nadie que te gustase, durante veintitrés meses, pensabas simplemente que era una lata. Pasados los treinta, la cuestión crece de forma desproporcionada, de manera que encontrar una relación parece un objetivo deslumbrante, casi insuperable, y, cuando empiezas a salir con alguien, es imposible que se cumplan tus expectativas.

¿Es eso? ¿O es que algo no funciona en mi relación con Daniel? ¿Está Daniel teniendo una aventura?

11.50 a.m. Hmmm. La uña está *realmente* rota. De hecho, si no hago algo, empezaré a mordisquearla y me quedaré sin uña. Vale, será mejor que busque una lima. Ahora que lo pienso, el esmalte de mis uñas tiene un aspecto horrible. Mejor será quitarlo todo y empezar de nuevo. Y mejor que lo haga ahora que pienso en ello.

Mediodía. Es tan jodidamente frustrante que haga tanto calor y el *soidisant* novio de una no quiera ir a ningún sitio bonito contigo. Tengo la sensación de que él cree que quiero atraparle en una escapadita; como si no se tratase de una escapadita, sino del matrimonio, tres niños y limpiar el lavabo en una casa de madera de pino en Stoke Newington. Creo que esto se está convirtiendo en una crisis psicológica. Voy a llamar a Tom (siempre podré hacer lo del catálogo para Perpetua esta noche).

12.30 p.m. Mmmm. Tom dice que si haces una escapadita con alguien con quien estás teniendo una relación, te pasas todo el tiempo preocupándote de cómo está yendo la relación, así que es mejor ir con un amigo.

Salvo la cuestión del sexo, le he dicho. Salvo la cuestión del sexo, ha ratificado él. Me voy a encontrar con Tom esta noche y llevaré los folletos para planear escapaditas de ensueño, o de pesadilla. O sea que esta tarde tendré que pencar mucho.

12.40 p.m. Estos shorts y esta camiseta son demasiado incómodos con este calor. Voy a cambiarme y a ponerme un vestido largo y vaporoso.

Dios mío, ahora se me transparentan las bragas. Será mejor que me ponga unas color carne, por si viene alguien. Mis Gossard Glossies serían perfectas. Me pregunto dónde estarán.

12.45 p.m. Creo que me pondré el sujetador Glossies a juego, si lo encuentro.

12.55 p.m. Así está mejor.

1 p.m. ¡Hora de comer! Al fin un poco de reposo.

2 p.m. Vale. Esta tarde voy a trabajar de verdad y a tenerlo todo acabado antes de la noche, para poder salir. Sin embargo, tengo mucho sueño. Hace tanto calor. Quizá cierre los ojos sólo cinco minutos. Dicen que una siestecita es la manera perfecta de revitalizarse. Margaret Thatcher y Winston Churchill obtuvieron efectos excelentes. Buena idea. Quizá me tumbe en la cama.

7.30 p.m. Oh, maldita sea.

viernes 9 de junio

58,05 kg, 7 copas, 22 cigarrillos, 2.145 calorías, 230 minutos inspeccionándome el rostro en busca de arrugas.

9 a.m. ¡Hurra! Esta noche salgo con las chicas.

7 p.m. Oh, no. Resulta que viene Rebecca. Una noche con Rebecca es como nadar en el mar rodeada de medusas: todo va perfecto hasta que, de repente, recibes unos latigazos dolorosos, que acaban con tu confianza de nadadora. El problema es que los aguijones de Rebecca apuntan con tanta sutileza a tu talón de Aquiles, como los misiles de la guerra del Golfo, que hacían «fzzzzzz whoossssh» por los pasillos de los hoteles de Bagdad y nunca se detectaban. Sharon dice que ya no tengo veinticuatro años y que debería ser lo bastante madura como para tratar con Rebecca. Tiene razón.

Medianoche. Es huorrible. Estoy caduuuca. Al borjde derl coulapso.

sábado 10 de junio

Ugh. Esta mañana me he levantado contenta (todavía borracha de anoche), hasta que, de pronto, he recordado el horror en que acabó la noche de ayer con las chicas. Después de la primera botella de Chardonnay, estaba a punto de sacar el tema de mi constante frustración por las escapaditas cuando Rebecca dijo de repente:

—¿Cómo está Magda?

—Bien —contesté.

—Es muy atractiva, ¿verdad?

—Mmm.

—Y parece tan joven. Quiero decir, que podría pasar perfectamente por una chica de veinticuatro o veinticinco. Ibais juntas al colegio, ¿verdad, Bridget? ¿Estaba tres o cuatro cursos por debajo del tuyo?

—Tiene seis meses más que yo —dije, sintiendo las primeras punzadas de terror.

—¿De verdad? —dijo Rebecca y, tras una pausa larga y embarazosa—: Magda es afortunada. Tiene una piel preciosa.

Sentí que dejaba de llegarme sangre al cerebro cuando la terrible verdad de lo que acababa de decir Rebecca me sobresaltó.

—Quiero decir que ella no ríe tanto como tú. Ésa es la probable razón de que ella no tenga tantas arrugas como tú.

Me agarré a la mesa para sostenerme, mientras intentaba recobrar el aliento. Estoy envejeciendo prematuramente, entendí. Como si se tratase de una de aquellas filmaciones a cámara rápida en las cuales una ciruela se convierte rápidamente en una pasa.

—¿Qué tal tu régimen, Rebecca? —dijo Shazzer.

Aargh. En lugar de negarlo, Jude y Shazzer, al intentar cambiar de tema para no herir mis sentimientos, estaban aceptando mi vejez prematura. Me sentí, en una espiral de terror, agarrándome con las manos la cara desencajada.

—Voy al lavabo —dije entre dientes como un ventrílocuo, con el rostro tenso para reducir al máximo la aparición de arrugas.

—¿Estás bien, Bridge? —dijo Jude.

—Bien —contesté con frialdad.

Una vez frente al espejo, me tambaleé porque la cruel luz que estaba encima de éste reveló mi piel áspera, curtida por la edad, hundida. Me imaginé a las otras en la mesa, reprendiendo a Rebecca por alertarme sobre algo que la gente decía sobre mí desde hacía tiempo, pero que yo no hubiera debido saber nunca.

De repente me abrumó la necesidad de salir corriendo y preguntar a todas las personas que estaban cenando en el restaurante cuántos años creían que yo tenía: como una vez en el colegio, cuando estaba convencida de que yo era mentalmente subnormal, y fui de un lado al otro del patio preguntándoles a todos: «¿Soy subnormal?», y veintiocho de ellos dijeron: «Sí.»

Una vez empiezas a pensar que estás envejeciendo, ya no hay marcha atrás. De repente ves la vida como unas vacaciones, en que cuando ya ha pasado la mitad, todo empieza a acelerarse hacia el final. Siento que tengo que hacer algo para detener mi proceso de envejecimiento, pero ¿qué? No puedo pagar un *lifting.* Estoy inmersa en un dilema, ya que tanto engordar como hacer régimen contribuyen al envejecimiento. ¿Por qué parezco vieja? ¿Por qué? Miro a las ancianas en la calle para intentar distinguir los minúsculos procesos, por nimios que sean, que hacen que sus caras se vuelvan viejas y no jóvenes. Recorro los periódicos de arriba abajo, en busca de la edad de todos, intentando decidir si parecen viejos para su edad.

11 a.m. Acaba de sonar el teléfono. Era Simon, para hablarme de la última chica a la que le ha echado el ojo.

—¿Cuántos años tiene? —le pregunté con desconfianza.

—Veinticuatro.

Aargh aargh. He llegado a la edad en que los hombres ya no encuentran atractivas a las mujeres de su misma edad.

4 p.m. Voy a salir a tomar el té con Tom. He decidido que tengo que invertir más tiempo en cuidar mi aspecto como las estrellas de Hollywood, y me he pasado una eternidad poniéndome una gruesa capa de base debajo de los ojos, poniéndome colorete en las mejillas y destacando rasgos ya diluidos.

—Por Dios santo —dijo Tom al verme llegar.

—¿Qué? ¿Qué?

—Tu cara. Pareces Barbara Cartland.

Empecé a pestañear muy aprisa, intentando aceptar que, de repente y de manera irrevocable, una espantosa bomba de relojería colocada bajo mi piel la había dejado arrugada.

—Se me ve muy vieja para la edad que tengo, ¿verdad? —dije con abatimiento.

—No, pareces una niña de cinco años que se ha puesto el maquillaje de su madre. Mira.

Eché una ojeada al espejo de imitación victoriana que había en el pub. Parecía un payaso chillón, con mejillas de un rosa intenso, dos cuervos muertos como ojos, y, debajo, una capa de maquillaje que recordaba los blancos acantilados de Dover. De repente comprendí por qué las mujeres viejas acaban saliendo a la calle tan maquilladas, todo el mundo se ríe de ellas, y he decidido no volver a burlarme de ellas.

—¿Qué pasa? —me ha preguntado Tom.

—Estoy envejeciendo prematuramente.

—Oh, por Dios. Es culpa de esa maldita Rebecca, ¿verdad? Shazzer me ha contado la conversación sobre Magda. Es ridículo. Pero sí parece que tengas dieciséis años...

Adoro a Tom. Aunque sospecho que puede haberme dicho una mentira, me siento mucho más animada, ya que ni siquiera Tom diría que aparento dieciséis si aparentase cuarenta y cinco.

domingo 11 de junio

56,65 kg (muy bien, demasiado calor para comer), 3 copas, 0 cigarrillos (muy bien, demasiado calor para fumar), 759 calorías (todas de helados).

Otro domingo desperdiciado. Parece que esté condenada a pasar todo el verano mirando criquet con las cortinas cerradas. Tengo un extraño sentimiento de desasosiego, ahora que es verano, y no sólo a causa de las cortinas cerradas los domingos y de la prohibición expresa de hablar de escapaditas. Me he dado cuenta, a medida que los largos y calurosos días se repiten extrañamente, de que, sea lo que sea que estoy haciendo, siempre pienso que debería estar haciendo otra cosa.

Es un sentimiento de la misma *especie* que el que periódicamente te hace creer que, por el hecho de vivir en el centro de Londres, tendrías que ir a la Royal Shakespeare Company / al Albert Hall / a la Torre de Londres, a la Royal Academy / y al museo de cera de Madame Tussaud, en lugar de ir de bares y divertirte.

Cuanto más brilla el sol, más obvio parece que los demás lo están utilizando más y *mejor* en alguna otra parte: posiblemente en un gran partido de fútbol al que todo el mundo está invitado menos yo; posiblemente a solas con su amante en un claro rústico junto a una cascada donde pastan las Bambis, o en una gran celebración pública, que probablemente incluye a la reina madre y a uno o más de los tenores de fútbol, para conmemorar el exquisito verano del que no estoy sacando provecho. Quizá haya que echarle la culpa a nuestro pasado climático. Quizá todavía no tenemos la mentalidad adecuada para saber vivir con sol y sin nubes. Un clima que para nosotros no es más que un extraño incidente. El instinto de dejarse llevar por el pánico, salir corriendo de la oficina, quitarse la mayor parte de la ropa y tumbarse jadeando en la salida de incendios, cuando el sol asoma la nariz es todavía demasiado fuerte.

Pero también aquí hay una confusión. A nadie le conviene jugársela con la posibilidad de excrecencias malignas, así pues, ¿qué deberías hacer? ¿Una barbacoa a la sombra, quizá? ¿Matar de hambre a tus amigos, mientras tú trasteas por la cocina durante horas, para entonces envenenarlos con alimentos chamuscados y nauseabundos? U organizar picnics en el parque y acabar con todas las mujeres rascando el papel de aluminio de los trozos de mozzarella espachurrados y gritando a niños que padecen ataques de asma a causa del ozono, mientras los hombres se toman un vaso de vino blanco bajo el feroz sol del mediodía y miran un partido de fútbol cercano con la vergüenza de estar excluidos.

Envidio la vida de verano en el continente, donde los hombres vestidos con trajes ligeros y elegantes, y gafas de sol de diseño, pasean tranquilos en coches con aire acondicionado, se detienen quizá para un *citrón pressé* en un café a la sombra en una antigua plaza, absolutamente acostumbrados al sol, ignorándolo porque saben que éste seguirá brillando el fin de semana, cuando puedan ir a tumbarse tranquilos en su yate.

Estoy segura de que éste ha sido el factor decisivo de nuestra decreciente confianza nacional, a partir del momento en que empezamos a viajar y a darnos cuenta de ello. Supongo que las cosas cambiarán. Cada vez hay más mesas en las aceras. Los comensales consiguen sentarse ahí con tranquilidad, sólo recordando en algunos momentos el sol y poniéndose de cara a él con los ojos cerrados, sonriendo satisfechos a los transeúntes —«Mirad, mirad, estamos tomando un refresco en la terraza de un café; también los de este país podemos hacerlo»—, sus expresiones de angustia vital son breves y fugaces, y sólo expresan la duda: «¿Deberíamos estar en estos momentos en una representación al aire libre de *Sueño de una noche de verano*?»

En algún remoto lugar de mi mente acaba de nacer la tímida idea de que quizá Daniel tenga razón: lo que se supone que tienes que hacer cuando hace calor es ir a dormir debajo de un árbol o mirar criquet con las cortinas cerradas. Pero a mi modo de ver, para ponerte a dormir tienes que saber que el día siguiente también será caluroso, y el otro, y que quedan suficientes días calurosos en tu vida para hacer de forma calmada y comedida todas las actividades imaginables para un día caluroso, sin ningún tipo de prisa. Menuda posibilidad.

lunes 12 de junio

57,6 kg, 3 copas (muy bien), 13 cigarrillos (bien), 210 minutos intentando programar el vídeo (mal).

7 p.m. Mamá acaba de llamar.

—Oh, hola, cariño. Adivina qué pasa. ¡¡¡Penny Husbands-Bosworth sale en *Noche de noticias*!!!

—¿Quién?

—Ya conoces a los Husbands-Bosworth, cariño. Ursula estaba un curso menos que tú en el instituto. Herbert murió de leucemia...

—¿Qué?

—No digas «qué», Bridget, di «perdón». La cuestión es que voy a estar fuera, porque Una quiere ver una proyección de diapositivas del Nilo, así que Penny y yo nos preguntábamos si tú podrías grabarlo... Ooh, será mejor que me ponga a salvo. ¡Aquí está el carnicero!

8 p.m. Vale. Es ridículo haber tenido un vídeo durante dos años y no haber sido capaz de que grabe una sola cosa. Es un maravilloso FV 67 HV VideoPlus. Es sólo cuestión de seguir las instrucciones, encontrar los botones, etc., seguro.

8.15 p.m. Umf. No puedo encontrar las instrucciones.

8.35 p.m. ¡Ajá! He encontrado las instrucciones debajo de un *Hola.* Vale. PROGRAMAR TU VÍDEO ES TAN FÁCIL COMO HACER UNA LLAMADA DE TELÉFONO. Estupendo.

8.40 p.m. APUNTAR EL CONTROL REMOTO EN DIRECCIÓN AL VÍDEO. Muy fácil, CAMBIAR A ÍNDICE. Aargh, lista terrorífica con TEMPORIZADOR CONTROLADOR SIMULTÁNEO DE GRABACIONES CON SONIDO HIFI, EL DESCODIFICADOR NECESARIO PARA PROGRAMAS CODIFICADOS, etc. Sólo deseo grabar el sermón de Penny Husbands-Bosworth, y no pasarme toda la noche leyendo un tratado de técnicas de espionaje.

8.50 p.m. Ah. Diagrama, BOTONES PARA FUNCIONES DE IMC. Pero ¿qué son las funciones IMC?

8.55 p.m. He decidido ignorar esta página. Paso a GRABACIONES CON TEMPORIZADOR CON EL VIDEOPLUS: 1. ENCUENTRE LOS REQUISITOS PARA EL VIDEOPLUS. ¿Qué requisitos? Odio este estúpido vídeo. Me siento igual que cuando intento seguir las señalizaciones de las carreteras. Sé en el fondo de mi corazón que las señalizaciones y el manual del vídeo no tienen sentido, pero todavía no puedo creer que las autoridades sean tan crueles como para engañarnos a todos de forma deliberada. Me siento una idiota incompetente, y como si todo el mundo entendiese algo que a mí se me está ocultando.

9.10 p.m. CUANDO CONECTE EL SISTEMA DE GRABACIÓN TIENE QUE AJUSTAR EL RELOJ Y EL CALENDARIO PARA GRABACIONES CON CONTROL TIMER PRECISAS (NO OLVIDE UTILIZAR LAS OPCIONES DE AJUSTE RÁPIDO PARA

CAMBIAR ENTRE HORARIO DE VERANO E INVIERNO). MENÚS DEL RELOJ EN ROJO Y NÚMERO DIGITAL 6.

Aprieto el rojo y no pasa nada. Aprieto los números y no pasa nada. Ojalá no se hubiese inventado el estúpido vídeo.

9.25 p.m. Aargh. De repente ha aparecido en la televisión el menú principal diciendo APRIETE EL 6. Oh, Dios. Acabo de darme cuenta de que por error estaba utilizando el mando a distancia de la tele. Ahora han aparecido las noticias.

Acabo de llamar a Tom pidiéndole que, si podía, me grabara Penny Husbands-Bosworth, pero me ha dicho que él tampoco sabe cómo funciona su vídeo.

De repente el vídeo hace un click y ya no se ven las noticias, sino, incomprensiblemente, *El flechazo.*

He llamado a Jude, pero ella tampoco sabe cómo funciona el suyo. Aargh. Son las 10.15. *Noche de noticias* empieza dentro de 15 minutos.

10.17 p.m. La cinta no entra.

10.18 p.m. Ahí está grabada *Thelma y Louise.*

10.19 p.m. *Thelma y Louise* no quiere salir.

10.21 p.m. Aprieto todos los botones freféticamente. La cinta sale y vuelve a entrar.

10.25 p.m. Ya he puesto una cinta nueva. Vale. Paso a GRABACIÓN.

LA GRABACIÓN EMPEZARÁ CUANDO, EN MODO SINTONIZADOR, SE APRIETE CUALQUIER BOTÓN (EXCEPTO EL DE

MEM). Y, ¿qué es el Modo Sintonizador? CUANDO GRABE DESDE UNA CÁMARA O SIMILAR APRIETE PROG. AV 3 VECES, DURANTE UNA TRANSMISIÓN EN DUAL APRIETE 1/2 Y MANTENGA APRETADO 3 SEGUNDOS PARA ESCOGER EL LENGUAJE.

Oh, Dios. El estúpido manual me recuerda al profesor de lengua que tuve en Bangor, que estaba tan inmerso en puntos tan concretos del lenguaje que no podía hablar sin desviarse y empezar a analizar cada palabra por separado: «Esta mañana yo haría... pues, "haría", veis, en 1570...»

Aargh aargh. Ha empezado *Noche de noticias.*

10.31 p.m. Vale. Vale. Calma. Todavía no ha salido el reportaje sobre el amianto y la leucemia donde sale Penny Husbands-Bosworth.

10.33 p.m. Sííí. Sííí. GRABANDO EN EMISIÓN. ¡Lo he conseguido!

Aaargh. Me vuelvo loca. La cinta ha empezado a rebobinarse y ahora ha parado y ha salido. ¿Por qué? Mierda. Mierda. Estaba tan excitada que me senté en el mando a distancia.

10.35 p.m. Ahora desesperada. He llamado a Shazzer, a Rebecca, a Simon, a Magda. Nadie sabe cómo programar su vídeo. La única persona que conozco que sabe cómo hacerlo es Daniel.

10.45 p.m. Oh, Dios mío. Daniel se ha echado a reír cuando le he dicho que no podía programar el vídeo. Me ha dicho que él lo hará por mí. Por lo menos he hecho todo lo que me había pedido mi mamá. Es excitante y testimonial que tus amigos salgan en la televisión.

11.15 p.m. Umf. Mamá acaba de llamar:

—Perdona, cariño. No es *Noche de noticias,* es el *Noticias con el desayuno* de mañana. ¿Podrías programarlo para mañana a las siete en punto, en la BBC1?

11.30 p.m. Daniel acaba de llamar.

—Eh, perdona, Bridge. No sé qué puede haber pasado. Ha grabado Barry Norman.

domingo 18 de junio

56,2 kg, 3 copas, 17 cigarrillos.

Después de estar sentada en la penumbra durante el tercer fin de semana consecutivo con la mano de Daniel en mi sujetador, jugueteando con mi pezón como si de una cuenta se tratase, y yo diciendo débilmente de vez en cuando «¿Eso ha sido una carrera?», de repente solté:

—¿*Por qué* no podemos hacer una escapadita? ¿Por qué? *¿Por qué? ¿Por qué?*

—Es una buena idea —dijo Daniel con suavidad, y sacó la mano de mi vestido—. ¿Por qué no hacemos una reserva en algún sitio para el fin de semana próximo? En algún bonito hotel-casa-de-campo. Pago yo.

miércoles 21 de junio

55,75 kg (muy muy bien), 1 copa, 2 cigarrillos, 2 lotos instantáneas (muy bien), 237 minutos mirando folletos para la escapadita (mal).

Daniel se ha negado a discutir más lo de las escapaditas, o a mirar folletos, y me ha prohibido que lo mencione hasta que salgamos el sábado por la mañana. ¿Cómo puede esperar que no esté emocionada cuando he estado esperando esto tanto tiempo? ¿Por qué los hombres todavía no han aprendido a fantasear con las vacaciones, escogerlas a partir de folletos y planearlas y fantasear de la misma forma en que (algunos de ellos) han aprendido a cocinar o a coser? La responsabilidad de planear las escapaditas sin ayuda de nadie resulta espantosa. La casa Wovingham parece ideal: de buen gusto sin ser demasiado formal, con camas con baldaquinos, un lago e incluso un gimnasio (donde no entrar), pero ¿y si a Daniel no le gusta?

domingo 25 de junio

55,75 kg, 7 copas, 2 cigarrillos, 4.587 calorías (uuui).

Dios mío, Daniel decidió, nada más llegar, que el lugar era un cubil de nuevos ricos, porque había tres Rolls-Royce aparcados, y uno de ellos amarillo. Yo estaba luchando contra la certidumbre de que hacía un frío que pelaba, y que yo había hecho la maleta para una temperatura de más de 30 grados. Mi maleta:

2 trajes de baño
1 biquini
1 vestido largo blanco y vaporoso
1 vestido de tirantes
1 par de chinelas rosa chillón de plástico

1 minifalda de ante rosa
Bodi de seda negro
Sujetadores, bragas, medias, ligas (varias)

Estalló un trueno y yo me desmoroné, temblando, detrás de Daniel, para encontrar el vestíbulo lleno de damas de honor y hombres con trajes de color crema y para descubrir que éramos los únicos huéspedes del hotel que no estaban en la fiesta de la boda.

—¡Chuh! ¿No es terrible lo que está ocurriendo en Srebrenica? —dije como una maníaca, intentando dar la justa proporción a cada problema—. Para ser sincera, nunca he tenido la sensación de *tener claro* lo que está pasando en Bosnia. Yo creía que los bosnios eran los que estaban en Sarajevo y los serbios les estaban atacando, y, ¿quiénes son los serbio-bosnios?

—Bueno, quizá lo sabrías si te pasases menos tiempo leyendo folletos y más tiempo leyendo los periódicos —dijo Daniel con una sonrisita.

—¿Y qué *está* pasando?

—Caramba, mira las tetas de esa dama de honor.

—¿Y quiénes son los musulmanes bosnios?

—Es increíble el tamaño de las solapas de aquel hombre.

De repente tuve la sensación inequívoca de que Daniel estaba intentando cambiar de tema.

—¿Son los serbio-bosnios los que estaban atacando Sarajevo? —pregunté.

Silencio.

—Entonces, ¿en qué territorio está Srebrenica?

—Srebrenica es una *zona segura* —dijo Daniel en un tono muy condescendiente.

—Entonces, ¿cómo puede ser que la gente de la zona segura estuviese atacando antes?

—Cállate.

—Sólo dime si los bosnios en Srebrenica son los mismos que los de Sarajevo.

—Musulmanes —dijo Daniel triunfal.

—¿Serbios o bosnios?

—Mira, ¿te quieres callar?

—Tú tampoco sabes lo que está pasando en Bosnia.

—Sí que lo sé.

—No lo sabes.

—Sí que lo sé.

—No *lo sabes.*

En ese momento el conserje, que iba vestido con pantalones bombachos, calcetines blancos, zapatos de charol con hebillas, levita y una peluca empolvada, dijo:

—Señor, creo que querrá saber que los actuales habitantes de Srebrenica y Sarajevo son musulmanes bosnios —y añadió—: ¿El señor deseará algún periódico por la mañana?

Pensé que Daniel iba a darle un puñetazo. Me encontré dándole golpecitos en el brazo y murmurando:

—Vale, venga, tranquilo, tranquilo —como si fuese un caballo de carreras que acaba de ser asustado por una camioneta.

5.30 p.m. Brrr. En lugar de tumbarme junto a Daniel bajo el sol, junto al lago, llevando un largo y vaporoso vestido, acabé amoratada de frío en un bote a remos, envuelta en una de las toallas de baño del hotel. Al final nos rendimos, nos retiramos a nuestra habitación a tomar un baño caliente y nos enteramos por el camino de que otra pareja, cuya mujer, una chica llamada Eileen con quien Daniel se había acostado dos veces, le había mordido en el pecho con fuerza y con la que nunca había vuelto a cruzar una palabra, iba a compartir con nosotros el salón de la cena, que no era el de la fiesta de la boda.

Cuando salí del baño, Daniel estaba tumbado en la cama y reía tontamente.

—Tengo una nueva dieta para ti —me dijo.

—Así que te parece que sí estoy gorda.

—Mira. Es muy simple. Consiste sólo en no comer ningún alimento que tengas que pagar tú. Así que al principio de la dieta estás un poco gorda y nadie te invita a salir a cenar. Entonces pierdes peso y se te ponen unas piernas preciosas y un cuerpo fenómeno que dice fóllame, y la gente empieza a invitarte. Ganas algunos kilos, las invitaciones cesan y vuelves a empezar.

—¡Daniel! —exploté—. Es la cosa más terriblemente sexista, antigordo y cínica que he oído.

—Oh, no seas así, Bridget. Es la consecuencia lógica de lo que tú realmente piensas. Yo siempre te he dicho que nadie quiere chicas con piernas de alambre. Quieren un culo donde puedan aparcar una bicicleta y dejar una jarra de cerveza.

Yo estaba dividida entre la burda imagen de mí misma con una bicicleta aparcada en el culo y una jarra de cerveza haciendo equilibrios en mis nalgas, furiosa con Daniel por su sexismo descaradamente provocativo y preguntándome al mismo tiempo si él tenía razón o no en lo que concernía al concepto de mi cuerpo con relación a los hombres y, en este caso, si mi reacción debía ser comerme inmediatamente algo delicioso, y qué podía ser este algo.

—Voy a poner la tele —ha dicho Daniel, aprovechando mi temporal mudez para apretar el botón del mando a distancia y cerrar las cortinas, que son esas de hotel, gruesas y con forro oscuro, que no dejan pasar la luz. Segundos más tarde la habitación estaba completamente a oscuras, con excepción del parpadeo de la tele. Daniel había encendido un cigarrillo y estaba llamando al servicio de habitaciones para que le subiesen seis latas de Fosters.

—¿Quieres algo, Bridget? —me ha dicho, sonriendo—. ¿Té con galletas, quizá? Pago yo.

Julio:

¡ja!, ¡ja!

domingo 2 de julio

55,3 kg (sigo haciendo progresos), 0 copas, 0 cigarrillos, 995 calorías, 0 lotos instantáneas: perfecto.

7.45 a.m. Acaba de llamar mamá.

—Oh, hola cariño, ¿sabes qué pasa?

—Espera, voy a llevar el teléfono a la otra habitación —dije, mirando nerviosa a Daniel, desconectando el teléfono, arrastrándome hasta la habitación contigua y volviendo a conectarlo para descubrir que mi madre no se había dado cuenta de mi ausencia de los últimos dos minutos y medio, justo ahora terminaba de hablar.

—... Así que, ¿a ti qué te parece, cariño?

—Hum, no lo sé. Estaba llevando el teléfono a la otra habitación. Ya te lo he dicho.

—Ah. ¿Así que no has oído nada?

—No.

Hubo una breve pausa.

—Oh, hola, cariño, ¿sabes qué pasa?

A veces creo que mi madre forma parte del mundo moderno y a veces parece vivir a años luz de distancia. Como cuando deja mensajes en mi contestador que sólo dicen, en voz muy alta y clara: «Madre de Bridget Jones.»

—¿Hola? Oh, hola, cariño, adivina qué pasa —volvió a decir.

—¿Qué? —dije resignada.

—Una y Geoffrey van a dar una fiesta de Fulanas y Vicarios en su jardín, el veintinueve de julio. ¿Verdad que puede ser divertido? ¡Fulanas y Vicarios! ¡Imagínate!

Luché por no hacerlo, por no Imaginar a Una Alconbury con botas altas, medias de malla gruesa y un sujetador con mirilla. Que un grupo de gente de sesenta años organice una fiesta como ésta me parece antinatural y terrible.

—Bueno, pensamos que sería genial si tú y —cargada de intención— Daniel vinieseis. Todos nos morimos de ganas de conocerle.

Me dio un vuelco el corazón al pensar que mi relación con Daniel estaba siendo diseccionada con todo detalle en los almuerzos de los amigos y conocidos de mis padres.

—No creo que a Daniel...

En cuanto dije esto, la silla que yo estaba balanceando con mis rodillas, cayó estrepitosamente cuando me incliné encima de la mesa.

Al recuperar el teléfono, mi madre seguía hablando.

—Sí, genial. Al parecer Mark Darcy va a estar allí, y parece que acompañado, así que...

—¿Qué pasa? —Daniel estaba de pie, completamente desnudo, en el umbral—. ¿Con quién estás hablando?

—Con mi madre —dije, desesperada, con una mueca.

—Pásamela —me dijo, cogiendo el teléfono. Me gusta cuando se muestra autoritario sin estar enfadado.

—Señora Jones —dijo, con su voz más encantadora—. Soy Daniel.

Casi podía oír el entusiasmo de ella.

—Es muy temprano para llamar por teléfono un domingo. Sí, hace un día hermoso. ¿Qué podemos hacer por usted?

Me ha mirado, mientras ella hablaba durante un ratito, y después ha dicho:

—Claro, sería encantador. Me lo apuntaré en la agenda para el veintinueve, e intentaré encontrar mi alzacuello. Bueno, ahora será mejor que volvamos a la cama a descansar. Cuídese. Chao. Sí. Chao —dijo con firmeza, y colgó el teléfono.

»¿Ves? —dijo con aire de suficiencia—, mano dura, eso es todo lo que hace falta.

sábado 22 de julio

55,75 kg (humm tengo que adelgazar medio kilo), 2 copas, 7 cigarrillos, 1.562 calorías.

En realidad me emociona que Daniel me acompañe a la fiesta de Fulanas y Vicarios el próximo sábado. Será fantástico que, por una vez, no tenga que conducir yo, llegar sola y enfrentarme al aluvión de preguntas sobre por qué no tengo novio. Será un día maravilloso, y hará calor. Quizá incluso podríamos aprovechar para hacer una escapadita y quedarnos en un pub (o en un hotel sin televisión en el dormitorio). Tengo muchas ganas de que Daniel conozca a mi padre. Espero que le caiga bien.

2 a.m. Me he despertado hecha un mar de lágrimas por un sueño espantoso: me estoy examinando de Nivel-D de francés y, cuando entrego el trabajo, me doy cuenta de que he olvidado revisarlo y de que no llevo más ropa que el delantal que uso en la clase de Hogar, e intento desesperadamente que me cubra todo el cuerpo, para que la señorita Chignall no vea que no llevo bragas. Esperaba que Daniel se mostrase como mínimo un poco comprensivo. Ya sé que todo esto se debe a mis preocupaciones sobre si mi carrera tiene futuro o estoy en un callejón sin salida, pero él sólo ha encendido un cigarrillo y me ha pedido que le volviese a explicar lo del delantal.

—A ti no te afecta, claro, con tu maldita mejor nota de tu promoción en Cambridge —he murmurado entre sollozos—. Yo nunca olvidaré el momento en que miré el tablón de notas, vi una D al lado de Francés y supe que no podría ir a Manchester. Aquello alteró el curso de toda mi vida.

—Deberías dar gracias al cielo, Bridget —dijo, tumbado boca arriba y lanzando el humo hacia el techo—. Probablemente te habrías casado con algún tipo aburridísimo y habrías pasado el resto de tus días limpiando la casita del perro. Además... —empezó a reír— no hay nada malo en un título de... de... (en aquel momento se lo estaba pasando tan bien que casi no podía ni hablar)... Bangor.

—Vale, ya basta. Me voy a dormir al sofá —grité, y salté de la cama.

—Ey, Bridget, no lo tomes a mal —me dijo, echándome hacia atrás—. Tú sabes que yo pienso que eres una... una lumbrera. Pero tienes que aprender a interpretar los sueños.

—Entonces, ¿qué significa mi sueño? —dije enfurruñada—. ¿Que no he aprovechado mi potencial intelectual?

—No exactamente.

—¿Pues qué?

—Bueno, creo que el delantal sin bragas es un símbolo evidente, ¿no?

—¿Qué?

—Significa que la inútil búsqueda de una vida intelectual entorpece el camino de tu verdadero objetivo en la vida.

—¿Cuál?

—Pues, evidentemente, cocinar todo el día para mí, cariño —ha dicho, partiéndose de risa—. Y pasearte sin bragas por mi piso.

viernes 28 de julio

56,2 kg (tengo que hacer un régimen antes de mañana), 1 copa (muy bien), 8 cigarrillos, 345 calorías.

Mmmm. Daniel ha estado encantador esta noche y se ha pasado un siglo ayudándome a elegir la ropa para la fiesta de Fulanas y Vicarios. Él me iba diciendo los diferentes conjuntos que tenía que probarme y luego los evaluaba. Le gustaba un alzacuello y una camiseta negra con unas mallas negras de encaje porque era la mezcla entre una fulana y un vicario, pero al final, después de haber caminado un buen rato con los dos conjuntos, ha decidido que el mejor era un body negro de encaje de Marks and Spencer, con medias y ligas, un delantal que parecía de criada francesa, que hicimos con dos pañuelos y un trozo de cinta, una pajarita y una cola de conejo de algodón. Ha sido muy amable por su parte dedicarme tanto tiempo. A veces me parece mentira que sea tan considerado. Esta noche también parecía tener especialmente ganas de sexo.

Ooh, tengo tantas ganas de que llegue mañana.

sábado 29 de julio

55,75 kg (muy bien), 7 copas, 8 cigarrillos, 6.245 calorías (malditos Una Alconbury, Mark Darcy, Daniel, mamá, todos).

2 p.m. No puedo creer lo que ha ocurrido. A la 1 p.m. Daniel todavía no se había despertado y yo estaba empezando a preocuparme, porque la fiesta empezaba a las 2.30. Al final le desperté con una taza de café y le dije:

—Te he despertado porque se supone que tenemos que estar allí a las dos y media.

—¿Dónde?

—En la fiesta de Fulanas y Vicarios.

—Oh, Dios, amor mío. Escucha, acabo de darme cuenta de que este fin de semana tengo un montón de trabajo. Voy a tener que quedarme en casa y ponerme a ello.

No me lo podía creer. Él *había prometido* asistir. Todo el mundo sabe que cuando sales con alguien tienes que darle apoyo en las horribles fiestas familiares. Y él cree, en cambio, que por haber mencionado la palabra «trabajo» se puede librar de cualquier cosa. Ahora todos los amigos de los Alconbury se pasarán la tarde preguntándome por qué no tengo novio, y nadie me creerá cuando les diga la verdad.

10 p.m. No puedo creer por lo que he pasado. Conduje durante dos horas, aparqué enfrente de la casa de los Alconbury y, esperando tener buen aspecto con mi traje de conejito, caminé hasta el jardín, donde se oían voces alegres. En cuanto empecé a cruzar el césped, todos se quedaron en silencio, y advertí horrorizada que las señoras, en lugar de ir vestidas de Fulanas y Vicarios, llevaban conjuntos floreados de dos piezas, que les llegaban a media pierna, y los hombres pantalones deportivos y suéteres en pico. Me quedé allí, paralizada como: bueno, como un conejo. Entonces, mientras todo el mundo me miraba, acudió Una Alconbury, vestida con una falda fucsia plisada, dando saltitos por el césped, sosteniendo un vaso de plástico lleno de trocitos de manzana y de hojas.

—¡¡Bridget!! Contentísima de verte. Toma un Pimms —me dijo.

—Creía que esto iba a ser una fiesta de Fulanas y Vicarios —dije furiosa.

—Oh, querida, ¿no te llamó Geoff? —me dijo. Yo no lo podía creer. Veamos, ¿creía ella que yo tenía por costumbre vestirme habitualmente como una conejita?—. Geoff, ¿no llamaste a Bridge por teléfono? Todos tenemos ganas de conocer a tu nuevo novio —dijo, mirando alrededor—. ¿Dónde está?

—Tenía que trabajar —murmuré.

—¿Cómo está-mi-pequeña-Bridget? —dijo el tío Geoffrey, tambaleándose, medio borracho.

—Geoffrey —dijo Una con frialdad.

—Yup, yup. Todo en orden y bajo control, a sus

órdenes, teniente —dijo, saludando, y entonces se desplomó sobre el hombro de ella, riendo—. Choqué con uno de esos condenados chismes que contestan al teléfono.

—Geoffrey —dijo Una glacial—. Ve-y-vigila-la-barbacoa. Lo siento, querida, es que, después de todos los escándalos que ha habido por aquí con los vicarios, decidimos que no tenía sentido celebrar una fiesta de Fulanas y Vicarios porque... —empezó a reír—, porque todo el mundo piensa que los vicarios son fulanas. Oh querida —dijo, frotándose los ojos—. Bueno, ¿y cómo es tu nuevo novio? ¿Qué hace trabajando un sábado? ¡Durrr! No es una excusa demasiado buena, ¿verdad? A este paso, ¿cómo vamos a casarte?

—A este paso voy a acabar como una call-girl —murmuré mientras intentaba despegar la cola de conejo de mi trasero.

Noté que alguien me miraba y levanté la mirada para ver a Mark Darcy, mirando fijamente la cola de conejo. Junto a él estaba la alta, delgada y elegante abogada, especializada en derecho familiar, con un vestido y una chaqueta lilas, muy decoroso, como Jackie O., con gafas de sol en la cabeza.

La petulante bruja dirigió una sonrisa burlona a Mark, y me miró descaradamente de arriba abajo.

—¿Vienes de otra fiesta? —soltó.

—No, de hecho, estoy de camino del trabajo —dije.

Y Mark Darcy esbozó una sonrisa y apartó la mirada.

—Hola, cariño, estoy atareadísima. Estamos filmando —gorjeó mi madre, corriendo hacia nosotros con un camisero turquesa plisado y zarandeando una chaqueta—. ¿Qué demonios crees que llevas puesto, cariño?

Pareces una vulgar prostituta. Silencio absoluto, por favor, todos, yyyyyy... —gritó en dirección a Julio, que blandía una cámara de vídeo—, ¡acción!

Alarmada, miré por todas partes en busca de mi padre, pero no le vi por ningún lado. Vi a Mark Darcy hablando con Una, haciendo gestos en mi dirección, y entonces Una, resuelta, corrió hacia mí.

—Bridget, *siento mucho* el malentendido sobre lo de la ropa —me dijo—. Mark dice que debes de sentirte terriblemente incómoda, con tantos hombres maduros a tu alrededor. ¿Quieres que te preste algo?

Me pasé el resto de la fiesta llevando encima de mis ligas un vestido de Laura Ashley de dama de honor, de mangas abullonadas y un estampado floral, que era de Janine, con la Natasha de Mark Darcy riendo, mientras mi madre, pasando de vez en cuando por mi lado, decía:

—Ése sí es un vestido precioso, cariño. ¡Corten!

—No tengo demasiada buena opinión de la novia, ¿y tú? —dijo Una Alconbury en voz alta, en cuanto estuvimos solas, haciendo un gesto hacia Natasha—. Demasiado señoritinga. Elaine dice que ésa está desesperada por llevarlo a la vicaría. Oh, ¡hola, Mark! ¿Otro vaso de Pimms? Qué pena que Bridget no pudiese traer a su novio. Es un tipo con suerte, ¿verdad? —todo dicho con mucha agresividad, como si Una se estuviese tomando como un insulto personal el hecho de que Mark hubiese escogido una novia que a) no fuese yo y b) no se la hubiese presentado Una en el Bufé de Pavo al Curry—. ¿Cómo se llama, Bridget? Daniel, ¿no? Pam dice que es uno de esos jóvenes editores con mucho ímpetu.

—¿Daniel Cleaver? —dijo Mark Darcy.

—Sí, así es —dije, con gesto desafiante.

—¿Es amigo tuyo, Mark? —preguntó Una.

—En absoluto —contestó con brusquedad.

—Oooh. Espero que sea lo bastante bueno para nuestra pequeña Bridget —prosiguió Una, guiñándome un ojo, como si aquella conversación fuese divertidísima, en lugar de ser horripilante.

—Creo que puedo volver a decir, con total confianza, que en absoluto —dijo Mark.

—Oh, espera un segundito, ahí está Audrey, ¡Audrey! —dijo Una, sin escuchar, y alejándose, gracias a Dios, de allí.

—Supongo que debes creer que eso tiene gracia —dije furiosa, cuando ella se hubo ido.

—¿Qué? —dijo Mark, con cara de sorpresa.

—A mí no me vengas con «qués», Mark Darcy —refunfuñé.

—Hablas como mi madre —dijo él.

—Supongo que tú piensas que es muy divertido insultar al novio de alguien delante de los amigos de sus padres, cuando él no está aquí para poder defenderse, y sólo porque estás celoso —dije gesticulando.

Se me quedó mirando, como si lo hubiese distraído de otra cosa.

—Perdona —dijo—. Estaba intentando comprender lo que quieres decir. ¿Acaso yo...? ¿Estás sugiriendo que tengo celos de Daniel Cleaver? ¿Por ti?

—No, no por mí —dije furiosa, al darme cuenta de que así era como había sonado—. Digo que estás celoso porque imagino que debes de tener otro motivo, aparte de por pura malevolencia, para decir estas cosas horribles de mi novio.

—Mark, cariño —susurró Natasha, caminando coqueta por el césped hasta llegar a nosotros. Era tan alta y delgada que no había sentido la necesidad de ponerse tacones y podía andar por el césped sin hundirse como si hubiese sido diseñada para esto, como un camello en el desierto—. Ven y explícale a tu madre cómo era aquel comedor que vimos en Conran.

—Sólo quiero decirte que andes con cuidado, eso es todo —dijo en voz baja—, y también se lo diría a tu madre —dijo, señalando hacia Julio, mientras Natasha se lo llevaba.

Después de 45 minutos más de horror, pensé que me podía ir y le dije a Una que tenía trabajo.

—¡Ah, las chicas con carrera! Hay cosas que no pueden aplazarse para siempre. Ya sabes: tic-tac-tic-tac.

Tuvieron que pasar cinco minutos y tuve que fumarme un cigarrillo para estar lo bastante calmada para conducir. Entonces, justo cuando me metí en la carretera principal, pasó el coche de mi padre en dirección contraria. Sentada a su lado, estaba Penny Husbands-Bosworth, vestida con un corpiño rojo de encaje, y con dos orejas de conejito.

Cuando llegué a Londres y salí de la autopista me sentía muy angustiada y volvía mucho más temprano de lo previsto, y pensé que, en lugar de ir directamente a casa, pasaría a ver a Daniel, para que me tranquilizase un poco.

Aparqué cara a cara con el coche de Daniel. No contestó cuando llamé, así que esperé un poco y volví a llamar, por si estaba en mitad de una jugada realmente magnífica. Nadie contestó. Yo sabía que tenía que estar, porque allí estaba su coche y él me había dicho que estaría en casa trabajando y mirando el criquet. Levanté la mirada hacia su ventana y allí estaba Daniel. Le sonreí, le saludé y señalé hacia la puerta. Desapareció, supuse que para apretar el botón del portero automático, así que volví a llamar. Tardó un poco en contestar:

—Hola, Bridge. Estoy al teléfono con Estados Unidos, ¿Nos encontramos en el pub dentro de diez minutos?

—Vale —dije alegremente, sin pensar, y me fui hacia la esquina. Pero al darme la vuelta, ahí estaba otra vez, no al teléfono, sino mirándome por la ventana.

Astuta como un zorro, hice ver que no le había visto y seguí caminando, pero por dentro estaba totalmente desconcertada. ¿Por qué me vigilaba de esta manera? ¿Por qué no había contestado al timbre la primera vez? ¿Por qué no había apretado el botón del interfono y me había dejado subir enseguida? De repente la verdad cayó como una bomba sobre mí. Daniel estaba con una mujer.

Con el corazón a punto de estallar, doblé la esquina y, pegada a la pared, asomé la nariz para saber si se había apartado de la ventana. Ni rastro de él. Volví corriendo y me quedé agazapada en el portal contiguo al de su casa, vigilando su puerta entre las columnas para ver si salía una mujer. Esperé, allí encogida, durante un buen rato. Y entonces empecé a pensar: si sale una mujer, ¿cómo sabré que sale del piso de Daniel y no de otro piso del edificio? ¿Qué haría yo? ¿Desafiarla? ¿Llevar a cabo una detención ciudadana? Y además, ¿qué le impedía a él dejar a la mujer en el piso, con instrucciones de que se quedase ahí hasta que él hubiese tenido tiempo para llegar al pub?

Miré mi reloj. 6.30, ¡Ja! El pub todavía no estaba abierto. Excusa perfecta. Envalentonada, me apresuré hasta la puerta y volví a tocar el timbre.

—¿Bridget, eres tú otra vez? —dijo él con brusquedad.

—El pub todavía no está abierto.

Hubo un silencio. ¿Oí una voz a lo lejos? En plena fase de optimismo, me dije que sólo estaba blanqueando dinero o traficando con drogas. Probablemente estaba intentando esconder bolsas de plástico llenas de cocaína debajo de las tablas del suelo, ayudado por unos sudamericanos bien vestidos con coleta.

—Déjame entrar.

—Ya te he dicho que estoy al teléfono.

—Déjame entrar.

—¿Qué?

Era obvio que él estaba intentando ganar tiempo.

—Aprieta el botón, Daniel —le dije.

¿No es curioso cómo se puede detectar la presencia de alguien, aunque no puedas verle, ni oírle, ni percibirlo de ninguna manera? Oh, *claro* que comprobé los armarios de las escaleras, y no había nadie. Pero yo sabía que había una mujer en la casa de Daniel. Quizá era debido a un leve olor... o quizá era la forma en que Daniel se estaba comportando. Sea lo que fuere, simplemente lo *sabía.*

Con cautela, nos quedamos de pie en los extremos opuestos del salón. Yo moría de desesperada y de ganas de empezar a correr por todas partes, abriendo y cerrando armarios, como si fuera mi madre, y llamando al 1471 para ver si había algún número de Estados Unidos registrado.

—¿Qué llevas puesto? —me dijo.

Con el alboroto, me había olvidado del traje de Janine.

—Un vestido de dama de honor —contesté con altivez.

—¿Te apetece beber algo? —me preguntó.

Pensé deprisa. Si lo enviaba a la cocina, podría revisar todos los armarios.

—Una taza de té, por favor.

—¿Te encuentras bien?

—¡Sí! ¡Bien! —gorjeé—. Lo he pasado genial en la fiesta. Era la única que iba vestida de fulana, por eso me he tenido que poner un vestido de dama de honor, Mark Darcy estaba allí con Natasha, llevas una camisa muy bonita...

Me detuve, sin aliento, dándome cuenta de que me había convertido (ya no era «me estaba convirtiendo») en mi madre.

Me miró un momento y se dirigió a la cocina, y entonces yo crucé la habitación de un salto para mirar detrás del sofá y de las cortinas.

—¿Qué estás haciendo?

Daniel estaba de pie en la puerta.

—Nada, nada. Pensaba que igual me había olvidado una minifalda detrás del sofá —dije, sacudiendo como una loca los cojines, como si estuviese en un vodevil francés.

Me miró desconfiado y volvió a meterse en la cocina.

Decidí que no había tiempo de marcar el 1471, miré pues en el armario donde él guarda el edredón para el sofá cama —ninguna presencia humana—, y entonces fui a la cocina, abriendo al pasar el armario del recibidor, de donde cayó la tabla de planchar, seguida por una caja de cartón llena de viejos discos de 45 revoluciones, que se desparramaron por el suelo.

—¿Qué estás haciendo? —volvió a decir Daniel suavemente, saliendo de la cocina.

—Perdona, se me ha enganchado la manga con la puerta. Voy al lavabo.

Daniel me miraba como si estuviese loca, así que no pude ir a registrar el dormitorio. En lugar de eso, me encerré en el lavabo y empecé a buscar pistas desesperadamente. No estaba segura de lo que buscaba... largos pelos rubios, un kleenex con marcas de pintalabios, cepillos foráneos, cualquiera de estas cosas hubiese sido una señal. Nada. Entonces abrí la puerta, miré en las dos direcciones, me deslicé por el pasillo, abrí de un empujón la puerta del dormitorio de Daniel y casi me muero del susto. Había alguien en la habitación.

—Bridget —era Daniel, que se escondía a la defensiva detrás de unos tejanos—. ¿Qué estás haciendo aquí?

—Te oí entrar aquí así que... pensé... que era una cita secreta —dije, acercándome a él de una forma que hubiese sido provocativa de no ser por el vestido con los ramilletes. Apoyé la cabeza en su pecho y le rodeé con los brazos, intentando oler su camisa en busca de restos de perfume y echar un buen vistazo a la cama que, como de costumbre, estaba sin hacer.

—Mmmm, ¿verdad que todavía llevas el disfraz de conejita debajo? —me dijo, empezando a bajar la cremallera del vestido de dama de honor y apretándose contra mí de una manera que dejaba muy claras sus intenciones.

De repente pensé que quizá aquello era una estratagema y que él me iba a seducir mientras la mujer se escabullía sin ser vista.

—Oooh, el agua debe de estar hirviendo —dijo Daniel de repente.

Me volvió a subir la cremallera de mi vestido y me

dio unas palmaditas tranquilizadoras, de una manera extraña en él. Normalmente, cuando empieza una cosa la lleva hasta el final, no importa que haya un terremoto, un maremoto o aparezca Virginia Bottomley desnuda en la televisión.

—Oh sí, me apetece mucho una taza de té —dije, pensando que eso me daría la oportunidad para mirar bien por el dormitorio y explorar el estudio.

—Detrás de ti —dijo Daniel, empujándome fuera y cerrando la puerta, para que tuviese que andar hasta la cocina delante de él. Entonces vi la puerta que lleva a la terraza.

—¿Nos sentamos? —dijo Daniel.

Allí era donde estaba ella, en la maldita terraza.

—¿Qué es lo que te pasa? —me dijo, mientras yo miraba fijamente la puerta.

—Na-da —canturreé alegremente, dirigiéndome a la sala—. Sólo estoy un poco cansada por la fiesta.

Me dejé caer despreocupadamente en el sofá y me pregunté si era mejor ir a la velocidad de la luz hasta el estudio, como último lugar donde ella pudiese esconderse, o precipitarme en la azotea, mandándolo todo a la mierda. Calculé que si no estaba en la azotea, tenía que estar en el estudio, en el armario del dormitorio o debajo de la cama. Entonces, si yo subía a la azotea, ella tendría oportunidad de escapar. Pero si éste era el caso, seguro que Daniel ya habría propuesto que subiésemos a la azotea.

Me trajo una taza de té y se sentó junto a su ordenador, que estaba abierto y encendido. Sólo entonces empecé a pensar que quizá no había ninguna mujer. Había un documento en la pantalla, quizá era verdad que él había estado trabajando y llamando a Estados Unidos.

Y yo, con aquel comportamiento delirante, estaba actuando como una completa imbécil.

—¿Estás segura de que todo va bien, Bridget?

—Bien, sí. ¿Por qué?

—Porque has venido aquí sin avisar, vestida como un conejo disfrazado de dama de honor y has empezado a husmear en todas las habitaciones. No quisiera ser indiscreto, sólo me preguntaba si había algún tipo de explicación.

Me sentí una idiota integral. La culpa era del maldito Mark Darcy, que había intentado echar por tierra mi relación, al sembrar la duda en mi mente. Pobre Daniel, era tan injusto dudar de él de esta manera, por culpa de las palabras de un arrogante y malhumorado abogado de derechos humanos. Entonces oí un chirrido procedente de la azotea.

—Creo que quizá es que estoy un poco acalorada —dije, mirando detenidamente a Daniel—. Creo que iré a sentarme un ratito en la azotea.

—Dios santo, ¡quieres estarte quieta dos minutos! —gritó, intentando cerrarme el paso, pero fui más rápida que él. Le esquivé, abrí la puerta, corrí escaleras arriba, abrí la trampilla y salí a la luz del sol

Ahí, despatarrada en una tumbona, había una mujer bronceada, de largas piernas y pelo rubio, completamente desnuda. Me quedé ahí, paralizada, con la sensación de convertirme en un pastel de boda, dentro del vestido de dama de honor. La mujer levantó la cabeza, subió a la frente sus gafas de sol y me miró con un ojo cerrado. Oí a Daniel subiendo las escaleras.

—Cariño —dijo la mujer, con un acento americano, mirando a Daniel por encima de mi cabeza— creía que habías dicho que ella estaba *delgada*.

Agosto:
desintegración

martes 1 de agosto

56,2 kg, 3 copas, 40 cigarrillos (pero he dejado de tragar el humo para poder fumar mas), 450 calorías (he dejado de comer), 14 llamadas al 1471, 7 lotos instantáneas.

5 a.m. Estoy destrozada. Mi novio se acuesta con una gigante bronceada. Mi madre se acuesta con un portugués. Jeremy se acuesta con una guarra horrible, el príncipe Carlos se acuesta con Camilla Parker-Bowles. Ya no sé en qué creer ni en qué apoyarme. Tengo ganas de llamar a Daniel con la esperanza de que pueda desmentirlo todo, darme una explicación plausible de la valquiria desnuda que había en su azotea —una hermana pequeña, una vecina recuperándose de una inundación o algo parecido—, volver las cosas a su lugar. Pero Tom ha pegado un trozo de papel en el teléfono que dice: NO LLAMES A DANIEL O TE ARREPENTIRÁS.

Tendría que haberme quedado en casa de Tom cuando me lo propuso. Odio estar sola en plena noche, fumando y lloriqueando como una psicópata. Temo que Dan, el vecino de abajo, me oiga y llame al manicomio. Oh, Dios mío, ¿qué es lo que me pasa? ¿Por qué me sale todo mal? Es porque estoy demasiado gorda.

Contemplo la posibilidad de volver a llamar a Tom, pero sólo hace 45 minutos que le he llamado. No puedo ir a trabajar.

Después del encuentro en la azotea no le dije ni una sola palabra a Daniel: le miré por encima del hombro, pasé a su lado, caminé hasta la calle, entré en mi coche y me marché. Fui directamente a casa de Tom, que me hizo beber vodka directamente de la botella, añadiendo luego el jugo de tomate y la salsa Worcester. Cuando llegué a casa, Daniel había dejado tres mensajes pidiéndome que le llamase. No lo hice, siguiendo el consejo de Tom, que me recordó que la única forma de tener éxito con los hombres es ser terrible con ellos. Yo solía pensar que era un cínico y que estaba equivocado, pero creo que he sido buena con Daniel y mira lo que ha pasado.

Oh, Dios, los pájaros han empezado a cantar. Tengo que ir a trabajar dentro de tres horas y media. No puedo hacerlo. Socorro, socorro. De repente he tenido una idea increíble: llamar a mamá.

10 a.m. Mamá ha estado genial.

—Cariño —me ha dicho—, claro que no me has despertado. Estaba yéndome al estudio. No puedo creer que estés en este estado por culpa de un hombre estúpido. Todos los hombres son absolutamente egocéntricos, sexualmente inmoderados y no sirven para nada. Sí, eso te incluye a ti, Julio. Venga, cariño. Anímate. Vuelve a dormir. Ve a trabajar tan bien arreglada y tan espectacular que caigan de culo. No dejes que nadie —especialmente Daniel— tenga ninguna duda de que tú le has dejado, que de repente has descubierto lo maravillosa que es la vida sin ese mierda pomposo y disoluto haciéndote la vida imposible, y verás que bien.

—¿Tú estás bien, mamá? —le dije, pensando en papá llegando a la fiesta de Una con la viuda de amianto Penny Husbands-Bosworth.

—Cariño, eres un sol. Estoy bajo una presión terrible.

—¿Puedo hacer algo?

—En realidad, sí — dijo, más alegre—. ¿Alguno de tus amigos tiene el teléfono de Lisa Leeson? Ya sabes, la mujer de Nick Leeson. He estado intentando localizarla desesperadamente durante días. Sería perfecta para *De repente soltera.*

—Estoy hablando de papá, no de *De repente soltera* —dije entre dientes.

—¿Papá? No estoy bajo presión por papá. No seas tonta, cariño.

—Pero en la fiesta... y la señora Husbands-Bosworth.

—Oh, ya lo sé, divertidísimo. Quedó como un idiota y todo por intentar atraer mi atención. ¿De qué creía ella ir disfrazada, de hámster? Bueno, tengo que irme, estoy muy ocupada, pero ¿pensarás quién puede tener el número de Lisa? Déjame darte el teléfono de mi línea directa, cariño. Y ya basta de lloriqueos por tonterías.

—Oh, pero mamá, tengo que trabajar con Daniel, yo no sé...

—Cariño: mal enfoque. Él tiene que trabajar contigo. Hazle pasar las de Caín, niña. (Oh, Dios, no sé con quién se ha estado mezclando mamá.) He estado pensando en ti, de todas formas. Ya es hora de que dejes ese estúpido trabajo sin futuro donde nadie te aprecia. Prepárate para presentar tu dimisión, niña. Sí, cariño... Voy a conseguirte un trabajo en la televisión.

Me voy a trabajar con un traje chaqueta y los labios pintados, y parezco Ivana Trump.

miércoles 2 de agosto

56,2 kg, 45,7 cm de circunferencia de muslos, 3 copas (pero un tipo de vino muy puro), 7 cigarrillos (pero no me tragué el humo), 1.500 calorías (excelente), 0 tés, 3 cafés (pero hechos con granos de café de verdad y, por lo tanto, producen menos celulitis), 4 unidades totales de cafeína.

Todo va bien. Volveré a bajar hasta los 53,9 kilos y me sacaré de los muslos la celulitis. Seguro que después todo irá bien. Me he embarcado en un programa intensivo de desintoxicación, que implica nada de té, nada de café, nada de alcohol, nada de harina, nada de leche y, ¿qué más? Ah, sí. Nada de pescado, quizá. Lo que tienes que hacer es pasarte un cepillo en seco por todo el cuerpo durante cinco minutos, tomar un baño de quince minutos con esencia de aceites anticelulíticos, durante el cual uno masajea su propia celulitis como si fuese una masa, y a continuación hacerse un masaje con aceites anticelulíticos en la celulitis.

Esta última parte me tiene intrigada —¿el aceite anticelulítico cala en la celulitis a través de la piel? En cuyo caso, si te pones autobronceador, ¿significa eso que se te broncea la celulitis en el interior? ¿O que se te broncea la sangre? ¿O que se te broncea el sistema linfático? Urgh. Bueno...

(Cigarrillos. Es lo que faltaba. Nada de cigarrillos. Oh bueno. Demasiado tarde ahora. Empezaré mañana.)

jueves 3 de agosto

55,75 kg, 45,7 de circunferencia de muslos (en serio, qué más da), 0 copas, 25 cigarrillos (excelente, teniendo en cuenta las circunstancias), aprox. 445 pensamientos negativos por hora, 0 pensamientos positivos.

Estado mental otra vez malo. No puedo soportar la idea de que Daniel está con otra. Tengo la cabeza llena de horribles fantasías de ellos dos haciendo cosas juntos. Los planes para perder peso y cambiar de personalidad me han sostenido dos días, pero ahora el suelo se ha hundido bajo mis pies. Ahora me doy cuenta de que sólo era una fase complicada de la negación. Creía que podía reinventarme a mí misma en espacio de pocos días, con lo cual anularía el doloroso y humillante impacto de la infidelidad de Daniel, ya que me habría sucedido en una encarnación previa, y nunca habría sido posible con la nueva y mejorada yo. Desgraciadamente, ahora me doy cuenta de que el verdadero objetivo de la distante reina de hielo, excesivamente compuesta y obsesionada por la dieta anticelulítica, era que Daniel se diese cuenta de que iba por mal camino. Tom me había advertido de esto, y dijo que el noventa por ciento de operaciones de cirugía estética se practicaban en mujeres cuyos maridos se habían largado con una mujer más joven. Yo había dicho que la gigante de la azotea no era quizá más joven que yo, sino sólo más alta. Tom había dicho que ésa no era la cuestión. Uf.

En el trabajo, Daniel siguió enviándome mensajes por ordenador: TENDRÍAMOS QUE HABLAR, etc., que ignoré deliberadamente. Pero cuantos más enviaba, más entusiasmada estaba yo, convencida de que mi autoinvención funcionaba, de que él se daba cuenta de que había cometido un terrible, terrible error, y de que sólo ahora comprendía lo mucho que me amaba, y de que la giganta de la azotea era ya historia.

Esa noche me alcanzó fuera de la oficina cuando yo me marchaba.

—Cariño, por favor, tenemos que hablar de verdad.

Como una idiota fui a tomar una copa con él en el Bar Americano del Savoy, dejé que me ablandara con champán y «me siento fatal, te añoro tanto, bla, bla, bla». En cuanto consiguió que yo admitiese «Oh, Daniel, yo también te añoro», adoptó un tono condescendiente y fue directo al grano.

—La cosa es que Suki y yo...

—¿Suki? ¿Cómo puede andar por el mundo con este nombre? —dije, convencida de que él estaba a punto de decir «somos hermanos», «primos», «enemigos a muerte» o «historia».

En cambio, pareció enfadarse.

—Oh, no puedo explicarlo —dijo de mal humor—. Es muy especial.

Me lo quedé mirando, alucinada ante la audacia de su pirueta.

—Lo siento, cariño —me dijo, sacando su tarjeta de crédito e intentando atraer la atención del camarero—, pero vamos a casarnos.

viernes 4 de agosto

45,7 cm de circunferencia de muslos, 600 pensamientos negativos por minuto, 4 ataques de pánico, 12 ataques de lloriqueo (pero ambos ataques sólo en los lavabos y me acordé de ponerme rímel), 7 lotos instantáneas.

Oficina. Lavabos del tercer piso. Esto es... es... simplemente intolerable. ¿Por qué diablos estaba yo poseída para pensar que tener un lío con mi jefe era una buena idea? No puedo soportarlo. Daniel ha anunciado su compromiso con la giganta. Representantes comerciales que yo ni podía imaginar que sabían lo nuestro siguen llamándome para felicitarme, y tengo que explicarles que en realidad Daniel se ha prometido con otra. Sigo recordando lo romántico que era cuando empezamos, y todo era mensajes secretos por ordenador y citas en el ascensor. He oído a Daniel, quedando por teléfono con Pukey para esta noche, y ha dicho con una vocecita dulzona: «No demasiado mal... por ahora», y he sabido que estaba hablando de mi reacción, como si yo fuese la jodida Sara Keays o alguien por el estilo. Estoy considerando muy seriamente hacerme un lifting.

martes 8 de agosto

57,15 kg, 7 copas (ja, ja), 29 cigarrillos (ji, ji), 5 millones de calorías, 0 pensamientos negativos, 0 pensamientos en general

Acabo de llamar a Jude. Le he explicado parte de la tragedia con Daniel y ha quedado horrorizada, ha declarado de inmediato el estado de emergencia y ha dicho que llamaría a Sharon para que nos encontremos las tres a las nueve. Ella no podía venir antes, porque había quedado con Richard el Malvado, que finalmente había accedido a ir con ella a una terapia de pareja.

2 a.m. Dios, sin embargo, ha sido juodidamente divertido ejta noche. Uf. Me caí.

miércoles 9 de agosto

58,05 (pero por buena causa), 40,6 cm de circunferencia de muslos (o milagro o error por la resaca), 0 copas (pero el cuerpo todavía bebe de lo de anoche), 0 cigarrillos (ugh).

8 a.m. Ugh. Estado físico desastroso, pero muy animada emocionalmente gracias a la salida nocturna. Jude llegó hecha una auténtica furia, porque Richard el Malvado la había dejado plantada en la terapia de pareja.

—La terapeuta ha pensado obviamente que era un novio imaginario y que yo era una persona muy, muy desgraciada.

—¿Y qué has hecho? —le pregunté solidaria, apartando un desleal pensamiento de Satán que decía: «La terapeuta tiene razón.»

—Me ha pedido que le hablara de los problemas que no están relacionados con Richard.

—Pero tú no tienes ningún problema que no esté relacionado con Richard —dijo Sharon.

—Lo sé. Se lo he dicho, entonces ella me ha dicho que tengo un problema a la hora de establecer los límites y la definición de las cosas; y me ha cobrado cincuenta y cinco libras.

—¿Por qué no ha comparecido él? Espero que ese gusano sádico tuviese una excusa decente —dijo Sharon.

—Me ha dicho que había tenido complicaciones en el trabajo —dijo Jude—. Yo le he dicho: «Mira, tú no tienes el monopolio de los problemas de compromiso. En realidad, también yo tengo un problema de falta de compromiso. Si algún día resuelves tu problema de falta de compromiso, verás que éste se queda corto comparado con el mío, y entonces será *demasiado* tarde.»

—¿Tú *tienes* un problema de falta de compromiso? —le pregunté, intrigada, pensando al instante que quizá también yo tenía un problema de falta de compromiso.

—*Claro* que tengo un problema de falta de compromiso —gruñó Jude—. Pero nadie lo ve nunca porque está inmerso en el problema de falta de compromiso de Richard. De hecho, mi problema es mucho más profundo que el suyo.

—Exacto —dijo Sharon—. Pero tú no vas por ahí con tu problema de falta de compromiso colgado al cuello, para que todos lo vean, como hacen hoy en día todos los jodidos varones de más de veinte años.

—Justo lo que yo pienso —dijo Jude, e intentó encender otro Silk Cut, pero tuvo problemas con el encendedor.

—Todo el jodido mundo tiene un problema de falta de compromiso —gruñó Sharon con voz gutural, casi como la de Clint Eastwood—. Es la cultura de los tres minutos. Es un déficit global de capacidad para períodos prolongados. Es típico de los hombres adueñarse de una tendencia global y convertirla en un dispositivo masculino para rechazar a las mujeres y así sentirse más listos, y para hacernos parecer a nosotras estúpidas. No es más que sexo sin compromiso.

—¡Hijos de puta! —grité alegremente—. ¿Pedimos otra botella de vino?

9 a.m. Caray. Mamá acaba de llamar.

—Cariño —me ha dicho—, ¿sabes qué pasa? *¡Buenas tardes!* necesita investigadores. Un programa de actualidad, condenadamente bueno. He hablado con Richard Finch, el director, y le he hablado de ti. Le he dicho que tenías un graduado en Ciencias Políticas, cariño. No te preocupes, está demasiado ocupado para comprobarlo. Quiere que vayas el lunes, para tener una charla con él.

El lunes. Dios mío. Sólo tengo cinco días para aprenderme los sucesos de actualidad.

sábado 12 de agosto

58,5 kg (sigue siendo por una buena causa), 3 copas (muy bien), 32 cigarrillos (muy, muy mal, especialmente teniendo en cuenta que era el primer día que lo dejaba), 1.800 calorías (bien), 4 lotos instantáneas (lo justo), artículos de actualidad serios leídos: 1 1/2, 22 llamadas al 1471 (OK), 120 minutos sosteniendo una conversación imaginaria con Daniel (muy bien), 90 minutos imaginando a Daniel suplicándome que volviese con él (excelente).

Vale. He decidido verlo todo de forma positiva. Voy a cambiar de vida: estaré bien informada de los sucesos de actualidad, dejaré de fumar por completo y estableceré una relación estable con un hombre adulto.

8.30 a.m. Todavía no he fumado. Muy bien.

8.35 a.m. Ni un cigarrillo en todo el día. Excelente.

8.40 a.m. Me pregunto si me habrá llegado algo interesante por correo...

8.45 a.m. Ugh. Un odioso documento de la Agencia de la Seguridad Social que me reclama 1.452 libras. ¿Qué? ¿Cómo puede ser? No tengo 1.452 libras. Oh, Dios mío, necesito un cigarrillo para calmarme. No debo. No debo.

8.47 a.m. Acabo de fumar un cigarrillo. Pero el día sin tabaco no empieza de manera oficial hasta que estoy vestida. De repente he empezado a pensar en un antiguo novio mío, Peter, con quien tuve una relación funcional durante siete años, hasta que corté con él por motivos muy dolorosos y angustiosos que ya no recuerdo. De vez en cuando —normalmente cuando no tiene nadie con quien ir de vacaciones— quiere que volvamos a intentarlo y dice que quiere que nos casemos. Sin saber qué terreno piso, me dejo llevar por la idea de que Peter es la solución de mis problemas. ¿Por qué ser infeliz y estar sola cuando Peter quiere estar conmigo? Rápidamente encuentro el teléfono, llamo a Peter y le dejo un mensaje en el contestador —pidiéndole sólo que me llame, en lugar de explicarle mi plan: pasar juntos el resto de nuestras vidas, etc.

1.15 p.m. Peter no me ha llamado todavía. Resulto repulsiva a todos los hombres. Peter incluido.

4.45 p.m. Política de no fumar por los suelos. Peter finalmente llamó.

—Hola, Renacuajo (siempre nos llamábamos renacuajo y ratón). Iba a telefonearte de todos modos. Tengo buenas noticias. Me caso.

Ugh. Sensación negativa en la región del páncreas. Los ex nunca, jamás en la vida deberían casarse con otra persona, sino que deberían permanecer célibes hasta el fin de sus días, para proporcionarnos una especie de almohadón mental cuando sea necesario.

—Renacuajito —dijo Ratón—. ¿Bzzzzzz?

—Perdona —le dije, desplomándome mareada contra la pared—. Sólo es que... acabo de ver un accidente de coche desde la ventana.

De todos modos, no hice ni caso de la conversación, mientras Ratón hablaba y hablaba durante veinte minutos sobre el coste del entoldado, y luego decía:

—Tengo que colgar. Esta noche haremos salchichas de venado con jengibre y miraremos la televisión.

Ugh. Acabo de fumar un paquete entero de Silk Cut como acto de desesperación autoaniquiladora existencial. Espero que los dos se vuelvan obesos y tengan que ser sacados por la ventana con una grúa.

5.45 p.m. He intentado concentrarme en memorizar nombres de los contraministros de la oposición para evitar una espiral de incertidumbre respecto a mí misma. Evidentemente nunca he visto a la futura de Ratón, pero imagino a una giganta rubia delgada, como la giganta de la azotea, que se levanta cada mañana a las cinco, va al gimnasio, se frota todo el cuerpo con sal, y se dirige al Banco Mercantil Internacional durante todo el día, sin que se le corra el rímel.

He comprendido con creciente humillación que la razón por la que me he sentido segura con Peter durante todos estos años, es porque fui yo quien corté con él. mientras que ahora es él quien ha cortado definitivamente conmigo al casarse con la peor señora culo de valquiria gigante. Me hundo en una reflexión morbosa y cínica acerca de las razones por las que gran cantidad de corazones que se entregan lo hacen por egoísmo y orgullo ofendido, en lugar de hacerlo por la pérdida de la otra persona, e incorporo a la reflexión el subpensamiento por el cual Fergie manifiesta una confianza en sí misma tan excesiva porque Andrew todavía quiere que viva con él (hasta que se case con otra, claro).

6.45 p.m. Estaba empezando a mirar las noticias de las 6, con el cuaderno preparado, cuando mamá apareció cargada con bolsas de plástico.

—Bueno, cariño —me dijo, pasando a mi lado en dirección a la cocina—. Te he traído un poco de sopa, y ¡algunos conjuntos míos muy elegantes para el lunes!

Ella llevaba un traje chaqueta color lima, medias negras y zapatos de tacón.

—¿Dónde *guardas* las cazuelas? —dijo, abriendo y cerrando de golpe los armarios de la cocina—. Sinceramente, cariño. ¡Menudo desorden! Bien. Echa un vistazo a lo que hay en las bolsas mientras yo caliento la sopa.

Decidiendo pasar por alto el hecho de que: a) era agosto, b) hacía un calor espantoso, c) eran las 6.15, y d) yo no quería sopa, eché un vistazo cauteloso al contenido de la primera bolsa, donde había algo plisado y sintético de un amarillo chillón estampado, hojas de cola terracota.

—Eh, mamá... —empecé a decir, pero entonces empezó a sonar su bolso.

—Ah, debe de ser Julio. Yup, yup —ahora estaba balanceando un teléfono móvil bajo su barbilla y garabateando—. Yup, Yup. Póntelo, cariño —siseó—. Yup, yup. Yup. Yup.

Ahora ya me he perdido las noticias, y ella se ha ido a una fiesta de Queso y Vino, dejándome con un aspecto parecido al de Teresa Gorman, con un traje chaqueta azul brillante, una blusa verde ceñida debajo, y sombra de ojos azul hasta las cejas.

—No seas tonta, cariño —me lanzó como despedida—, No conseguirás nunca un nuevo trabajo si no haces *algo* con tu aspecto físico, ¡y todavía menos un nuevo novio!

Medianoche. Al irse ella, llamé a Tom, quien me llevó a la fiesta que daba un amigo suyo de la escuela de arte en la Galería Saatchi, para que dejase de obsesionarme.

—Bridget —farfulló nerviosamente, mientras nos acercábamos a un agujero blanco y a un océano de jóvenes *grunges*—. Ya sabes que está pasado de moda reírse de la instalación, ¿verdad?

—Vale, vale —contesté malhumorada—. No haré ningún chiste sobre el olor a peces muertos que despiden.

Alguien llamado Gav dijo «Hola»: de unos veintidós años, sexy, con una camiseta ajustada que revelaba un estómago duro como una tabla.

—Es realmente, realmente, realmente, *realmente* asombroso —estaba diciendo Gav—. Es, no sé, como una utopía mancillada con unos ecos realmente realmente *realmente* buenos de, no sé, identidades nacionales perdidas.

Nos guió emocionado a través del amplio espacio blanco hasta un rollo de papel higiénico, puesto al revés, el cartón en el lado exterior del papel.

Todos me miraron con expectación. De repente supe que iba a llorar. Ahora Tom babeaba ante una pastilla de jabón gigante, con un pene grabado. Gav me estaba mirando.

—Uau, esto es como, una realmente, realmente, *realmente* salvaje... —murmuró reverente, mientras yo contenía las lágrimas.

—Voy al lavabo —solté, pasando muy deprisa frente a una configuración de bolsas de compresas.

Había cola frente a un váter portátil, y me uní a ella, temblando. De repente, justo cuando ya casi me tocaba, sentí una mano en mi brazo. Era Daniel.

—Bridge, ¿qué estás haciendo aquí?

—¿A ti qué te parece? —dije bruscamente—. Perdona, tengo prisa.

Me metí corriendo en el cubículo, y estaba a punto de empezar, cuando me di cuenta de que el lavabo era en realidad un molde del interior de un lavabo, envuelto en plástico. Entonces Daniel sacó la cabeza por la puerta.

—Bridge, no te mees en la instalación ¿vale? —me dijo, y volvió a cerrar la puerta.

Cuando salí él había desaparecido. No veía a Gav, ni a Tom ni a nadie conocido. Al final encontré los lavabos de verdad, me senté y me eché a llorar, pensando que no estaba hecha para estar en la sociedad y que necesitaba huir hasta que dejase de sentirme mal. Tom me esperaba fuera.

—Ven y habla con Gav —me dijo—. De verdad que le gustas mucho. —Entonces echó un vistazo a mi cara y dijo—: Oh, mierda, te llevaré a casa.

No es bueno. Cuando alguien te deja, aparte de añorarle, aparte del hecho de que todo el pequeño mundo que habéis creado juntos se desmorona, y de que cada cosa que ves o haces te lo recuerda a él, lo peor es la sensación de que te han probado como si fueras un zapato, y la persona a quien amas ha sumado las partes y al final te ha pegado la etiqueta de RECHAZADA. ¿Cómo puedes no quedarte con tan poca confianza en ti misma como un bocadillo de la British Rail que nadie se ha atrevido a probar?

—A Gav le gustas —dijo Tom.

—Gav tiene diez años. Además sólo le gusto porque creyó que yo estaba llorando por un rollo de papel higiénico.

—Bueno, en cierto modo lo estabas —dijo Tom—. Maldito imbécil, el tal Daniel. No me sorprendería demasiado descubrir que al final es el único responsable de la guerra en Bosnia.

domingo 13 de agosto

Una noche muy mala. Por si fuera poco, intenté conciliar el sueño leyendo un nuevo número de *Tatler,* y me encontré con la jodida cara de Mark Darcy con aire seductor, en un artículo de los cincuenta solteros que son un buen partido de Londres, hablando de lo rico y maravilloso que era. Ugh. Me deprimió incluso más, de una manera que no puedo comprender. Bueno. Voy a dejar de autocompadecerme y a pasarme toda la mañana aprendiendo los periódicos de memoria.

Mediodía. Rebecca acaba de llamar, preguntándome si yo estaba «bien». Pensando que se refería a lo de Daniel, le dije:

—Chuh, bueno es muy deprimente.

—Oh, pobrecita. Sí, vi a Peter anoche... (¿Dónde? ¿Cómo? ¿Por qué no me habían invitado a mí?)... Y le contaba a todo el mundo lo disgustada que estabas por lo de su boda. Como él dijo, es un problema difícil, porque las mujeres solteras suelen desesperarse a medida que se van haciendo mayores...

A la hora de comer ya no podía aguantar más el domingo, no podía aparentar que todo iba bien. Llamé a Jude y le conté lo de Ratón, Rebecca, la entrevista de trabajo, mamá, Daniel y el sufrimiento general, y hemos quedado en Jimmy Beez a las dos, para tomar un Bloody Mary.

6 p.m. Por casualidad, Jude había estado leyendo un libro genial, llamado *Diosas en cada mujer.* Al parecer, el libro dice que en ciertos momentos de tu vida todo te sale mal y no sabes adónde acudir, y es como si en todas partes, a tu alrededor, se cerraran unas puertas metálicas, como si estuvieses en *Star Trek.* Lo que tienes que hacer es ser tan valerosa como una heroína cinematográfica, sin sucumbir a la bebida o la autocompasión, y al final todo irá bien. El libro también dice que todos los mitos griegos y muchas películas de éxito tratan de seres humanos que se enfrentan a pruebas difíciles, y que no se rinden, sino que siguen adelante y acaban triunfando.

El libro también dice que hacer frente a tiempos difíciles es como estar en una espiral cónica con forma de concha y hay un momento en cada giro que es muy difícil y doloroso. Ése es tu problema concreto o zona de dolor. Cuando estás en el final angosto y puntiagudo de la espiral, vuelves a esa situación muy a menudo, ya que las rotaciones son bastante pequeñas. Al seguir, pasarás menos y menos por el momento problemático, pero seguirás yendo hacia éste, así que, cuando ocurra, no debes tener la sensación de que vuelves a estar en el punto de partida.

El problema es que, ahora que se me ha pasado la borrachera, no estoy al cien por cien segura de lo que ella estaba diciendo.

Mamá me llamó e intenté hablar con ella de lo difícil que es ser mujer y, a diferencia de los hombres, tener una fecha de caducidad para la reproducción, pero ella sólo me dijo:

—Oh, honestamente, cariño. Las chicas de hoy en día sois tan quisquillosas y románticas: tenéis demasiado donde escoger. No estoy diciendo que yo no quisiera a papá, pero, ya sabes, nosotras fuimos enseñadas, en lugar de esperar a un príncipe azul, a «esperar poco y perdonarlo todo». Y, para ser sincera, cariño, tener niños no lo es todo. Quiero decir, sin ofender, no te lo tomes a nivel personal, pero, si yo pudiese volver a escoger, no estoy segura de que los tuviese...

Oh, Dios mío. Incluso mi propia madre desearía que yo no hubiese nacido.

lunes 14 de agosto

59,4 kg (genial, me he convertido en una montaña de grasa para la entrevista, también tengo un grano), 0 copas, muchos cigarrillos, 1.575 calorías (pero vomité eficazmente unas 400).

Dios mío. Estoy aterrada por la entrevista. Le he dicho a Perpetua que estoy en el ginecólogo; ya sé que tendría que haber dicho en el dentista, pero nunca hay que dejar escapar las oportunidades para torturar a la mujer más entrometida del mundo. Estoy casi a punto y sólo necesito acabar de maquillarme, mientras practico mis opiniones acerca del liderazgo de Tony Blair. Oh, Dios mío, ¿quién es el portavoz de la oposición para asuntos de Defensa? Oh joder, oh joder. ¿Es un tipo con barba? Mierda: el teléfono. No me lo puedo creer: una espantosa adolescente al teléfono con acento del sur de Londres, canturreando: «Ho-la, Bridget, oficina de Richard Finch. Richard está en Blackpool esta mañana y, por lo tanto, no podrá llegar a la cita.» He vuelto a quedar para el miércoles. Tendré que fingir trastornos ginecológicos repetidos. De todas formas, quizá será mejor que me tome el resto de la mañana libre.

miércoles 16 de agosto

Terrible noche. Me he despertado una y otra vez empapada en sudor, víctima de un ataque de pánico porque no recordaba la diferencia entre los Unionistas del Ulster y la SDLP, ni en cuál de los dos grupos está metido Ian Paisley.

En lugar de hacerme pasar rápidamente al despacho para conocer al gran Richard Finch, me dejaron sudando en la recepción cuarenta minutos, pensando «Oh, Dios mío, ¿quién es el ministro de Sanidad?», antes de que me viniese a buscar la secretaria cantarina, Patchouli, que lucía pantalones de ciclista de licra y arete en la nariz y que palideció al ver mi traje Jigsaw, como si, en un secreto y malentendido intento por parecer formal, yo hubiese aparecido en un traje de noche de Laura Ashley de seda salvaje.

—Richard dice que vayas a la conferencia, ¿entiendes? —murmuró, caminando muy deprisa por el pasillo, mientras yo correteaba detrás de ella.

Entró de golpe por una puerta rosa en una oficina muy grande llena de pilas de guiones desparramados por toda la habitación, pantallas de televisión colgadas del techo, gráficos por las paredes y *mountain bikes* apoyadas contra las mesas. Al fondo de la sala había una gran mesa ovalada donde se estaba llevando a cabo la reunión. Todos se dieron la vuelta y se nos quedaron mirando, mientras nos acercábamos.

Un hombre regordete de mediana edad y cabello rubio rizado, con una camisa tejana y gafas rojas de Christopher Biggins, estaba gesticulando al final de la mesa.

—¡Venga! ¡Venga! —estaba diciendo, con los puños levantados como si fuese un boxeador—. Estoy pensando en Hugh Grant. Estoy pensando en Elizabeth Hurley. Estoy pensando en cómo puede ser que hayan pasado dos meses y ellos sigan juntos. Estoy pensando cómo puede ser que él se salga con la suya. ¡Eso es! ¿Cómo puede ser que un hombre con una novia que está tan buena como Elizabeth Hurley pida que una prostituta le haga una mamada en la vía pública y que no le pase nada? ¿Qué ha pasado con la legendaria mala leche de la mujer engañada?

No me lo podía creer. ¿Y lo del gabinete en la Sombra? ¿Y qué hay del Proceso de Paz? Evidentemente, ese hombre estaba intentando saber cómo poder conseguir acostarse con una prostituta sin sufrir las consecuencias. De repente, me miró directamente.

—¿*Tú* lo sabes? —todos los jóvenes *grunge* que estaban en la mesa se me quedaron mirando—. Tú. ¡Tú tienes que ser Bridget! —gritó con impaciencia—. ¿Cómo consigue un hombre con una novia guapísima acostarse con una prostituta, ser descubierto y que no le pase nada?

Me entró el pánico. Se me quedó la mente en blanco.

—¿Y? —me dijo—. ¿Y bien? Venga, ¡di algo!

—Bueno, quizá —dije, porque era la única cosa en la que pude pensar...—, porque alguien se tragó las pruebas.

Hubo un silencio sepulcral, entonces Richard Finch empezó a reír. Fue la risa más repulsiva que había oído en mi vida. Entonces empezaron a reír todos los jóvenes *grunge.*

—Bridget Jones —dijo al final Richard Finch, secándose las lágrimas—. Bienvenida a *¡Buenas tardes!* Toma asiento, querida —y entonces me guiñó el ojo.

martes 22 de agosto

59,4 kg, 4 copas, 25 cigarrillos, 5 lotos instantáneas.

Todavía no sé nada de la entrevista. No sé qué hacer este puente ya que no puedo soportar quedarme sola en Londres. Shazzer va al Festival de Edimburgo y Tom también, creo, y también mucha gente de la oficina. Me gustaría ir pero no estoy segura de poder permitírmelo y temo la presencia de Daniel. Además, todo el mundo tendrá más éxito y lo pasará mejor que yo.

miércoles 23 de agosto

Al final voy a ir a Edimburgo. Daniel va a estar trabajando en Londres, así que no hay peligro de que me tope con él en la Milla Real. Me irá bien irme en lugar de obsesionarme y esperar la carta de *¡Buenas tardes!*

jueves 24 de agosto

Me quedo en Londres. Siempre creo que me lo voy a pasar bien yendo a Edimburgo y al final sólo acabo consiguiendo ir a los espectáculos de mimo. Además vas vestida de verano y entonces hace un frío que pela y tienes que pasearte temblando de frío por kilómetros y kilómetros de precipicios empedrados, pensando que todos los demás se lo están pasando en grande.

viernes 25 de agosto

7 p.m. *Voy* a Edimburgo. Hoy Perpetua me ha dicho: «Bridget, ya sé que te aviso con poco tiempo, pero se me acaba de ocurrir. He cogido un piso en Edimburgo. Me encantaría que vinieses.» Muy generoso y hospitalario por su parte.

10 p.m. Acabo de llamar a Perpetua y decirle que no voy. Es una estupidez. No me lo puedo permitir.

sábado 26 de agosto

8.30 a.m. Vale, voy a pasar un rato tranquilo y reparador en casa. Encantador. Quizá acabe *El camino del hambre.*

9 a.m. Oh, Dios, estoy tan deprimida. Todo el mundo ha ido a Edimburgo menos yo.

9.15 a.m. Me pregunto si Perpetua ya se ha ido...

Medianoche. Edimburgo. Oh, Dios. Tengo que ir a ver algo mañana. Perpetua cree que estoy loca. Se ha pasado todo el viaje en tren con el teléfono móvil pegado a la oreja, gritándonos: «No quedan entradas para el *Hamlet* de Arthur Smith, así que en su lugar podríamos ir a ver a los hermanos Coen a las cinco, pero entonces llegaremos tarde para Richard Herring. Así que, ¿por qué no pasamos de ir a Jenny Eclair (¡Bah! De verdad que no sé por qué se sigue *preocupando*) y vamos a ver *Lanark,* y después intentamos entrar para ver a Harry Hill o Esclavos y Julián Clary? Espera. Intentaré el Globo Dorado. No, Harry Hill está agotado, así que, ¿qué tal si vamos a los hermanos Coen?»

Les dije que me encontraría con ellos en el Plaisance a las seis porque quería ir al hotel George y dejar un mensaje para Tom, y me tropecé con Tina en el bar. Yo no era consciente de lo lejos que estaba el Plaisance y cuando llegué ya había empezado y no quedaban entradas. Secretamente aliviada, anduve o mejor dicho hice rappel hasta el piso, me compré una patata asada fantástica y un pollo al curry y miré *Urgencias.* Tenía que encontrarme con Perpetua a las nueve en las *Assembly Rooms,* A las 8.45 estaba lista, pero no me había dado cuenta de que no se podía llamar al exterior con el teléfono del piso, con lo cual no pude pedir un taxi y para cuando llegué ya era demasiado tarde. Volví al bar George en busca de Tina y para descubrir dónde estaba Shazzer. Acababa de pedir un Bloody Mary y estaba intentando hacer ver que me daba igual no tener amigos cuando observé un aluvión de luces y cámaras en una esquina y casi grité. Era mi madre, maquillada como Marianne Faithful y a punto de entrevistar a Alan Yentob.

—¡Todos callados! —gorjeó en una voz a lo Una Alconbury arreglando flores.

—¡Yyyyyyy acción! Dime, Alan —dijo, con aspecto traumatizado— ¿has tenido alguna vez... pensamientos suicidas ?

De hecho, la programación de la tele ha estado bastante bien esta noche.

domingo 27 de agosto, Edimburgo

Número de espectáculos vistos: 0.

2 a.m. No puedo dormir. Seguro que todos están en una fiesta genial.

3 a.m. Acabo de oír llegar a Perpetua, dando su veredicto sobre los cómicos alternativos: «Pueriles... absolutamente infantiles... simplemente estúpidos.» Creo posible que no haya terminado de entender algo de la actuación.

5 a.m. Hay un hombre en la casa. Puedo sentirlo.

6 a.m. Está en la habitación de Debby de marketing. Mierda.

9.30 a.m. Despertada por Perpetua gritando: «¡¡Alguien viene a la lectura de poemas?!» Después todo quedó en silencio y oí a Debby y al hombre susurrando y a él entrando en la cocina. Entonces la voz de Perpetua bramó: «¿Qué estás haciendo aquí? Dije NADA DE INVITADOS A PASAR LA NOCHE.»

2 p.m. Oh, Dios mío. Me he quedado dormida.

7 p.m. Tren a King's Cross. Oh, Dios. Me he encontrado con Jude en George a las tres. Íbamos a ir a una sesión de Preguntas y Respuestas, pero tomamos unos Bloody Marys y recordamos que las sesiones de Preguntas y Respuestas tienen un efecto negativo en nosotras. Te pones hipertensa intentando pensar una pregunta, levantando y bajando la mano. Al final, en cuclillas y con una voz extrañamente aguda consigues hacerla, te sientes paralizada de vergüenza, moviendo la cabeza como un perro en la parte de atrás de un coche, mientras te dirigen una respuesta de veinte minutos por la que, ya desde un principio, no tenías interés alguno. De todas formas, antes de darnos cuenta de dónde estábamos, eran las 5.30. Entonces apareció Perpetua con mucha gente de la oficina.

—Ah, Bridget —gritó—, ¿qué has ido a ver? —hubo un largo silencio.

—De hecho, justo ahora iba a... —empecé a decir con seguridad— coger el tren.

—No has ido a ver nada de nada, ¿verdad? —dijo riendo—. Bueno, me debes setenta y cinco libras por la habitación.

—¿Qué? —balbuceé.

—¡Sí! —gritó—. Habrían sido cincuenta libras, pero hay un cincuenta por ciento más si hay dos personas en la habitación.

—Pero... pero, no había...

—Oh, *venga,* Bridget, todas nos hemos enterado de que tenías un hombre ahí —bramó—. No te preocupes por ello. No es amor, sólo es Edimburgo. Me aseguraré de que Daniel se entere y le sirva de lección.

lunes 28 de agosto

59,85 kg (llena de cerveza y patatas asadas), 6 copas, 20 cigarrillos, 2.846 calorías.

Al llegar encontré un mensaje de mamá preguntándome qué me parecía una batidora eléctrica portátil para Navidad y para recordarme que el día de Navidad caía en lunes este año y que entonces cuándo iba a ir a casa, ¿el viernes por la noche o el sábado?

Considerablemente menos irritable ha resultado una carta de Richard Finch, el editor de *¡Buenas tardes!* ofreciéndome un trabajo, creo. Esto es todo lo que decía:

«Muy bien, preciosa. *Estás dentro.*»

martes 29 de agosto

58,05 kg, 0 copas (muy bien), 3 cigarrillos (bien), 1.456 calorías (comida sana pre-nuevo-trabajo).

10.30 a.m. Oficina. Acabo de llamar a Patchouli, la secretaria de Richard Finch y dice que sí, que es una oferta de trabajo, pero tengo que empezar dentro de una semana. No sé nada acerca de la televisión, pero a la mierda, aquí estoy en un callejón sin salida, y ahora es demasiado humillante trabajar con Daniel. Será mejor que vaya a decírselo.

11.15 a.m. No me lo puedo creer. Daniel se me ha quedado mirando, lívido.

—No puedes hacer esto —me dijo—. ¿Tienes alguna idea de lo difíciles que han sido estas últimas semanas para mí?

Entonces apareció Perpetua; seguro que estaba escuchando detrás de la puerta.

—Daniel —explotó ella—. Chantajista emocional, egoísta, autoindulgente y manipulador. Fuiste tú, Dios santo, quien la plantó. Así que podrás soportarlo jodidamente bien.

De repente pienso que quizá quiero a Perpetua, aunque no en plan lésbico.

Septiembre:

subiendo por la barra de los bomberos

lunes 4 de septiembre

57,15 kg, 0 copas, 27 cigarrillos, 15 calorías, 145 minutos teniendo una conversación imaginaria con Daniel en la que le decía lo que pensaba de él (bien, mejor).

8 a.m. Primer día del nuevo trabajo. Tengo que empezar con una nueva imagen, calmada y autoritaria. Y sin fumar. Fumar es un signo de debilidad que mina la autoridad personal.

8.30 a.m. Mamá acaba de llamar, y he supuesto que era para desearme suerte en mi nuevo trabajo.

—Adivina qué, cariño —empezó.

—¿Qué?

—¡Elaine te ha invitado a sus bodas de rubí! —me dijo jadeando, y calló expectante.

Se me puso la mente en blanco. ¿Elaine? ¿Brian — y — Elaine? ¿Colin — y — Elaine? ¿Elaine-casada-con-Gordon-que-era-el-director-de-Tarmacadam-en-Kettering?

—Elaine ha pensado que estaría bien invitar a uno o dos jóvenes para que le hagan compañía a Mark.

Ah. Malcolm y Elaine. Defensores del demasiado perfecto Mark Darcy.

—Al parecer le dijo a Elaine que te encontraba muy atractiva.

—¡Bah! No mientas —refunfuñé. Sin embargo aquello me gustó.

—Bueno, de todas formas, estoy segura de que eso era lo que él quería decir, cariño.

—¿Qué dijo? —dije entre dientes, de repente recelosa.

—Dijo que tú eras muy...

—Mamá...

—Bueno, la palabra que utilizó fue «extravagante». Pero eso es encantador, ¿no? «¿Extravagante?» Bueno, se lo puedes preguntar a él en las bodas de rubí.

—No voy a ir hasta Huntingdon a celebrar las bodas de rubí de dos personas con las que he hablado una vez por espacio de ocho segundos cuando tenía tres años, sólo para darte el gusto de que me ponga a los pies de un rico divorciado que me describe como extravagante.

—Venga, cariño, no seas tonta.

—Bueno, me tengo que ir —le dije, como una idiota, porque en ese instante volvió a empezar a farfullar lo de siempre: que si estaba en el corredor de la muerte y ésta era nuestra última llamada de teléfono antes de que me administrasen la inyección letal.

—Él está ganando miles de libras a la hora. Tiene un reloj en la mesa, tic-tac-tic-tac. ¿Te he dicho que vi a Mavis Enderby en correos?

—Mamá. Hoy es mi primer día en el trabajo. Estoy muy nerviosa. No quiero hablar de Mavis Enderby.

—¡Oh, Dios mío, cariño! ¿Qué vas a llevar puesto?

—La minifalda negra y una camiseta.

—Oh, venga, con esos colores apagados parecerás una señora desaliñada. Ponte algo elegante y vivo. ¿Y aquel precioso dos piezas color cereza que solías llevar? Ah, por cierto, ¿te he dicho que Una se ha ido al Nilo?

Grrr. Me sentí tan mal cuando colgó el teléfono que me fumé cinco Silk Cut seguidos. No ha empezado muy bien el día que digamos.

9 p.m. En la cama, absolutamente agotada. Ya no recordaba lo espantoso que es empezar en un nuevo trabajo donde nadie te conoce y, por lo tanto, todo tu carácter se ve definido por cualquier comentario casual o por cada comentario un poco peculiar que haces; y ni siquiera puedes ir a retocarte el maquillaje sin tener que preguntar dónde está el lavabo de señoras.

Llegué tarde, aunque no fue culpa mía. Fue imposible entrar en los estudios de televisión porque no tenía pase y en la puerta estaban la clase de guardias de seguridad que creen que su trabajo consiste en evitar que el personal entre en el edificio. Cuando al final llegué hasta la recepción no se me permitió subir hasta que viniese alguien a buscarme. En aquel momento sólo eran las 9.25 y la conferencia era a las 9.30. Al final apareció Patchouli con dos enormes perros que ladraban, uno de los cuales me saltó encima y empezó a lamerme la cara, mientras el otro metía la cabeza debajo de mi falda.

—Son de Richard. ¿No son, no sé, geniales? —me dijo—. Sólo voy a llevarlos al coche.

—¿No voy a llegar tarde a la reunión? —dije desesperadamente, sujetando la cabeza del perro entre las rodillas e intentando sacármelo de encima.

Ella me miró de arriba abajo como diciendo «¿Y?», y se fue, arrastrando a los perros.

Por lo tanto, cuando llegué a la oficina, la reunión había empezado y todo el mundo se me quedó mirando menos Richard, cuya corpulenta figura estaba metida en un extraño mono verde de lana.

—Venga, venga —estaba diciendo, mientras brincaba y gesticulaba con ambas manos—. Estoy pensando en la misa de las nueve en punto. Estoy pensando en vicarios guarros. Estoy pensando en actos sexuales en la iglesia. Estoy pensando, ¿por qué se enamoran las mujeres de los vicarios? Venga. No os estoy pagando para nada. Quiero que tengáis alguna idea.

—¿Por qué no entrevistas a Joanna Trollope? —dije.

—¿A una puta? —me dijo, mirándome sin comprender—. ¿Qué puta?

—Joanna Trollope. La mujer que escribió *La esposa del Rector,* la dieron por la tele. *La esposa del Rector.* Ella debería saberlo.

Su boca esbozó una sonrisa lasciva.

—Brillante —dijo a mis pechos—. Absoluta y jodidamente brillante. ¿Alguien tiene el teléfono de Joanna Trollope?

Hubo un largo silencio.

—Eh, de hecho, yo lo tengo —acabé diciendo, y sentí una avalancha de vibraciones hostiles provenientes de los jóvenes *grunge.*

Cuando se acabó la reunión corrí hasta el lavabo, donde Patchouli se estaba maquillando junto a su amiga, que llevaba un vestido pintado con espray que dejaba ver sus bragas y su estómago, y recobré la compostura.

—Esto no es demasiado provocador, ¿verdad? —le estaba diciendo la chica a Patchouli—. Tendrías que haber visto las caras de esas putas de treintaitantos cuando entré... ¡Oh!

Las dos chicas me miraron horrorizadas, con las manos en la boca.

—No nos referíamos a ti —dijeron.

No estoy segura de que vaya a ser capaz de aguantar esto.

sábado 9 de septiembre

56,2 kg (sacando buen provecho del trabajo nuevo con la tensión y los nervios que eso comporta), 4 copas, 10 cigarrillos, 1.876 calorías, 24 minutos teniendo una conversación imaginaria con Daniel (excelente), 94 minutos imaginando la repetición de las conversaciones con mamá en las que yo me salía con la mía.

11.30 a.m. ¿Por qué, oh, por qué le di a mi madre una llave de mi piso? Estaba a punto —por primera vez en cinco semanas— de empezar un fin de semana sin querer quedarme mirando las paredes y ponerme a llorar. Había sobrevivido una semana al nuevo trabajo. Estaba empezando a pensar que quizá todo iba a ir bien, que quizá no iba a ser forzosamente devorada por un pastor alemán, cuando ella entró llevando una máquina de coser.

—¿Qué diablos estás haciendo, tonta? —gorjeó.

Yo estaba pesando 100 gramos de cereales para mi desayuno utilizando una tableta de chocolate (los pesos para las escalas están en onzas, lo cual no está bien, porque la tabla de calorías está en gramos).

—Adivina qué, cariño —dijo, mientras empezaba a abrir y cerrar todos los armarios.

—¿Qué? —respondí, en calcetines y camisón e intentando sacarme el rímel de debajo de los ojos.

—Resulta que Malcolm y Elaine van a celebrar las bodas de rubí en Londres, el veintitrés, así que tú podrás ir y hacerle compañía a Mark.

—No quiero hacerle compañía a Mark —dije entre dientes.

—Oh, pero si él es muy listo. Fue a Cambridge. Al parecer hizo una fortuna en Estados Unidos...

—No voy a ir.

—Bueno, venga, cariño, no empecemos —me dijo, como si yo tuviera trece años—. Mira, Mark ha comprado una casa en Holland Park y les va a montar toda la fiesta, seis pisos, catering y todo... ¿Qué vas a llevar puesto?

—¿Vas a ir con Julio o con papá? —le pregunté para que se callase.

—Oh, cariño, no lo sé. Seguramente con los dos —dijo con esa voz especial y entrecortada que reserva para cuando cree que es Diana Dors.

—No puedes hacer eso.

—Pero papá y yo seguimos siendo amigos, cariño. Y también con Julio sólo somos amigos.

Grr. Grrr. Grrrrrr. De verdad que me es imposible aguantarla cuando se pone así.

—Bueno, le diré a Elaine que estarás encantada de ir, ¿vale? —dijo y cogió la inexplicable máquina de coser de camino a la puerta—. Tengo que irme volando. ¡Adióóóós!

No voy a pasar otra noche dejando que me pasen por delante de las narices de Mark Darcy, como una cuchara llena de puré de nabos delante de un niño.

Voy a tener que salir del país o algo así.

8 p.m. He salido a cenar. Ahora que vuelvo a estar sola, todas las Petulantes Casadas me invitan los sábados por la noche y me sientan frente a una selección cada vez más espantosa de hombres solteros. Es muy amable por su parte y lo agradezco mucho, pero sólo sirve para acentuar mi fracaso emocional y mi aislamiento; sin embargo, Magda dice que debería recordar que estar soltera es mejor que tener un marido adúltero y sexualmente incontinente.

Medianoche. Oh, Dios. Todo el mundo estaba intentando animar al hombre sin pareja. (Treinta y siete años, su mujer acaba de divorciarse de él y como muestra de su nivel de opinión: «De verdad a mí me parece que Michael Howard no se merece tantas críticas.»)

—No sé de qué te estás quejando —le estaba soltando Jeremy—. Los hombres se hacen más atractivos a medida que se hacen mayores y las mujeres se hacen menos atractivas, por eso todas esas niñas de veintidós años que ni te mirarían cuando tenías veinticinco te irán detrás.

Me senté, cabizbaja, temblando de furia ante sus conjeturas sobre las fechas de caducidad de las mujeres y sobre el hecho de que la vida era como el juego de las sillitas donde las chicas sin una silla/un hombre cuando paraba la música/pasaban de los treinta quedaban «eliminadas». Hah. Seguro.

—Oh, sí, estoy bastante de acuerdo en que lo mejor es buscar parejas más jóvenes —salté de repente como quien no quiere la cosa—. Los hombres de treinta son tan aburridos a causa de sus complejos y sus obsesiones de que todas las mujeres están intentando atraparles para casarse. Hoy en día sólo estoy realmente interesada en hombres de veintipocos años. Son mucho más capaces de... bueno, ya sabéis...

—¿De verdad? —dijo Magda un poco demasiado entusiasmada—. ¿Cómo...?

—Sí, tú estás interesada —interrumpió Jeremy, mirando a Magda—. Pero la cuestión es que *ellos no están* interesados en *ti*.

—Hum. Perdona. Mi actual novio tiene veintitrés años —dije con dulzura.

Hubo un silencio de asombro.

—Bueno, en ese caso —dijo Alex, sonriendo— lo podrás traer el sábado que viene cuando vengas a cenar, ¿verdad?

Joder. ¿Dónde voy a encontrar a un tipo de veintitrés años que, un sábado por la noche, en lugar de tomar pastillas de éxtasis adulteradas, quiera venir a cenar con los Casados Petulantes?

viernes 15 de septiembre

57,15 kg, 0 copas, 4 cigarrillos (muy bien), 3.222 calorías (los bocadillos de la compañía Británica de Trenes estaban secretamente impregnados), 210 minutos imaginando el discurso que daré cuando presente la dimisión en el nuevo trabajo.

Ugh. Una odiosa conferencia con el bravucón de Richard Finch en plan «Vale. Los lavabos de Harrods son de una-libra-por-meada. Estoy pensando en lavabos de fantasía. Estoy pensando en el estudio: Frank Skinner y Sir Richard Rogers sentados en váteres afelpados, apoyabrazos con pantallas de televisión acolchadas con papel de váter. Bridget, tú eres el Freno a los Jóvenes Parados. Estoy pensando en el Norte. Estoy pensando en

Jóvenes Parados, holgazaneando, viviendo a salto de mata.»

—Pero... pero... —balbuceé.

—¡Patchouli! —gritó él, y entonces los perros, que estaban debajo de la mesa, se despertaron y empezaron a ladrar y a saltar por todas partes.

—¿Qué? —gritó Patchouli entre el barullo.

Iba vestida con una minifalda de ganchillo, un sombrero rojo de paja de ala caída y una blusa naranja de nilón de hechura tipo tejano. Comparado con aquello, lo que yo llevaba de adolescente no era nada.

—¿Dónde está la unidad móvil de Jóvenes Parados?

—En Liverpool.

—Liverpool. Vale, Bridget. Equipo de unidad móvil en la puerta de Boots, en el centro comercial, en directo a las 5.30. Consígueme seis Jóvenes Parados.

Más tarde, al ir a coger el tren, Patchouli me gritó con toda tranquilidad:

—Ah, sí, Bridget, escucha, no está en Liverpool, está, no sé, en Manchester, creo. ¿De acuerdo?

4.15 p.m. Manchester.

Número de Jóvenes Parados a los que he abordado: 44, número de Jóvenes Parados que accedieron a ser entrevistados: 0.

7 p.m. Tren Manchester-Londres. A las 4.45 estaba corriendo histérica entre los maceteros del centro comercial, farfullando:

—Perdona, ¿eres un empleado? No importa. ¡Gracias!

—¿Y qué vamos a hacer entonces? —me preguntó el cámara sin ningún intento de aparentar interés.

—Jóvenes Parados —contesté alegremente—. ¡Ahora vuelvo! —corrí, di la vuelta a la esquina y me golpeé con la mano la frente. Podía oír a Richard en mi oreja diciendo: «Bridget... ¿dónde coño...? Jóvenes Parados.» Entonces vi un cajero automático en la pared.

A las 5.20 tenía en fila india delante de la cámara a seis jóvenes que aseguraban estar en paro, cada uno con un billete nuevecito de 20 libras en el bolsillo, mientras yo estaba como loca intentando excusarme disimuladamente por ser de clase media. A las 5.30 oí la sintonía y a Richard gritando:

—Perdón, Manchester, pero finalmente os cortamos la emisión.

—Hum... —empecé a decir a la hilera de rostros expectantes.

Los jóvenes pensaron que tenía un síndrome que me obligaba a simular que era presentadora de televisión. Lo peor era que al trabajar toda la semana como una loca y con eso de ir hasta Manchester, no había sido capaz de encontrar solución para el trauma que me iba a representar no tener acompañante para cenar mañana. Entonces, de repente, mirando a los divinos mocosos, con el cajero automático al fondo, el germen de una idea de moral tremendamente dudosa empezó a formarse en mi mente.

Hmm. Creo que fue una decisión acertada no intentar sobornar a un Joven Parado para que viniera a la cena de Alex. Habría sido una explotación y habría estado mal. Sin embargo, eso no me soluciona el compromiso. Creo que voy a fumarme un cigarrillo en el vagón de fumadores.

7.30 p.m. Ugh. El vagón de fumadores resultó ser una espantosa pocilga donde los fumadores estaban amontonados, deprimidos y en actitud desafiante. Me doy cuenta de que ya no es posible que los fumadores vivan con dignidad y se ven forzados a esconderse en las pocilgas más repugnantes de la existencia. No me habría sorprendido lo más mínimo si el vagón hubiese sido misteriosamente cambiado de vía hacia una vía muerta y nunca más hubiese vuelto a ser visto. Quizá las compañías privadas de trenes empezarán a preparar trenes de fumadores y los ciudadanos les amenazarán con el puño y les tirarán piedras a su paso, aterrando a sus hijos con historias de que en esos vagones viajan monstruos que respiran fuego. Bueno, llamé a Tom desde un milagroso-teléfono-del-tren (¿Cómo funciona? ¿Cómo? Sin cables. Muy extraño. Quizá esté conectado de alguna manera entre las ruedas y los raíles) para quejarme por la crisis-de-no-tener-una-cita-con-un-veinteañero.

—¿Y qué hay de Gav? —me preguntó.

—¿Gav?

—Ya sabes. El chico que conociste en la Galería Saatchi.

—¿Crees que le importaría?

—No. Le gustabas de verdad.

—Nooooo. Cállate.

—De verdad. Deja de obsesionarte. Déjamelo a mí. A veces creo que sin Tom me hundiría y desaparecería sin dejar rastro.

martes 19 de septiembre

56,2 kg (muy bien), 3 copas (muy bien), 0 cigarrillos (demasiado avergonzada para fumar en presencia de los saludables mocosos).

Caray, tengo que darme prisa. Estoy a punto de tener una cita con un mocoso adicto a la Diet Coke. Gav resultó ser absolutamente divino, y se comportó de manera exquisita en la cena del sábado de Alex, coqueteando con todas las mujeres, adulándome y esquivando todas sus preguntas con trampa acerca de nuestra «relación» con la destreza intelectual de un miembro de la junta universitaria de Todos los Santos. Desgraciadamente, yo estaba tan llena de gratitud* en el taxi de vuelta que me sentí indefensa ante sus insinuaciones.** Sin embargo, conseguí controlarme*** y no aceptar su invitación para entrar a tomar un café. Aun así, después, me sentí culpable por ser una calientabraguetas,**** y cuando Gav me llamó para invitarme a cenar a su casa esta noche, acepté gentilmente.*****

Medianoche. Me siento como la abuela de Matusalén. Hacía tanto tiempo de la última cita que me sentía absolutamente imparable y no pude evitar presumir de «novio» con el taxista, y decirle que iba a casa de mi «novio», que hoy me cocinaba la cena.

* deseo
** puse la mano en su rodilla
*** el pánico
**** no podía dejar de pensar «¡Maldita sea, maldita sea, maldita sea!»
***** casi no pude controlar mi entusiasmo

Desgraciadamente, cuando llegué al número 4 de la calle Malden, resultó ser una tienda de fruta y vegetales.

—¿Quieres utilizar mi teléfono, querida? —dijo el taxista cansinamente.

Evidentemente, yo no sabía el número de Gav, así que tuve que hacer ver que llamaba a Gav y que el teléfono comunicaba, entonces llamar a Tom e intentar pedirle la dirección de Gav de una forma que no le pareciese al taxista que había estado mintiendo en lo que a tener novio se refería. Resultó que era el 44 de Malden Villas, no me había fijado demasiado al escribirlo. La conversación con el taxista se había agotado para cuando nos dirigimos hacia la nueva dirección. Estoy segura de que pensó que era una prostituta o algo así.

Cuando llegué me sentía menos que segura. Al principio todo fue muy dulce y tímido —un poco como ir a la casa de tu potencial Mejor Amigo a tomar té, en la escuela primaria. Gav había cocinado espaguetis a la boloñesa. El problema apareció después de preparar y servir la comida, cuando nuestras actividades se redujeron a entablar conversación. Acabamos, por alguna razón, hablando de Diana.

—Parecía un cuento de hadas. Recuerdo estar sentada en aquella pared delante de St. Paul, el día de la boda —le dije—. ¿Estabas tú allí?

Gav pareció avergonzarse.

—En realidad, sólo tenía seis años por aquel entonces.

Al final dejamos de hablar y Gav, con muchísima excitación (esto, lo recuerdo, es lo maravilloso de los veinteañeros) empezó a besarme y al mismo tiempo intentaba encontrar una entrada entre mi ropa. Acabó por conseguir deslizar su mano por mi estómago, momento en el cual dijo —fue tan humillante—: «Mmm. Estás blandita.»

Después de lo cual no pude seguir. Oh, Dios. Es inútil. Soy demasiado vieja y tendré que rendirme, dar clases de religión en una escuela para chicas y ponerme a vivir con la profesora de hockey.

sábado 23 de septiembre

57,15 kg, 0 copas, 0 cigarrillos (muy, muy bien), 14 borradores de la respuesta a la invitación de Mark Darcy (pero como mínimo ha reemplazado las conversaciones imaginarias con Daniel).

10 a.m. Vale. Voy a contestar a la invitación de Mark Darcy y dejar clara mi firme postura de que no voy a poder ir. No hay razón alguna por la que deba ir. No soy una amiga íntima ni pariente, y me tendré que perder *El flechazo* y *Urgencias.*

Pero, oh, Dios. Es una de esas insólitas invitaciones escritas en tercera persona, como si todo el mundo fuese tan pijo que el hecho de reconocer que organizan una fiesta y que te pregunten si te gustaría asistir fuese tan vulgar como llamar al tocador de señoras el servicio. Me parece recordar algo de la infancia y supongo que contestaré en el mismo estilo indirecto como si fuese una persona imaginaria empleada de mí misma para contestar a las invitaciones de gente imaginaria empleada por los amigos para hacer las invitaciones. ¿Qué poner?

Bridget Jones siente no poder...

La señorita Bridget Jones está consternada por no poder...

Decir que está desconsolada no hace justicia a los sentimientos de la señorita Bridget Jones.

Lamentamos tener que anunciar que tan grande fue la desesperación de la señorita Bridget Jones al no poder aceptar la amable invitación del señor Mark Darcy que se ha suicidado y, por lo tanto, con certeza absoluta, notificamos que le resultará imposible aceptar la amable...

Ooh: el teléfono.

Era papá:

—Bridget, cariño, vas a venir al terrorífico acontecimiento del sábado que viene, ¿verdad?

—Te refieres a las bodas de rubí de los Darcy.

—¿A qué si no? Es la única cosa que ha distraído a tu madre de la pregunta de quién se queda con el armario de adorno de caoba y las mesas de centro desde que a principios de agosto le hizo la entrevista a Lisa Leeson.

—Tenía la esperanza de poder librarme.

Hubo un silencio al otro lado de la línea.

—¿Papá?

Hubo un sollozo apagado. Papá estaba llorando. Creo que papá está teniendo un ataque de nervios. Ojo, si yo hubiese estado con mamá durante treinta y nueve años habría tenido un ataque de nervios, aunque ella no se hubiese ido con un guía turístico portugués.

—¿Qué pasa, papá?

—Oh, sólo es que... Perdón. Sólo es que... Yo también esperaba poder librarme.

—Bueno, ¿y por qué no lo haces? Hurra. Vayamos al cine los dos.

—Es que... —volvió a perder el control—. No puedo soportar pensar que ella irá con ese italianucho grasiento cabezahueca y demasiado perfumado, y que todos mis amigos y colegas de cuarenta años brindarán por la parejita, y a mí me enterrarán para siempre.

—Ellos no...

—Oh, sí, sí que lo harán. Tengo decidido ir, Bridget. Voy a ponerme mis mejores galas y aguantar con la cabeza bien alta... pero... —otra vez sollozos.

¿Qué?

—Necesito un poco de apoyo moral.

11.30 a.m.

La señorita Bridget Jones se complace...

La señora Bridget Jones agradece al señor Mark Darcy por su...

Con gran placer la señorita Bridget Jones acepta...

Oh, por el amor de Dios.

Querido Mark,

Gracias por tu invitación a la fiesta de las bodas de rubí de Malcolm y Elaine. Me encantará ir.

Tuya,

Bridget Jones

Hummm.

Atentamente,

Bridget

o sólo

Bridget
Bridget (Jones)

Bien. Voy a pasarla a limpio y comprobar la ortografía y entonces la enviaré.

martes 26 de septiembre

56,65 kg, 0 copas, 0 cigarrillos, 1.256 calorías, 0 lotos instantáneas, 0 pensamientos obsesivos acerca de Daniel, 0 pensamientos negativos. Soy una perfecta santa.

Es genial cuando empiezas a pensar en tu carrera en lugar de preocuparte por trivialidades... como los hombres y las relaciones. Está yendo muy bien en *¡Buenas tardes!* Creo que quizá tenga un don para la televisión popular. La noticia realmente más emocionante es que me van a hacer una prueba ante las cámaras.

Se le pasó la idea por la cabeza a Richard Finch a finales de la semana pasada de que quería hacer un Especial Acción en Directo con reporteros situados en los servicios de emergencia de toda la capital. No tuvo demasiada suerte al empezar. De hecho, la gente iba y venía por la oficina diciendo que había sido rechazado por todas y cada una de las unidades de Accidentes y de Emergencias, de Policía y de Servicios de Ambulancia de la capital. Pero esta mañana, cuando llegué, me agarró por los hombros gritando «¡Bridget! ¡Estamos ahí! Fuego. Te quiero delante de la cámara. Estoy pensando en minifalda. Estoy pensando en casco de bombero. Estoy pensando que quiero verte manejar la manguera.»

Desde entonces todo ha sido un caos absoluto, con el trabajo diario de las noticias del día totalmente olvidado y todo el mundo hablando atropelladamente por teléfono de conexiones, torres y unidades móviles. Sea como fuere, todo esto va a pasar mañana y tengo que estar en la estación de bomberos de Lewisham a las 11 en punto. Esta noche voy a llamar a todo el mundo para decirles que miren la tele. Me muero de ganas de decírselo a mamá.

miércoles 27 de septiembre

55,8 kg (me he encogido por la vergüenza), 3 copas, 0 cigarrillos (no se puede fumar en el parque de bomberos), pero después 12 en 1 hora, 1.584 calorías (muy bien).

9 p.m. Nunca me he sentido tan humillada en mi vida. Me he pasado todo el día ensayando y organizándolo todo. La idea era que cuando conectaran con Lewisham yo bajase por la barra de los bomberos hasta entrar en encuadre y empezar a entrevistar a un bombero. A las 5, cuando saliésemos al aire, yo estaría justo encima de la barra, a punto de bajar cuando me avisasen. De repente, por el auricular, oigo a Richard gritando: «¡Adelante, adelante, adelante, adelante, adelante!», así que empecé a deslizarme. Y él continuó: «Adelante, adelante, adelante, Newcastle, Bridget, tú espera en Lewisham preparada. Llegaré a ti en treinta segundos.» Pensé en deslizarme hasta el final de la barra, volver a subir las escaleras corriendo, pero como me había deslizado sólo cuatro o cinco palmos, intenté subir por la barra. Entonces, de repente, por el auricular, me llegó un berrido increíble.

—¡Bridget! Te estamos enfocando. ¿Qué coño estás haciendo? Lo que te toca es deslizarte por la barra, no intentar subir. Adelante, adelante, adelante.

Estaba histérica y sonreí a la cámara de oreja a oreja y me dejé caer, aterrizando, como estaba previsto, a los pies del bombero al que se suponía iba a entrevistar.

—Lewisham, nos hemos pasado de tiempo. ¡Termina, termina, Bridget! —gritó Richard a mi oído.

—Y ahora devolvemos la conexión a nuestros estudios —dije, y ahí se acabó todo.

jueves 28 de septiembre

55,75 kg, 2 copas (muy bien), 11 cigarrillos (bien), 1.850 calorías, 0 ofertas de trabajo del cuerpo de bomberos o de cadenas de televisión rivales (quizá no es del todo extraño).

11 a.m. Estoy avergonzada y soy el hazmerreír de todos. Richard Finch me ha humillado delante de todo el grupo y me ha dicho cosas como «fracaso absoluto», «vergüenza» y «jodida idiota rematada».

«Y ahora devolvemos la conexión a nuestros estudios», parece haberse adoptado como eslogan de la oficina. Cada vez que a alguien le hacen una pregunta cuya respuesta desconocen, dicen «Errrr... y ahora devolvemos la conexión a nuestros estudios», y se echan a reír. Lo divertido es, sin embargo, que los jóvenes *grunge* son mucho más amables conmigo. Patchouli (¡incluso!) vino y me dijo: «Oh, no, no le hagas ningún caso a Richard, ¿vale? A él, como ya sabes, le gusta controlar, vale. ¿Sabes a lo que me refiero? Esa cosa de la barra de los bomberos era realmente como subversiva y brillante, vale. Bueno, no sé... y ahora devolvemos la conexión a nuestros estudios, ¿vale?»

Ahora Richard Finch o me ignora o menea la cabeza con incredulidad cada vez que pasa cerca de mí, y no me ha hecho hacer nada en todo el día.

Oh, Dios, estoy tan deprimida. Pensaba que por una vez había encontrado algo en lo que era buena y ahora todo se ha ido a la porra y, por si fuera poco, este sábado es la terrible fiesta de las bodas de rubí y no tengo nada que ponerme. No soy buena en nada. Ni en hombres. Ni en habilidades sociales. Ni en el trabajo. En nada.

Octubre:

cita con el señor Darcy

domingo 1 de octubre

55,75 kg, 17 cigarrillos, 0 copas (muy bien, sobre todo por la fiesta).

4 a.m. Sorprendente. Una de las noches más sorprendentes de mi vida.

Después de mi depresión del viernes, Jude vino y me habló de ser más positiva con las cosas, y trajo consigo su fantástico vestido negro para prestármelo para la fiesta. Yo estaba preocupada por si lo rasgaba o se me derramaba algo encima, pero ella me dijo que le sobraba el dinero y los vestidos gracias a que tenía un trabajo de primera, y que no importaba y que no me preocupase. Amo a Jude. Las chicas son mucho más agradables que los hombres (aparte de Tom —pero claro, es homosexual). Decidí llevar el fantástico vestido con medias negras de licra Light Shimmer (6,95 libras) y zapatos de tacón de aguja negros de ante de pied à terre (pude sacar el puré de patatas).

Tuve un shock al llegar a la fiesta porque la casa de Mark Darcy no era una casita adosada en Portland Road o algo parecido como había previsto, sino una mansión enorme, no adosada, estilo-tarta-de-bodas, al otro lado de la Avenida de Holland Park (donde, dicen, vive Harold Pinter), rodeada por un jardín.

Ciertamente no había reparado en gastos para su mamá y su papá. Todos los árboles tenían puntitos de luces rojas, guirnaldas con corazones rojos brillantes, colocados de forma muy encantadora, y había una pasarela cubierta con un toldo rojo y blanco que iba desde el jardín hasta la puerta de la casa.

En la puerta principal, las cosas empezaron a ser incluso más prometedoras, ya que fuimos recibidos por el personal de servicio, que nos sirvió champán y recogió nuestros regalos (yo les había comprado a Malcolm y a Elaine una copia de las canciones de amor de Perry Como, del año que se casaron y, como regalo extra para Elaine, un quemador de Aceites Esenciales de Terracota del Body Shop, porque me estuvo haciendo preguntas sobre Aceites Esenciales en el Bufé de Pavo al Curry). Entonces nos acompañaron a una espectacular escalera de caracol de madera iluminada en cada peldaño por velas con forma de corazón. Abajo había una habitación enorme, con un suelo de madera oscura y una galería acristalada que daba al jardín. Toda la habitación estaba iluminada por velas. Papá y yo nos quedamos de pie, inmóviles, mirando a nuestro alrededor, boquiabiertos.

En lugar de los extravagantes cócteles que cabe esperar en las fiestas de la generación de tus padres —fuentes de cristal tallado con compartimientos llenos de pepinillos en vinagre; bandejas con mantelitos de papel y mitades de pomelo llenos de montaditos de-queso-y-piña para picar—, había bandejas de plata enormes con won ton de gambas, tartaletas de tomate y mozzarella y paté de pollo. Los invitados parecían no creer en su suerte, echando la cabeza hacia atrás y riéndose a carcajadas. Una Alconbury tenía el aspecto de haberse comido un limón.

—Oh, cariño —dijo papá, siguiendo mi mirada, cuando Una se nos venía encima—. No estoy seguro de que esto les vaya a resultar agradable a mamá y a tía Una.

—Un poco ostentoso, ¿no? —dijo Una en cuanto estuvo lo suficientemente cerca, colocándose la estola por los hombros—. Creo que si estas cosas se llevan demasiado lejos se convierten en algo vulgar.

—Oh, no seas ridícula, Una. Es una fiesta sensacional —dijo mi padre, comiéndose su canapé número diecinueve.

—Mmm. Estoy de acuerdo —dije con la boca llena de tartaleta, mientras se me llenaba el vaso de champán como por arte de magia—. Es condenadamente fantástica.

Después de haber pasado tanto tiempo mentalizándome para un infierno de mujeres vestidas con trajes de Jaeger, estaba eufórica. Ni siquiera nadie me había preguntado por qué todavía no me había casado.

—Umf —dijo Una.

Ahora mamá también se estaba acercando a nosotros.

—Bridget —gritó—. ¿Has saludado a Mark?

De repente, horrorizada, me di cuenta de que tanto Una como mamá pronto tendrían que celebrar sus bodas de rubí. Conociendo a mamá, es muy poco probable que permita que un detalle tan insignificante como dejar a su marido para huir con un guía turístico se entrometa en las celebraciones, y estará totalmente decidida, cueste lo que cueste, a superar a Elaine Darcy, aunque eso represente sacrificar a una hija inocente y condenarla a un matrimonio de conveniencia.

—No te dejes machacar, campeona —me dijo mi padre, apretándome el brazo.

—Qué casa más encantadora. ¿No tenías ninguna estola bonita para ponerte por los hombros, Bridget? ¡Caspa! —gorjeó mamá, pasándole la mano por la espalda a papá—. Bueno, cariño. ¿Por qué diablos no hablas con Mark?

—Hum, bueno... —farfullé.

—¿Tú qué crees, Pam? —siseó Una con tensión, señalando la habitación,

—Ostentoso —susurró mamá, exagerando el movimiento de los labios como Les Dawson.

—Justo lo que yo he dicho —dijo Una triunfante—. ¿No lo he dicho yo, Colin? Ostentoso.

Nerviosa, eché un vistazo por la habitación y me sobresalté del susto. Ahí, mirándonos, a menos de un metro, estaba Mark Darcy. Seguro que lo había oído todo. Abrí la boca para decir algo —no estoy segura de qué— para intentar mejorar las cosas, pero él se fue.

La cena fue servida en el «salón» de la planta baja y me encontré en la cola de las escaleras justo detrás de Mark Darcy.

—Hola —le dije, intentando reparar la mala educación de mi madre. Miró a su alrededor, me ignoró por completo y volvió a mirar hacia adelante.

—Hola —volví a decir y le di un codazo.

—Oh, hola, lo siento. No te había visto —me dijo.

—Es una fiesta genial —le dije—. Gracias por invitarme.

Se me quedó mirando un momento.

—Oh, no he sido yo —me dijo—. Mi madre te invitó. Bueno. Tengo que comprobar la, hum, *colocación*. Por cierto, me gustó mucho tu reportaje desde el parque de bomberos de Lewisham —se dio la vuelta y subió con paso enérgico, esquivando a los comensales y disculpándose, mientras yo me tambaleaba. Umf.

Cuando llegó al final de las escaleras apareció Natasha con un deslumbrante vestido ajustado de raso dorado, le agarró el brazo de manera posesiva y, con las prisas, tropezó con una de las velas que manchó la parte de abajo de su vestido de cera roja. «Joder», dijo ella. «Joder.»

Mientras desaparecían hacia adelante pude oírla diciéndole: «Ya te dije que era ridículo pasarse toda la tarde colocando velas en lugares peligrosos donde la gente podía tropezar. Habrías hecho mucho mejor utilizando el tiempo para comprobar que la colocación estaba...».

Lo divertido fue que la colocación resultó ser bastante brillante. Mamá no estaba sentada ni junto a papá ni junto a Julio, sino junto a Brian Enderby, con el que siempre le gusta coquetear. Julio había sido colocado junto a la glamurosa tía de Mark Darcy, de cincuenta y cinco años de edad, que estaba fuera de sí de alegría. Mi padre estaba sonrojado de placer al estar sentado junto a una mujer despampanante que se parecía a Shakira Caine. Yo estaba realmente entusiasmada. Quizá me colocarían entre dos de los amigos de Mark Darcy que están muy buenos, abogados de primera o americanos de Boston, quizá. Pero al ver mi nombre en la lista una voz familiar sonó detrás de mí.

—¿Y cómo está mi pequeña Bridget? ¿No soy el más afortunado de la fiesta? Mira, estás justo a mi lado. Una me ha dicho que has cortado con tu chico. ¡No lo sé! ¡Burr! ¿Cuándo vamos a conseguir casarte?

—Bueno, espero que cuando sea el momento, me

encargue yo de sellar el compromiso —dijo una voz al otro lado—. Me gustaría encargar ropa nueva. Mmm. Seda color albaricoque. O quizá una hermosa sotana con treinta y nueve botones de Gamirellis.

Mark había tenido la consideración de colocarme entre Geoffrey Alconbury y el vicario gay.

Sin embargo, la verdad es que, una vez bebimos unas copas, nuestra conversación no fue ni mucho menos rebuscada. Le pregunté al vicario qué pensaba del milagro de las estatuas indias de Ganapati, el Dios Elefante, que bebían leche. El vicario dijo que la opinión en los círculos eclesiásticos era que el milagro se debía al efecto que tenía en la terracota un verano caluroso seguido por temperaturas frías.

Seguía pensando en lo que había dicho, cuando concluyó la cena y la gente empezó a dirigirse escaleras abajo para el baile. Llena de curiosidad y con muchas ganas de ahorrarme tener que bailar el twist con Geoffrey Alconbury, me excusé, cogí discretamente una cucharita de café y una jarrita de leche de la mesa y me escapé a la habitación donde los regalos —corroborando la opinión de Una sobre el componente ostentoso de la fiesta— ya habían sido desenvueltos y expuestos.

Me costó un poco localizar el quemador de aceite de terracota porque había sido colocado al fondo, pero cuando lo encontré, eché un poco de leche en la cucharita, la incliné y la sostuve en el borde del agujero donde pones la vela. No me lo podía creer. El quemador de esencias de aceite estaba absorbiendo leche. Se podía ver la leche desaparecer de la cucharita.

—Oh, Dios mío, es un milagro —exclamé. ¿Cómo demonios podía yo saber que justo en aquel momento Mark Darcy pasaba por delante de la puerta?

—¿Qué estás haciendo? —me dijo, de pie en la entrada.

No sabía qué decir. Obviamente él pensaba que yo estaba intentando robar los regalos.

—¿Mmm? —me dijo.

—El quemador de aceites esenciales que compré para tu madre está absorbiendo leche —mascullé indignada.

—Oh, no seas ridicula —dijo, riendo.

—Está absorbiendo leche —reiteré—. Mira.

Puse un poco más de leche en la cucharita, la incliné y, claro está, el quemador de aceite empezó a absorberla.

—Ves —dije orgullosa—. Es un milagro.

Él estaba bastante impresionado, de eso no hay duda.

—Tienes razón —dijo en voz baja—. Es un milagro.

Justo entonces apareció Natasha en la puerta.

—Oh, hola —dijo al verme—. Hoy no llevas tu traje de conejita —y entonces lanzó una risita para enmascarar su malvado comentario como broma divertida.

—En realidad, nosotras las conejitas lo llevamos en invierno para no pasar frío —contesté.

—¿John Rocha? —dijo, mirando el vestido de Jude—. ¿Ultimo otoño? Reconozco el corte.

Me detuve para pensar algo muy ingenioso e hiriente, pero desafortunadamente no se me ocurrió nada. Así que después de una estúpida pausa dije:

—Bueno, estoy segura de que estás deseando circular. Encantada de volver a verte. ¡Adióóós!

Decidí que necesitaba ir al exterior para respirar un poco de aire fresco y fumar un cigarrillo. Era una noche espléndida, cálida y estrellada, con la luna iluminando todos los rododendros. Personalmente, nunca me han gustado los rododendros. Me recuerdan las casas de campo victorianas del norte de D. H. Lawrence donde la gente muere ahogada en los lagos. Bajé al jardín. Estaban tocando valses vieneses con un estilo fin de milenio bastante elegante. Entonces, de repente, oí un ruido encima de mi cabeza. Se veía la silueta de una figura contra las ventanas de estilo francés. Era un adolescente rubio y atractivo en plan alumno de escuela privada.

—Hola —dijo el joven. Vacilante, encendió un cigarrillo con dificultad y se me quedó mirando mientras bajaba las escaleras—. ¿Te apetecería bailar? Oh. Ah. Perdón —dijo, alargando la mano como si estuviésemos en el día de puertas abiertas de Eton, él fuese el antiguo ministro del Interior y hubiese olvidado sus modales—, Simon Dalrymple.

—Bridget Jones —dije, alargando la mano con fría formalidad, sintiéndome como si fuese un miembro de un gabinete de guerra.

—Hola. Sí. Encantado de conocerte. ¿Quieres entonces que bailemos? —dijo, convirtiéndose de nuevo en alumno de escuela privada.

—Bueno, no lo sé, no estoy segura —dije, convirtiéndome en una fulana ebria y riendo involuntariamente de forma escandalosa, como lo haría una prostituta en un mesón de Yates.

—Quiero decir aquí fuera. Sólo un momento.

Dudé. A decir verdad, me sentía halagada. Aquello y haber llevado a cabo un milagro delante de Mark Darcy se me estaba empezando a subir a la cabeza.

—Por favor —insistió Simon—. Nunca antes he bailado con una mujer mayor. Oh, Dios, lo siento, no quería decir... —dijo al verme la cara—. Quiero decir, con alguien que ya no es estudiante —dijo, agarrándome la mano con pasión—. ¿Te importaría? Te estaría tremendamente agradecido.

Era obvio que a Simon Dalrymple le habían enseñado bailes de salón desde que nació, y fue bastante agradable ser llevada de un lado al otro, pero el problema fue que él parecía tener, bueno, hablando en plata, tenía la erección más enorme con la que he tenido la buena suerte de encontrarme; y al bailar tan pegados, no era el tipo de cosa que una podría confundir con un plumier.

—Tomo el relevo, Simon —dijo una voz.

Era Mark Darcy.

—Venga. Vuelve adentro. Ya deberías estar en la cama.

Simon pareció completamente abatido. Se puso colorado y corrió hacia la fiesta.

—¿Puedo? —dijo Mark, alargando la mano.

—No —dije furiosa.

—¿Qué pasa?

—Hum —dije, en busca de una excusa por estar tan enfadada—. Ha sido horrible para el chico, conminarle y humillarle así cuando está en una edad tan sensible —entonces, al ver su expresión de desconcierto, seguí hablando—. Aunque de verdad aprecio que me hayas invitado a tu fiesta. Maravillosa. Muchas gracias. Una fiesta fantástica.

—Sí, creo que ya lo habías dicho —dijo, parpadeando con rapidez. La verdad, parecía bastante nervioso y dolido.

»Yo... —se detuvo y empezó a dar vueltas por el patio, suspirando y pasándose la mano por el pelo—. ¿Cómo es el...? ¿Has leído algún buen libro últimamente?

Increíble.

—Mark —le dije—. Si me vuelves a preguntar si he leído algún buen libro últimamente me arrancaré la cabeza y me la comeré. ¿Por qué no me preguntas alguna otra cosa? Cambia un poco para variar. Pregúntame si tengo algún *hobby*, o mi punto de vista acerca de la moneda única europea, o si he tenido alguna experiencia especialmente perturbadora con algún artilugio de goma.

—Yo... —volvió a empezar.

—O, si me tuviese que acostar con Douglas Hurd, Michael Howard o Jim Davidson a cuál elegiría. En realidad, no hay color, a Douglas Hurd.

—¿Douglas Hurd? —dijo Mark.

—Mmm. Sí. Tan deliciosamente estricto, pero justo.

—Hummm —dijo Mark pensativamente—. Tú dices eso, pero Michael Howard tiene una mujer realmente atractiva e inteligente. Debe de tener algún tipo de encanto oculto.

—¿Como cuál? —dije de manera infantil, esperando que él diría algo referente al sexo.

—Bueno...

—Quizá tenga un buen polvo, supongo —dije.

—O es un manitas de primera.

—O un calificado aromaterapista.

—¿Te gustaría cenar conmigo, Bridget? —dijo de repente y de forma bastante enojada, como si fuese a hacerme sentar y a regañarme.

Me detuve y le miré.

—¿Te ha incitado a hacerlo mi madre? —dije con recelo.

—No... yo...

—¿Una Alconbury?

—No, no...

De repente entendí qué estaba pasando.

—Es tu madre, ¿verdad?

—Bueno, mi madre ha...

—No quiero que me pidas ir a cenar sólo porque tu madre quiere que lo hagas. Y además, ¿de qué hablaríamos? Tú sólo me preguntarías si he leído algún buen libro últimamente y entonces yo tendría que inventar alguna patética mentira y...

Me miró consternado.

—Pero Una Alconbury me dijo que eras algo así como una fiera en literatura, absolutamente obsesionada por los libros.

—¿Te dijo eso? —dije, de repente bastante contenta con la idea—. ¿Qué más te dijo?

—Bueno, que eres una feminista radical y que llevas una vida increíblemente glamurosa.

—Oooh —ronroneé.

—... Con millones de hombres que salen contigo.

—Sí, sí.

—He oído lo de Daniel. Lo siento.

—Supongo que intentaste advertirme —murmuré malhumorada—. De todos modos, ¿qué tienes contra él?

—Se acostó con mi mujer —dijo—. Dos semanas después de que nos casáramos.

Le miré horrorizada cuando una voz desde arriba gritó: «¡Markee!» Era Natasha, cuya silueta se veía gracias a las luces, mirando hacia abajo para ver qué pasaba.

—¡Markee! —volvió a gritar—. ¿Qué estás haciendo ahí abajo?

—Las últimas navidades —prosiguió Mark deprisa— pensé que si mi madre decía las palabras «Bridget Jones» una sola vez más, yo iría al *Sunday People* y la denunciaría por haber abusado de mí con una bomba de bicicleta cuando era niño. Entonces cuando te conocí... y yo llevaba aquel ridículo suéter a cuadros que Una me había regalado por Navidad... Bridget, todas las otras chicas que conozco son tan puestas. No conozco a nadie más capaz de llevar cosida a las bragas una cola de conejito...

—¡Mark! —gritó Natasha, bajando por las escaleras en nuestra dirección.

—Pero estás saliendo con alguien —dije, señalando lo evidente.

—En realidad, ya no. ¿Sólo a cenar? ¿Algún día?

—Vale —susurré— Vale.

Tras lo cual pensé que sería mejor irme a casa: por un lado Natasha, como si fuese un cocodrilo y yo me estuviese acercando un poco demasiado a sus huevos, observaba todos y cada uno de mis movimientos, y por el otro yo le había dado mi dirección y teléfono a Mark Darcy y quedado para el martes que viene. Al pasar por el salón del baile vi a mamá, Una y Elaine Darcy charlando animadas con Mark —no pude evitar imaginarme sus caras si supiesen lo que acababa de ocurrir. De repente tuve una visión del próximo Bufé de Pavo al Curry, con Brian Enderby subiéndose los pantalones y diciendo: «Haumph. Es bonito ver a la gente joven pasándoselo bien, ¿verdad?», y Mark Darcy y yo obligados a hacer trucos como frotarnos las narices para la gente allí reunida o practicar sexo delante de ellos, como una pareja de focas amaestradas.

martes 3 de octubre

56,2 kg, 3 copas (muy bien), 21 cigarrillos (mal), número de veces que he dicho la palabra «bastardo» en las últimas veinticuatro horas: 369 (aprox.).

7.30 p.m. Estado de pánico absoluto. Mark Darcy viene a buscarme dentro de media hora. Acabo de llegar del trabajo con pelos de loca y un inapropiado traje debido a un problema de ropa limpia. Ayuda, oh ayuda. Tenía pensado ponerme los 501 blancos, pero se me acaba de ocurrir que Mark puede ser de los que me lleven a un restaurante pijo, de miedo. Oh, Dios, no tengo nada pijo que ponerme. ¿Quizá espera que me ponga la cola de conejita? No es que me interese demasiado Mark Darcy, la verdad.

7.50 p.m. Oh Dios, oh Dios. Todavía no me he lavado el pelo. Me voy a dar un baño rápido.

8.00 p.m. Ahora me estoy secando el pelo. Espero de verdad que Mark Darcy llegue tarde porque no quiero que me encuentre en bata y con el pelo mojado.

8.05 p.m. Ahora el pelo está más o menos seco. Sólo tengo que maquillarme, vestirme y esconder el desorden detrás del sofá. Tengo que priorizar. Considero el maquillaje lo más importante y después la ocultación del desorden.

8.15 p.m. Todavía no está aquí. Muy bien. Me gustan muchísimo los hombres que llegan tarde, todo lo contrario de la gente que se presenta pronto, asustando y poniendo nervioso a uno y encontrando objetos antiestéticos en la casa todavía sin esconder.

8.20 p.m. Bueno, ahora ya estoy preparada. Quizá me ponga algo diferente.

8.30 p.m. Es extraño. No parece propio de él llegar más de media hora tarde.

9.00 p.m. No acabo de creérmelo. Mark Darcy me ha dado un plantón. ¡Bastardo!

jueves 5 de octubre

56,65 kg (mal), 4 porquerías de chocolate (mal), número de veces que he mirado el vídeo: 17 (mal).

11 a.m. En los lavabos del trabajo. Oh, no. Oh, no. Encima del desastre humillante por el plantón, hoy he sido el centro de atención en la reunión de la mañana.

—Vale, Bridget —dijo Richard Finch—. Voy a darte otra oportunidad. El juicio de Isabella Rossellini. Hoy se espera el veredicto. Nosotros creemos que va a librarse. Ve hasta la Corte Suprema. No quiero verte subida en ninguna barra ni farola. Quiero una entrevista dura. Pregúntale si esa sentencia significa que está bien que matemos a la gente si no nos apetece practicar el sexo con ellos. ¿A qué estás esperando, Bridget? Lárgate ya.

Yo no tenía ni la más mínima idea de lo que estaba hablando.

—Te has enterado del juicio a Isabella Rossellini,

¿verdad? —dijo Richard—. ¿Lees los periódicos, de vez en cuando?

El problema de este trabajo es que la gente no para de darte nombres e historias y tú tienes una décima de segundo para decidir si admites o no que no tienes ni idea de lo que están hablando, y si dejas que pase ese momento, entonces te pasas la media hora siguiente fingiendo seguridad en ti misma y buscando desesperadamente pistas para saber sobre qué coño están discutiendo en profundidad y largamente; que es justo lo que me ha pasado con lo de Isabella Rossellini.

Y ahora, dentro de cinco minutos, tengo que ir a encontrarme con el equipo de grabación en la Corte y hacer un reportaje por televisión de una historia, sin tener la más mínima idea de qué va.

11.05 a.m. Gracias a Dios por enviarme a Patchouli. Al salir del lavabo la vi llegar arrastrada por los perros de Richard.

—¿Estás bien? —me preguntó—. Pareces un poco alucinada.

—No, no, estoy bien —dije.

—¿Seguro? —se me quedó mirando un momento—. Escucha, vale, te diste cuenta de que no se refería a Isabella Rossellini durante la reunión, ¿verdad? Él estaba pensando en Elena Rossini, vale.

Oh, gracias a Dios y a todos los ángeles del cielo. Elena Rossini es la niñera acusada de asesinar al hombre que la contrató después de que éste la sometiese a violaciones de manera repetida y la tuviese encerrada en casa durante dieciocho meses. Cogí un par de periódicos para informarme y corrí en busca de un taxi.

3 p.m. No puedo creer lo que acaba de ocurrir. Llevaba siglos esperando fuera de la Corte Suprema con el equipo de grabación y un grupo de reporteros que también esperaban a que finalizase el juicio. En realidad, estaba siendo muy divertido. Incluso empezaba a ver el lado positivo de que el señor Pantalones Perfectos Mark Darcy me hubiera dado un plantón. De repente me di cuenta de que se me habían acabado los cigarrillos. Así que le dije al oído del cámara, que era muy simpático, si creía que estaba bien que me fuese cinco minutos a la tienda y él me dijo que de acuerdo, porque siempre avisan antes de salir y vendrían a buscarme si eso ocurría.

Cuando oyeron que me iba a la tienda, muchos reporteros me encargaron cigarrillos y golosinas y costó un poco entenderlo todo. Ya en la tienda, estaba de pie frente al comerciante intentando mantener todos los cambios por separado cuando ese tío entró con mucha prisa y dijo:

—¿Me das un paquete de Quality Street? —como si yo no estuviese ahí. El pobre comerciante me miró como si no estuviese seguro de lo que tenía que hacer.

—Perdone, ¿significa algo para usted la palabra «cola»? —dije con voz engreída, dándome la vuelta para mirarle. Emití un sonido extraño. Era Mark Darcy vestido con su traje de abogado. Se me quedó mirando, como él sabe hacer.

—¿Dónde narices estabas anoche? —le dije.

—Te podría preguntar lo mismo —dijo fríamente.

En aquel momento entró corriendo el ayudante del cámara.

—¡Bridget! —gritó—. Hemos perdido la entrevista. Elena Rossini ha salido y se ha ido. ¿Has comprado mis Minstrels?

Muda, me agarré al mostrador de las golosinas para no caer redonda.

—¿Perdido? —dije en cuanto pude recuperar la respiración—. ¿Perdido? Oh, Dios. Ésta era mi última oportunidad después de lo de la barra de los bomberos y estaba comprando golosinas. Me van a echar. ¿Han conseguido los demás la entrevista?

—En realidad, nadie la ha podido entrevistar —dijo Mark Darcy.

—¿Nadie? —dije, mirándole desesperada—. Pero ¿tú cómo lo sabes?

—Porque yo la estaba defendiendo y le dije que no diese ninguna —dijo con toda tranquilidad—. Mira, está ahí fuera, en mi coche.

Miré hacia allí cuando Elena Rossini sacaba la cabeza por la ventanilla y gritaba con acento extranjero:

—Mark, perdona. ¿Puedes traerme Dairy Box en lugar de Quality Street, por favor? —justo entonces nuestra furgoneta se detuvo afuera.

—¡Derek! —gritó el cámara por la ventana—. Compra un Twix y un Lion, ¿vale?

—¿Y dónde estabas anoche? —preguntó Mark Darcy.

—Joder, esperándote —dije entre dientes.

—¿Ah, sí, a las ocho y cinco? ¿Cuando llamé al timbre de tu puerta doce veces?

—Sí, estaba... —dije, sintiendo las primeras punzadas de comprensión— secándome el pelo.

—¿Un secador muy potente? —dijo.

—Sí, 1.600 voltios, Peluquería Profesional —dije orgullosa—. ¿Por qué?

—Quizá deberías comprar un secador más silencioso o empezar tu *toilette* un poco antes. Bueno. Venga

—dijo riendo—. Haz que se prepare tu cámara, veré qué puedo hacer por ti.

Oh, Dios. Qué embarazoso. Soy una completa imbécil.

9 p.m. No puedo creer lo bien que ha acabado todo. Acabo de volver a ver el resumen de las noticias de *¡Buenas tardes!* por quinta vez consecutiva.

«Y una exclusiva de *¡Buenas tardes!* —dice— *¡Buenas tardes!*: el único programa de televisión que te presenta una entrevista exclusiva con Elena Rossini, justo minutos después del veredicto de inocencia de hoy. Nuestra corresponsal de noticias nacionales, Bridget Jones, les presenta esta exclusiva.»

Me *encanta* esta parte: «Nuestra corresponsal de noticias nacionales, Bridget Jones, les presenta esta exclusiva.»

Voy a volver a pasarlo una vez más y entonces lo voy a guardar definitivamente.

viernes 6 de octubre

57,15 kg (me reconforta comer), 6 copas (problema de bebida), 6 lotos instantáneas (me reconforta jugar), 21 llamadas al 1471 para ver si Mark Darcy ha llamado (pura curiosidad, evidentemente), número de veces que he visto el vídeo: 9 (mejor).

9 p.m. Umf. Ayer le dejé un mensaje a mamá explicándole todo lo de mi primicia así que cuando ha llamado esta noche he creído que era para felicitarme, pero no, sólo quería charlar sobre la fiesta. Ha sido, Una y Geoffrey esto, Brian y Mavis aquello, y lo maravilloso que era Mark y por qué no hablé con él, etc., etc. La tentación de decirle lo que ocurrió ha sido casi insoportable, pero he conseguido controlarme para prever las consecuencias: gritos y éxtasis al saber de la cita y sangriento asesinato de la hija al oír la situación actual.

Sigo esperando que él me llame y me pida otra cita después de la debacle del secador. Quizá debería escribirle una nota agradeciéndole la entrevista y disculpándome por el secador. No es porque me guste o algo así. Es una exigencia de la buena educación.

jueves 12 de octubre

57,6 kg (mal), 3 copas (saludable y normal), 13 cigarrillos, 17 unidades de grasa (me pregunto si es posible calcular el contenido de unidades de grasa en todo el cuerpo. Espero que no sea así), 3 lotos instantáneas (justo), 12 llamadas al 1471 para ver si ha llamado Mark Darcy (mejor).

Umf. Indignada por un condescendiente artículo en el periódico de una Petulante Casada periodista. Estaba titulado, con la ironía tan-sutil-al-estilo-de-insinuaciones-sexuales-a-lo-Frankie-Howerd: «La alegría de la vida de soltero.»

«Son jóvenes, ambiciosos y ricos, pero sus vidas esconden una dolorosa soledad... Cuando salen del trabajo, se abre ante ellos un enorme abismo emocional... Los individuos solitarios obsesivos buscan consuelo en el tipo de comida envasada que hubiesen podido hacer sus madres.»

Ja. Jodidamente nerviosa. Muchísimas gracias. ¿Cómo se cree la Petulante Casada-a-los-veintidós que lo sabe?

Voy a escribir un artículo basado en «decenas de conversaciones» con Petulantes Casadas: «Cuando salen del trabajo, siempre se echan a llorar porque, a pesar de estar agotadas, tienen que pelar patatas y poner la lavadora mientras sus maridos, que son como cerditos hinchados, se desploman frente al partido de fútbol y piden patatas fritas. Otras noches, ellas, vestidas con batitas muy poco elegantes, caen en enormes agujeros negros después de que sus maridos hayan vuelto a llamar para decir que hoy también trabajarán hasta tarde, con el sonido de fondo de prendas de cuero crujiendo y Solteronas Sexys riendo.»

Me he encontrado con Sharon, Jude y Tom después del trabajo. Tom también estaba trabajando en un feroz artículo imaginario sobre el enorme abismo emocional de los Petulantes Casados.

«Su influencia lo afecta todo, desde el tipo de casas que se construyen hasta el tipo de comida que hay en las estanterías de los supermercados», iba a decir el terrible artículo de Tom. «Por todas partes vemos tiendas de catering Anne Summers que abastecen a las amas de casa que patéticamente intentan hacer ver que disfrutan del excitante sexo de las Solteronas y encuentran comidas cada vez más exóticas en Marks and Spencer para parejas cansadas que intentan hacer ver que están en un romántico restaurante como los Solterones y que no tienen que lavar los platos.»

—¡Estoy hasta las mismísimas narices de estos escritos sobre la vida de los solteros! —gritó Sharon.

—¡Sí, sí! —dije yo.

—Os olvidáis del sexo sin compromiso —soltó Jude y eructó—. Siempre tendremos el sexo sin compromiso.

—De todos modos, no estamos solos. Tenemos

grandes familias en forma de redes de amigos conectados por teléfono —dijo Tom.

—¡Sí! ¡Hurra! Los solterones no tendrían que pasarse el tiempo dando explicaciones por lo que hacen, sino que deberían tener un estatus aceptado, como lo tienen las geishas —grité contenta, y le di un sorbetón a mi vaso de Chardonnay Chileno.

—¿Geishas? —dijo Sharon mirándome con frialdad.

—Cállate, Bridget —dijo Tom—. Estás borracha. Sólo estás intentando escapar de tu enorme abismo emocional a través de la bebida.

—Bueno, joder, también lo está haciendo Shazzer —dije enfurruñada.

—No lo estoy —dijo Sharon.

—Sí que lou ejstáss —dije.

—Mira. Ciállate —dijo Jude, eructando de nuevo—. ¿Otra boteilla de Chardonnay?

viernes 13 de octubre

58,5 kg (pero me he convertido temporalmente en un recipiente de vino), 0 copas (pero alimentándome del recipiente), 0 calorías (muy bien). En realidad quizá sea mejor que aquí también sea sincera. No realmente muy bien porque son 0 calorías después de haber vomitado 5.876 calorías justo después de comer.

Oh, Dios, estoy tan sola. Todo un fin de semana a punto de empezar sin alguien a quien amar ni con quien divertirme. De todas formas me da igual. Tengo un fantástico budín de jengibre de M&S para el microondas.

domingo 15 de octubre

57,15 kg (mejor), 5 copas (pero ocasión especial), 16 cigarrillos, 2.456 calorías, 245 minutos pensando en el señor Darcy.

8.35 a.m. Acabo de salir a por cigarrillos antes de cambiarme para el *Orgullo y prejuicio* de la BBC. Se hace difícil creer que haya tantos coches en las carreteras. ¿No deberían estar todos en casa preparándose? Me encanta que la nación sea tan adicta. La base de mi propia adicción, lo sé, es mi simple necesidad humana de que Darcy se ligue a Elizabeth. Tom dice que el gurú del fútbol Nick Hornby explica en su libro que la obsesión de los hombres por el fútbol no es indirecta. Los fans enloquecidos por la testosterona no desearían estar en el campo, dice Hornby, sino ver a su equipo como a sus representantes elegidos, como en el parlamento. Éste es exactamente mi sentimiento hacia Darcy y Elizabeth. Son mis representantes elegidos en el campo del follar o, más bien, del cortejo. Sin embargo, no quiero ver ningún gol. Odiaría ver a Darcy y a Elizabeth en la cama, fumando un cigarrillo al final. Eso sería antinatural y equivocado y pronto perdería el interés.

10.30 a.m. Jude acaba de llamar y nos hemos pasado treinta minutos gruñendo. «A la mierda ese señor Darcy.» Me encanta cómo habla, como si no le pudiesen molestar. *¡Ding-dong!* Entonces tuvimos una larga discusión en la que comparamos los méritos del señor Darcy y de Mark Darcy, ambas de acuerdo en que el señor Darcy era más atractivo porque era más grosero, pero que ser imaginativo era una desventaja que no puede pasarse por alto.

lunes 23 de octubre

58,05 kg, 0 copas (muy bien. He descubierto una bebida deliciosa que sustituye al alcohol llamada Smoothies —muy buena, afrutada), 0 cigarrillos (Smoothies me ha quitado la necesidad de los cigarrillos), 22 Smoothies, 4.256 calorías (4.135 de las cuales: Smoothies).

Ugh. Estoy a punto de ver *Panorama* sobre «La moda de las mujeres trabajadoras muy cualificadas: se quedan con los mejores trabajos» (le pido a Dios Todopoderoso y a todos sus serafines que esté a punto de convertirme en una de ellas): «¿Reside la solución en volver a diseñar el programa de la educación?» Cuando, hojeando el *Standard,* di con una fotografía de Darcy y Elizabeth, espantosos, vestidos como actores de moda, abrazados uno al otro en medio de un prado: ella con el pelo rubio de niña bien y un traje de lino, él con un suéter de cuello alto a rayas y una chaqueta de piel, con un bigote muy delgadito. Parece que ya se acuestan juntos. Eso es repugnante. Me siento desorientada y preocupada ya que el señor Darcy nunca haría nada tan vanidoso y frívolo como ser actor; pero el señor Darcy *es* un actor. Hummm. Todo es muy confuso.

martes 24 de octubre

58,5 kg (malditos Smoothies), 0 copas, 0 cigarrillos, 32 Smoothies.

Tengo una racha estupenda en el trabajo. Desde la entrevista a Elena no sé qué, parece que no pueda equivocarme.

—¡Venga! ¡Venga! ¡Rosemary West! —estaba diciendo Richard Finch, levantando sus puños como un boxeador, cuando llegué a la oficina (un pelín tarde, por cierto, algo que le puede pasar a cualquiera)—. Estoy pensando en lesbianas víctimas de violación, estoy pensando en Jeanette Winterson, estoy pensando en un doctor en *¡Buenas tardes!*, estoy pensando en lo que *hacen* las lesbianas. ¡Esto es! ¿Qué *es* lo que *hacen* las lesbianas en la cama? —de repente, me estaba mirando directamente a mí.

—¿Lo sabes *tú*? —todo el mundo me miró—. Venga, Bridget-joder-otra-vez-tarde —gritó impaciente—. ¿Qué es lo que hacen las lesbianas en la cama?

Respiré profundamente.

—En realidad creo que deberíamos hablar del romance fuera de la pantalla entre Darcy y Elizabeth.

Me miró de arriba abajo lentamente.

—Brillante —dijo—. Absoluta y jodidamente brillante. Vale. ¿Los actores que harán de Darcy y de Elizabeth? Venga, venga —dijo, simulando boxear contra los reunidos.

—Colin Firth y Jennifer Ehle —dije.

—Tú, querida —dijo mirando a uno de mis pechos—, eres un absoluto genio, joder.

Esperaba resultar ser un genio, pero nunca creí que eso me ocurriría a mí —o *a mi pecho izquierdo.*

Noviembre:
un delincuente en la familia

miércoles 1 de noviembre

56,87 kg (¡síííí!, ¡síííí!), 2 copas (muy bien), 4 cigarrillos (pero no pude fumar en casa de Tom para no quemar el vestido de Miss Mundo Alternativa), 1.848 calorías (bien), 12 Smoothies (progreso excelente).

Acabo de volver de casa de Tom, donde tuve una reunión de alto nivel para discutir la perspectiva de lo de Mark Darcy. Me encontré a Tom echando humo por las orejas por el próximo concurso de Miss Mundo Alternativa. Habiendo decidido hace años presentarse como «Miss Calentamiento Global», ahora estaba teniendo una crisis de confianza.

—No tengo ni la más mínima oportunidad —estaba diciendo mientras se miraba al espejo, y entonces se fue hacia la ventana.

Llevaba una esfera de poliestireno pintada con el mapa del mundo, pero con los casquetes polares fundiéndose y una gran quemadura en la zona de Brasil. En una mano llevaba un trozo de madera tropical y un aerosol Lynx, y en la otra un objeto peludo indeterminado que decía que era un ocelote muerto.

—¿Crees que debería llevar un melanoma? —me preguntó.

—¿Es un concurso de belleza o de vestidos bonitos?

—Pues la verdad, no lo sé, nadie lo sabe —dijo Tom, tirando al suelo su tocado: un árbol miniatura que tenía pensado incendiar durante el concurso—. Las dos cosas. Lo es todo. Belleza. Originalidad. Arte. Es ridículo lo poco claro que está todo.

—¿Tienes que ser marica para concursar? —dije, jugueteando con un poco de poliestireno.

—No. Todo el mundo puede concursar: mujeres, animales, todo. Ése es el problema —dijo, regresando frente al espejo—. A veces creo que un perro con confianza en sí mismo tendría más oportunidades de ganar.

Al final estuvimos de acuerdo en que, a pesar de que el tema del calentamiento global era *en sí* perfecto, la esfera de poliestireno quizá no era lo más favorecedor para llevar por la noche. En realidad, al final acabamos decantándonos por un vestido sin mangas, vaporoso, de seda salvaje, y de un color azul tipo Yves Klein, flotando encima de una nube de tonalidades humo y tierra para simbolizar la fusión de los casquetes polares.

Decidiendo que no iba a sacar ninguna opinión de Tom sobre Mark Darcy que valiera la pena en esas circunstancias, me fui antes de que fuese demasiado tarde, prometiendo pensar mucho en Ropa de Sport y de Baño.

Al llegar a casa, llamé a Jude, pero empezó a hablarme de una nueva idea oriental maravillosa que sale en el *Cosmopolitan* de este mes llamada Feng Shui, que te ayuda a obtener todo lo que quieres en la vida. Todo lo que tienes que hacer, al parecer, es vaciar todas las estanterías de tu piso para desbloquearte, dividir el piso en nueve secciones (lo que se llama trazar el ba-gua), cada una de las cuales representa una parte diferente de tu vida: el trabajo, la familia, las relaciones, riqueza o críos, por ejemplo. Lo que tienes en esa área de tu casa dictaminará cómo irá dicha área de tu vida. Por ejemplo, si te sigue pareciendo que no tienes dinero puede ser que se deba a la presencia de una papelera en la Sección Riqueza.

Estoy muy emocionada por esta nueva teoría, ya que podría explicar muchas cosas. He decidido comprar el *Cosmopolitan* en cuanto me sea posible. Jude dice que no se lo digamos a Sharon ya que, claro está, ella cree que el Feng Shui es una gilipollez. Al final conseguí llevar la conversación hasta Mark Darcy.

—*Claro* que no te gusta, Bridge, eso no se me ha pasado por la cabeza ni un segundo —dijo Jude. Dijo que la respuesta era obvia: yo tenía que montar una cena e invitarle.

—Es perfecto —dijo—. No es como pedirle una cita, ya que no hay ningún tipo de presión y tú puedes lucirte como una loca y hacer que todos tus amigos hagan ver que creen que eres maravillosa.

—Jude —dije, herida— ¿has dicho «hagan ver»?

viernes 3 de noviembre

58,05 kg (Umf), 2 copas, 8 cigarrillos, 13 Smoothies, 5.245 calorías.

11 a.m. Estoy muy contenta por lo de la cena. He comprado un fantástico libro de recetas de Marco Pierre White. Por fin comprendo la sencilla diferencia entre comida casera y comida de restaurante. Como dice Marco, todo tiene que ver con la *concentración* del sabor. El secreto de las salsas, claro está, aparte de la concentración del sabor, reside en el caldo. Hay que hervir grandes cacerolas de espinas de pescado, huesos de pollo, etc., y después congelar el resultado en forma de cubitos de hielo: caldo instantáneo. Entonces cocinar al mismo nivel que los restaurantes con más estrellas Michelin es tan fácil como hacer pastel de carne: más fácil, en realidad, ya que no es necesario pelar patatas, sólo confitarlas en grasa de oca. Es increíble que no me haya dado cuenta antes de ello.

Éste será el menú:

Velouté de Apio (muy sencillo y barato una vez hecho el caldo).

Atún a la parrilla en Velouté de Culis de Tomatitos con Confit de Ajo y Patatas Fondant.

Confit de Naranjas. Crema Inglesa al Grand Marnier.

Será maravilloso. Seré conocida como una cocinera brillante pero que parece hacerlo sin esfuerzo.

La gente acudirá entusiasmada en masa a mis cenas, y dirá: «Es realmente genial ir a cenar a casa de Bridget, la comida se merece una estrella Michelin y el ambiente es muy bohemio.» Mark Darcy quedará muy impresionado y se dará cuenta de que no soy ni vulgar ni incompetente.

domingo 5 de noviembre

57,15 kg (desastre), 32 cigarrillos, 6 copas (la tienda se ha quedado sin Smoothies, son unos bastardos negligentes), 2.266 calorías, 4 lotos instantáneas.

7 p.m. Umf. Es la noche de las hogueras y no me han invitado a ninguna. Los cohetes parece que se rían y explotan a derecha, izquierda y en todas direcciones. Voy a casa de Tom.

11 p.m. Noche horrible en casa de Tom, que estaba intentando superar el trauma del hecho de que el título de Miss Mundo Alternativa se lo había llevado la jodida Juana de Arco.

—Lo que me pone furioso es que dicen que no es un concurso de belleza, pero en realidad sí que lo es. Quiero decir que estoy seguro de que si no fuera por esta nariz... —dijo Tom, mirándose furioso al espejo.

—¿Qué?

—Mi nariz.

—¿Qué le pasa?

—¿Que qué le pasa? ¡Chuh! *Mírala.*

Resultó que tenía un pequeño, minúsculo bulto donde alguien le había golpeado con un vaso cuando tenía diecisiete años.

—¿Ves a lo que me refiero?

Mi opinión era, como le dije, que no se le podía echar la culpa al bulto de que Juana de Arco le hubiese arrebatado el título por narices (por decirlo de alguna manera), a no ser que los jueces utilizasen el telescopio Hubble, pero entonces Tom empezó a decir que también estaba demasiado gordo y que se iba a poner a régimen.

—¿Cuántas calorías se supone que tienes que comer si estás a régimen? —me preguntó.

—Unas mil. Bueno, yo intento no pasar de las mil y acabo en mil quinientas —dije, dándome cuenta mientras lo decía de que la última parte no era del todo cierta.

—¿Unas mil? —dijo Tom con incredulidad—. Pero si yo pensaba que ya se necesitaban dos mil sólo para sobrevivir.

Le miré desconcertada. Comprendí que me había pasado tantos años a dieta que la idea de que puedes necesitar calorías para sobrevivir se me escapaba por completo. He llegado al punto en que creo que la alimentación ideal es no comer nada de nada y que la única razón por la que la gente come es porque son tan glotones que no pueden evitar traicionar y pulverizar sus dietas.

—¿Cuántas calorías hay en un huevo pasado por agua? —dijo Tom.

—Setenta y cinco.

—¿Plátano?

—¿Grande o pequeño?

—Pequeño.

—¿Sin piel?

—Sí.

—Ochenta —dije con seguridad.

—¿Una aceituna?

—¿Negra o verde?

—Negra.

—Nueve.

—¿Un bombón helado?

—Ochenta y una.

—¿Una caja de Milk Tray?

—Diez mil ochocientas noventa y seis.

—¿Cómo sabes todo eso?

Lo pensé.

—Sólo lo sé, como quien sabe el alfabeto o las tablas de multiplicar.

—Vale. ¿Ocho por nueve? —dijo Tom.

—Sesenta y cuatro. No, cincuenta y cinco. Setenta y dos.

—¿Qué letra viene antes de la J? Rápido.

—P. Quiero decir, L.

Tom dice que estoy enferma, pero resulta que yo estoy segura de que soy normal y nada diferente del resto del mundo, es decir, de Sharon y Jude. Sinceramente, estoy bastante preocupada por Tom. Creo que participar en un concurso de belleza ha empezado a someterle a las presiones, las mismas que hemos tenido que soportar durante largo tiempo las mujeres, y se está volviendo inseguro, obsesionado por las apariencias y está al límite de la anorexia.

La noche ha culminado con Tom animándose a sí mismo tirando cohetes desde la terraza al jardín de la gente de abajo de los que dice que son homofóbicos.

jueves 9 de noviembre

56,65 kg (mejor sin Smoothies), 5 copas (mejor que tener el estómago lleno de concentrado de frutas), 12 cigarrillos, 1.456 calorías (excelente).

Estoy muy emocionada por lo de la cena. Fijada para el martes de la semana que viene. Ésta es la lista de invitados:

Jude	Richard el Malvado
Shazzer	
Tom	Jerome el Pretencioso (a no ser que sea muy afortunada y él y Tom corten antes del martes)

Magda	Jeremy
Yo	Mark Darcy

Mark Darcy parecía muy contento cuando le llamé.

—¿Qué vas a cocinar? —me preguntó—. ¿Eres buena cocinando?

—Oh, ya sabes... En realidad suelo usar el libro de Marco Pierre White. Es alucinante lo sencillo que puede ser si se busca la concentración del sabor.

Rió y entonces dijo:

—Bueno, no hagas nada demasiado complicado. Recuerda que todo el mundo viene a verte a *ti*, no a comer delicias en nidos de azúcar.

Daniel nunca habría dicho algo tan bonito. Tengo muchísimas ganas de que llegue la cena.

sábado 11 de noviembre

56,2 kg, 4 copas, 35 cigarrillos (crisis), 456 calorías (he perdido el apetito).

Tom ha desaparecido. Empecé a preocuparme por él esta mañana cuando me llamó Sharon y me dijo que no lo juraría por su madre, pero que le había parecido verle desde la ventanilla de un taxi el jueves por la noche paseando solo por Ladbroke Grove con la mano en la boca y, le parecía, un ojo morado. Para cuando consiguió que el taxi retrocediera Tom ya había desaparecido. Ayer le dejó dos mensajes preguntándole si estaba bien, pero no tuvo respuesta.

De repente me di cuenta, mientras ella hablaba, de que yo misma le había dejado un mensaje a Tom el miércoles preguntándole si iba a estar por aquí el fin de semana y él no me había contestado, lo que no es para nada su estilo. A continuación llamadas frenéticas. El teléfono de Tom sonaba y sonaba, así que llamé a Jude, que me dijo que tampoco sabía nada de él. Intenté con el Pretencioso Jerome de Tom: nada. Jude dijo que llamaría a Simon, que vive en la calle paralela a la de Tom, para que se acercase a su casa. Me llamó 20 minutos más tarde diciendo que Simon se había pasado horas llamando al timbre de Tom y golpeando su puerta sin respuesta. Entonces Sharon volvió a llamar. Había hablado con Rebecca, quien pensaba que Tom tenía que ir a comer a casa de Michael. Llamé a Michael y me dijo que Tom le había dejado un extraño mensaje con una voz rara y distorsionada, diciendo que no iba a poder ir y no había dado ninguna razón.

3 p.m. Estoy empezando a sentir verdadero pánico, disfrutando al mismo tiempo de ser el centro del drama. Soy casi la mejor amiga de Tom, por lo cual todo el mundo me llama, y yo adopto un aire tranquilo y al mismo tiempo preocupado. De repente se me ocurre que quizá haya conocido a alguien nuevo y esté disfrutando de unos polvos durante unos días en algún refugio como si fuese una luna de miel. Quizá no era él a quien Sharon vio, o el ojo morado sólo es producto de una gimnasia sexual joven, viva y entusiasta o quizá era un detalle de maquillaje irónico posmoderno en homenaje al Rocky Horror Show. Tengo que hacer más llamadas para verificar la nueva teoría.

3.30 p.m. La opinión general descarta la nueva teoría, ya que la mayoría está de acuerdo en que es imposible que Tom conozca a un hombre nuevo e inicie una aventura sin llamar a todo el mundo para fardar. No puedo discutirlo. Me pasan por la cabeza ideas locas. Es indiscutible que últimamente Tom estaba extraño. Empiezo a preguntarme si soy realmente una buena amiga. Somos todos tan egoístas y estamos tan ocupados en Londres. ¿Sería posible que uno de mis amigos fuese tan infeliz como para...? Ooh, *ahí es* donde puse el *Marie Claire* de este mes: ¡encima de la nevera!

Hojeando el *Marie Claire* empecé a fantasear con el funeral de Tom y cómo me vestiría. Aaargh, de repente acabo de recordar a aquel parlamentario muerto, que encontraron en un contenedor de basura con tubos alrededor del cuello y un bombón de chocolate a la naranja en la boca, o algo así. Me pregunto si Tom ha estado involucrado en prácticas sexuales extrañas sin contárnoslo...

5 p.m. Acabo de volver a llamar a Jude.

—¿Crees que tendríamos que llamar a la policía y hacer que entrasen en su casa? —le pregunté.

—Ya les he llamado.

—¿Qué han dicho? —no pude evitar sentirme fastidiada porque Jude hubiese llamado a la policía sin mi visto bueno.

Yo soy la mejor amiga de Tom, no Jude.

—No parecieron muy impresionados. Dijeron que les volviésemos a llamar si el lunes seguíamos sin saber nada. Tienen parte de razón. Parece un poco alarmista denunciar que un soltero de veintinueve años no está en casa el sábado por la mañana y no se ha presentado a una comida a la que de todas formas no habría ido.

—Sin embargo, algo va mal, lo sé —dije con una voz

misteriosa y profunda, dándome cuenta por primera vez de lo muy instintiva e intuitiva que soy.

—Sé a lo que te refieres —dijo Jude con solemnidad—. Yo también puedo sentirlo. Seguro que algo va mal.

7 p.m. Extraordinario. Después de hablar con Jude no pude ir de compras o hacer otras cosas similares. Pensé que éste era el mejor momento para el Feng Shui, así que salí a comprar el *Cosmopolitan.* Con cuidado, utilizando el dibujo del *Cosmo,* hice el mapa bagua del piso. De repente lo comprendí todo con horror. Había una papelera en mi Sección de Amigos Amables. No es de extrañar que Tom haya desaparecido.

Llamé rápidamente a Jude para explicárselo. Jude me dijo que moviese la papelera.

—¿Y adónde? —le pregunté—. No voy a colocarla en mis secciones de las Relaciones Sentimentales o en la de la Descendencia.

Jude ha dicho que esperase un momento, que tenía que echarle un vistazo al *Cosmo.*

—¿Y en la de la Riqueza? —dijo al volver.

—Mmmm, no lo sé, con la llegada de la Navidad y todo eso —dije, y me sentí muy malvada al decirlo.

—Bueno, si es así como miras las cosas. Quiero decir que de todas formas es probable que tengas que comprar un regalo menos... —dijo Jude en tono acusador.

Al final decidí colocar mi papelera en la Sección del Conocimiento y salí a la floristería a comprar algunas plantas con *hojas redondas* para poner en las secciones de la Familia y de los Amigos Amables (las plantas con pinchos, especialmente los cactus, son contraproducentes). Estaba sacando una maceta del armario de debajo del fregadero cuando oí un ruido metálico. De repente me di un fuerte golpe en la frente. Era el duplicado de las llaves de Tom que me dejó cuando se fue a Ibiza.

Por un instante pensé en ir allí *sin Jude.* Quiero decir que ella llamó a la policía sin decírmelo, ¿verdad? Pero me pareció demasiado malvado, así que la llamé y decidimos que avisaríamos a Shazzer para que viniese con nosotras ya que ella era quien había dado la alarma.

Sin embargo, cuando enfilamos la calle de Tom, salí de mi fantasía sobre lo digna, trágica y expresiva que sería cuando me entrevistasen los periódicos, junto a la paranoia paralela del temor a que la policía decidiese que era yo quien había matado a Tom. De repente dejó de ser un juego. Quizá había ocurrido algo terrible y trágico.

Ni hablamos ni nos miramos al subir las escaleras.

—¿Deberías llamar primero? —susurró Sharon cuando acerqué la llave a la cerradura.

—Yo lo haré —dijo Jude. Nos miró rápidamente y entonces apretó el timbre.

Nos quedamos en silencio. Nada. Volvió a apretarlo. Estaba a punto de introducir la llave en la cerradura cuando una voz en el interfono dijo «¿Hola?».

—¿Quién es? —dije temblando.

—Y a ti qué te parece, vaca tonta.

—¡Tom! —grité alegremente—. Déjanos entrar.

—¿Quiénes son nos? —dijo receloso.

—Yo, Jude y Shazzer.

—Cariño, la verdad es que, para ser sincero, preferiría que no subieseis.

—Oh, y una mierda —dijo Sharon, empujándome—. Tom, eres una jodida maricona idiota, sólo has hecho que medio Londres estuviese en pie de guerra, llamando a la policía, rastreando la metrópolis en tu busca porque nadie sabía dónde estabas. Maldita sea, déjanos entrar.

—Sólo quiero que suba Bridget —dijo Tom con petulancia.

Miré beatíficamente a las otras.

—No seas tan jodidamente prima donna —dijo Shazzer.

Silencio.

—Venga, tontaina. Déjanos entrar.

Hubo una pausa y entonces el interfono hizo «Bzzz».

—¿Estáis preparadas para esto? —oímos que decía al abrir la puerta mientras nosotras llegábamos al ático.

Las tres gritamos. Tom tenía la cara deformada, espantosa, amarilla y negra, y enyesada.

—Tom, ¿qué te ha pasado? —grité, intentando abrazarle con torpeza para acabar besándole en la oreja.

Jude se echó a llorar y Shazzer le dio una patada a la pared.

—No te preocupes, Tom —gruñó—. Encontraremos a los bastardos que te han hecho esto.

—¿Qué ha pasado? —volví a decir, con las lágrimas resbalándome por las mejillas.

—Em, bueno... —dijo Tom, desembarazándose de mi abrazo con torpeza— en realidad, yo, em, me he operado la nariz.

Resultó que Tom se había operado en secreto el miércoles, pero estaba demasiado avergonzado para decírnoslo, porque todas le habíamos dado tan poca importancia a su minúsculo bulto de la nariz. Se suponía que tenía que haber sido cuidado por Jerome, a quien en lo sucesivo se le conocerá como Jerome el Asqueroso (iba a ser Jerome el Cruel, pero todos estuvimos de acuerdo en que sonaba demasiado interesante). No obstante, cuando Jerome el Asqueroso le vio después de la operación, sintió tal repulsión que dijo que se iba fuera unos días, se largó y ni se le ha visto ni se ha sabido de él desde entonces. El pobre Tom estaba tan deprimido y traumatizado y tan extraño a causa de la anestesia que simplemente desenchufó el teléfono, se escondió bajo las mantas y durmió.

—¿Eras tú entonces a quien vi el jueves por la noche en Ladbroke Grove? —dijo Shazzer.

Sí que lo era. Al parecer, Tom había esperado a que fuera noche cerrada para salir a buscar comida protegido por la oscuridad. A pesar de nuestra alegría porque seguía estando vivo, Tom seguía muy afectado por la actitud de Jerome.

—Nadie me quiere —dijo.

Le dije que llamase a mi contestador, que contenía veintidós mensajes de desesperación de sus amigos, todos ellos angustiados porque llevaba veinticuatro horas desaparecido, lo que echaba por tierra todos nuestros temores de morir solos y ser devorados por un pastor alemán.

—O no ser encontrados durante tres meses... y *despedazados* por toda la alfombra —dijo Tom.

Además, le dijimos, ¿cómo podía un irritable imbécil, con un nombre tan estúpido, hacerle creer que nadie le quería?

Dos Bloody Marys más tarde, Tom se estaba riendo del uso obsesivo que hacía Jerome del término «autoconsciencia», y de sus calzoncillos Calvin Klein ajustados a media pierna. Mientras tanto Simon, Michael, Rebecca, Magda, Jeremy y un chico que decía llamarse Elsie habían llamado para saber cómo estaba.

—Ya sé que todos somos un poco psicóticos, solteros y absolutamente disfuncionales y que todo lo hacemos por teléfono —dijo Tom borracho—, pero somos un poco como una familia, ¿verdad?

Yo *sabía* que el Feng Shui funcionaría. Ahora que la tarea ha sido completada voy a trasladar rápidamente la planta de hojas redondas a mi Sección de las Relaciones Sentimentales. Ojalá hubiese también una Sección de Cocina. Sólo faltan nueve días.

lunes 20 de noviembre

56,2 kg (muy bien), 0 cigarrillos (muy mal fumar cuando se están llevando a cabo milagros culinarios), 3 copas, 200 calorías (el esfuerzo de ir al supermercado debe haber quemado más calorías que las adquiridas, y ya no digamos de las comidas).

7 p.m. Acabo de llegar de una espantosa experiencia de culpabilidad, típica de Solterona de clase media en el supermercado, cuando hacía cola de pie en la caja, al lado de adultos funcionales con hijos, que compraban judías, palitos de pescado, sopa de letras, etc., cuando yo tenía lo siguiente en mi carrito:

20 cabezas de ajo
1 tarro de paté de oca
1 botella de Grand Marnier
8 filetes de atún

36 naranjas
2 litros de crema de leche
4 barritas de vainilla a 1,39 libras cada una

Tengo que empezar los preparativos esta noche, ya que mañana trabajo.

8 p.m. Ugh, no tengo ganas de cocinar. Especialmente de tener que vérmelas con la grotesca bolsa de huesos de pollo: absolutamente repugnante.

10 p.m. Ahora tengo los huesos de pollo en la olla. El problema es que Marco dice que se supone que tengo que atar el puerro y el apio juntos con una cuerda para favorecer el aroma y la única cuerda que tengo es azul. Oh, bueno, espero que sirva igualmente.

11 p.m. Dios mío, me ha costado muchísimo preparar el caldo, pero habrá valido la pena ya que saldrán más de 9 litros, en forma de cubitos y sólo me habrá costado 1,70 libras. Mmm, el confit de naranja también será delicioso. Ahora todo lo que tengo que hacer es cortar finitas treinta y seis naranjas y rayar las pieles. No creo que me lleve demasiado tiempo.

1 a.m. Demasiado cansada para seguir despierta, pero el caldo tiene que hervir dos horas más y las naranjas necesitan otra hora de horno. Ya lo sé. Dejaré el caldo a fuego muy muy lento durante la noche y las naranjas también a la temperatura mínima del horno, y así se quedarán blanditas como una compota.

martes 21 de noviembre

55,75 kg (los nervios se comen la grasa), 9 copas (muy mal hecho), 37 cigarrillos (muy muy mal), 3.479 calorías (y todas repugnantes).

9.30 a.m. Acabo de destapar la olla. Los esperados 9 litros de caldo explosivamente sabroso se han convertido en huesos de pollo chamuscados cubiertos de gelatina. Sin embargo, el confit de naranja tiene un aspecto estupendo, como en la fotografía pero un poco más oscuro. Tengo que ir a trabajar. Acabaré hacia las cuatro y entonces pensaré en algo para el fracaso de la sopa.

5 p.m. Oh, Dios mío. Todo el día se ha convertido en una pesadilla. Richard Finch me sacó de quicio en la reunión de la mañana delante de todo el mundo.

—Bridget, por Dios, deja ese libro de recetas. Fuegos Artificiales Queman a Niños. Estoy pensando en mutilaciones, estoy pensando en felices fiestas familiares que se convierten en pesadillas. Estoy pensando en veinte años más tarde. ¿Qué hay de aquel niño, en los años sesenta, al que se le quemó el pene por culpa de las bengalas que llevaba en sus bolsillos? ¿Dónde está ahora? Bridget, encuéntrame al Niño de los Fuegos Artificiales sin Pene. Encuéntrame al John Wayne Bobbit del día de Guy Fawkes de los sesenta.

Ugh. Estaba de mal humor llevando a cabo la llamada número cuarenta y ocho para saber si había un grupo de ayuda a las víctimas de pene-quemado cuando sonó mi teléfono.

—Hola, cariño, mamá al habla —sonaba inusualmente aguda e histérica.

—Hola, mamá.

—Hola, cariño, sólo llamaba para decir adiós antes de irme y que espero que todo vaya bien.

—¿Irte? ¿Dónde te vas?

—Oh. Ajajajaja. Te lo dije, Julio y yo vamos a Portugal durante un par de semanas, sólo para ver a la familia y de paso tomar un poco el sol antes de Navidad.

—No me dijiste.

—Oh, no seas tontaina, cariño. Claro que te lo dije. Tienes que aprender a escuchar. Bueno, cuídate, ¿vale?

—Sí.

—Ah, cariño, una cosa más.

—¿Qué?

—Por alguna razón he estado tan ocupada que he olvidado pedir al banco mis cheques de viaje.

—Oh, no te preocupes, puedes cogerlos en el aeropuerto.

—Pero la cuestión es, cariño, que ahora estoy camino del aeropuerto y me he olvidado la tarjeta de crédito.

Pestañeé.

—Menudo incordio. Me estaba preguntando... ¿Podrías dejarme algo de efectivo? No mucho, sólo unos cientos de libras o así para poder obtener algunos cheques de viaje.

La forma en que lo dijo me recordó a los borrachines que piden dinero para una taza de té.

—Estoy en pleno trabajo, mamá. ¿No te puede prestar algo Julio?

Se hizo la ofendida.

—No puedo creer que estés siendo tan tacaña, cariño. Después de todo lo que he hecho por ti. Yo te di el regalo de la *vida* y tú ni tan siquiera puedes prestarle a tu madre unas libras para comprar cheques de viaje.

—Pero ¿cómo voy a hacértelas llegar? Tendría que salir al cajero y dárselo a un mensajero. Entonces lo robarían y sería ridículo. ¿Dónde estás?

—Oooh. Bueno, en realidad, como por cosas del azar, estoy tan cerca que si vas hasta el NatWest que tienes enfrente nos encontramos allí dentro de cinco minutos —farfulló—. Genial, cariño. ¡Adióos!

—Bridget, ¿adónde *coño* vas? —gritó Richard cuando intenté escabullirme—. ¿Ya has encontrado al Chico Petardo Bobbit?

—Tengo una buena pista —dije tocándome la nariz y salí a toda mecha.

Estaba esperando a que saliese mi dinero, recién hecho y calentito, del cajero y preguntándome cómo iba a arreglárselas mi madre durante dos semanas en Portugal con doscientas libras, cuando la vi corriendo hacia mí, con gafas de sol, a pesar de que estaba lloviendo a cántaros, y mirando de un lado a otro furtivamente.

—Oh, ahí estás, cariño. Eres un encanto. Muchas gracias. Debo irme, voy a perder el avión. ¡Adióos! —dijo, cogiéndome los billetes de la mano.

—¿Qué está pasando? ¿Qué estás haciendo por aquí cuando no es el camino al aeropuerto? ¿Cómo te las vas a arreglar sin tu tarjeta de crédito? ¿Por qué no te puede prestar dinero Julio? ¿Por qué? ¿Qué tienes entre manos? ¿Qué?

Durante un instante pareció asustada, como a punto de llorar, y entonces, los ojos mirando al infinito, adoptó su mirada de princesa Diana herida.

—Estaré bien, cariño —esbozó su sonrisa especial de «qué valiente soy»—. Cuídate —dijo con voz titubeante, me abrazó y un segundo más tarde se había ido, esquivando el tráfico detenido y atravesando la calle de puntillas.

7 p.m. Acabo de llegar a casa. Vale. Calma, calma. Elegancia interior. La sopa estará genial. Tan sólo cocinaré puré de verduras como está escrito y entonces —para dar concentración de sabor— colaré la gelatina azul de los huesos de pollo y los incorporaré a la sopa con crema de leche.

8.30 p.m. Todo va de maravilla. Todos los invitados están en el salón. Mark Darcy está muy simpático y ha traído champán y una caja de bombones belgas. Todavía no he hecho el plato principal, sólo las patatas fondant, pero seguro que va a ser muy rápido. De todas formas, la sopa va primero.

8.35 p.m. Oh, Dios mío. Acabo de destapar la olla para sacar los huesos. La sopa está azul.

9 p.m. Adoro a los amigos simpáticos. Han reaccionado con mucha deportividad con lo de la sopa azul. Mark Darcy y Tom incluso han argumentado largamente que debería haber menos prejuicios sobre los colores en el mundo de la comida. ¿Por qué poner objeciones al concepto de sopa azul? ¿Sólo porque cuesta pensar en una verdura azul? Los palitos de pescado, después de todo, no son de color naranja natural. (La verdad es que, después de todo el esfuerzo, la sopa sólo sabía a crema de leche hervida, como dijo Richard el Malvado. Momento en el cual Mark Darcy le preguntó cómo se ganaba la vida, lo que resultó muy divertido porque Richard el Malvado fue despedido la semana pasada por hacer chanchullos con sus gastos.) No importa, de todos modos. El plato principal será muy sabroso. Vale, empezaré el velouté de tomatitos.

9.15 p.m. Por Dios. Creo que algo tenía que haber en la batidora, por ejemplo jabón líquido de lavaplatos, ya que el puré de tomatitos parece estar haciendo espuma y tiene tres veces el volumen original También las patatas fondant tendrían que haberse cocido en diez minutos y están duras como rocas. Quizá debería ponerlas en el microondas. Aargh aargh. Acabo de mirar en la nevera y el atún no está. ¿Qué ha sido del atún? ¿Qué? ¿Qué?

930 p.m. Gracias a Dios, Jude y Mark Darcy entraron en la cocina y me ayudaron a hacer una tortilla grande y aplastaron las patatas fondant medio hechas y las frieron como si fuesen croquetas, y pusieron el libro de recetas en la mesa para que todos pudiésemos ver las fotos de lo que habría sido el atún a la parrilla. Tiene un aspecto fantástico. Tom dijo que no me molestase en preparar la Crema Inglesa al Grand Marnier y que nos bebiésemos el Grand Marnier directamente.

10 p.m. Muy triste. Los miré expectante a todos cuando tomaron la primera cucharada de confit. Hubo un silencio embarazoso.

—¿Qué es esto, cariño? —acabó diciendo Tom—. ¿Es mermelada?

Horrorizada, lo probé yo misma. Era, como había dicho él, mermelada. Me di cuenta de que después de todo el esfuerzo y los gastos les había servido a mis invitados:

Sopa azul
Tortilla
Mermelada

Soy un fracaso total. ¿Cocina de guía Michelin? Comida chapucera, más bien.

No creí que las cosas pudiesen empeorar después de la mermelada. Pero cuando acabó la horrible cena sonó el teléfono. Por suerte lo cogí en el dormitorio. Era papá.

—¿Estás sola? —me preguntó.

—No. Todo el mundo ha venido. Jude y el resto. ¿Por qué?

—Quería... que estuvieses con alguien cuando... lo siento, Bridget. Me temo que tengo malas noticias.

—¿Qué? ¿Qué?

—La policía busca a Julio y a tu madre.

2 a.m. Northamptonshire, en una cama individual en la habitación de los invitados de los Alconbury. Ugh. Tuve que sentarme y recuperar el aliento, mientras papá decía «¿Bridget? ¿Bridget? ¿Bridget?» una y otra vez como si fuese un loro.

—¿Qué ha pasado? —conseguí soltar al fin.

—Mucho me temo que —posiblemente y, espero, sin que tu madre lo sepa— han estafado una gran suma de dinero a un buen número de personas, incluidos yo mismo y algunos de nuestros amigos más íntimos. Por el momento no sabemos la magnitud de la estafa pero mucho me temo, por lo que dice la policía, que es posible que tu madre vaya a la cárcel por un período de tiempo considerable.

—Oh, Dios mío. Así que es por eso que se ha ido a Portugal con mis doscientas libras.

—Es posible que en estos momentos ya esté mucho más lejos.

Vi el futuro delante de mí como una terrible pesadilla: Richard Finch apodándome como la hija de presentadora presidiaria de *De repente soltera* y obligándome a hacer una entrevista en directo desde la sala de visitas de la cárcel de Holloway, antes de ser De repente despedida en directo.

—¿Qué han hecho?

—Al parecer, Julio, utilizando a tu madre como —por decirlo así— «hombre de paja», les ha sacado a Una y a Geoffrey, a Nigel y a Elizabeth y a Malcolm y a Elaine —(Oh, Dios mío, los padres de Mark Darcy)— considerables sumas de dinero, muchos, muchos miles de libras, como paga y señal de apartamentos en multipropiedad.

—¿Tú no lo sabías?

—No. Al parecer, al no ser capaces de superar los leves vestigios de vergüenza que les quedaban por hacer negocios con el grasoso y perfumado que le había puesto cuernos a uno de sus más antiguos amigos, se olvidaron de comentarme todo el negocio.

—¿Y qué pasó?

—Los apartamentos en multipropiedad nunca existieron. No queda ni un penique de los ahorros míos y de tu madre, ni de los fondos de pensiones. Yo también fui lo bastante tonto como para dejar la casa a su nombre y ella la ha vuelto a hipotecar. Estamos arruinados, somos indigentes y sin techo, Bridget, y tu madre será tachada de delincuente común.

Tras lo cual se vino abajo. Una se puso al teléfono y dijo que le iba a dar a papá Ovaltine. Le dije que en dos horas estaría allí, pero ella me aconsejó que no condujese hasta que se me hubiese pasado el shock, que no había nada que hacer y que lo dejase para mañana por la mañana.

Al colgar, me desplomé contra la pared maldiciéndome por haber dejado los cigarrillos en la sala de estar. Aunque inmediatamente apareció Jude con una copa de Grand Marnier.

—¿Qué pasa? —me preguntó.

Le expliqué toda la historia y me bebí de un trago la copa de Grand Marnier. Jude no dijo una palabra, pero al instante fue a buscar a Mark Darcy.

—Me siento culpable —dijo pasándose las manos por el pelo—. Tendría que haber sido más claro en la fiesta de Fulanas y Vicarios. Sabía que Julio no era trigo limpio.

—¿A qué te refieres?

—Le oí hablar con su teléfono móvil junto al rincón de las plantas perennes. Él no sabía que estaba siendo escuchado. Si hubiese sabido que mis padres estaban involucrados, yo... —movió la cabeza—. Ahora que pienso en ello, me acuerdo de que mi madre mencionó algo, pero me puse tan nervioso con la mención de la palabra «multipropiedad» que debí de asustarla y hacer que se callase. ¿Dónde está tu madre ahora?

—No lo sé. ¿Portugal? ¿Río de Janeiro? ¿En la peluquería?

Empezó a caminar de un lado a otro por la habitación formulando preguntas como un abogado de primera.

«¿Qué se está haciendo para encontrarla?» «¿Cuáles son las sumas que se manejan?» «¿Cómo ha salido a la luz el asunto?» «¿Cuál es la participación de la policía?» «¿Quién lo sabe?» «¿Dónde está tu padre ahora?» «¿Te gustaría ir con él?» «¿Me dejas que te lleve?» Fue de lo más sexy, os lo aseguro.

Jude apareció con café. Mark decidió que lo mejor sería que su chófer nos llevase a mí y a él a Grafton Underwood y, por un breve instante, experimenté la sensación totalmente nueva de estarle agradecida a mi madre.

Todo fue muy dramático al llegar a casa de Una y Geoffrey, con Enderbys y Alconburys por todas partes, todo el mundo llorando y Mark Darcy de un lado al otro de la habitación haciendo llamadas de teléfono. Me sentí culpable, ya que una parte de mí —a pesar del terror— estaba disfrutando muchísimo con el hecho de que el trabajo normal se viese suspendido. Todo era distinto a lo acostumbrado y todo el mundo tenía permiso para tragarse vasos llenos de jerez y sándwiches de paté de salmón como cuando es Navidad. Fue justo la misma sensación que cuando la abuelita se volvió esquizofrénica y se sacó toda la ropa, corrió por el huerto de Penny Husbands-Bosworth y tuvo que ser reducida por la policía.

miércoles 22 de noviembre

55,3 kg (¡hurra!), 3 copas, 27 cigarrillos (absolutamente comprensible cuando mamá es una delincuente común), 5.671 calorías (oh, Dios, parece que he recuperado el apetito), 7 lotos instantáneas (acto nada egoísta para intentar ganar el dinero que todos han perdido, aunque he llegado a la conclusión de que quizá no se lo daría todo), ganancias totales: 10 libras, beneficio total: 3 libras (por algo hay que empezar).

10 a.m. De vuelta al piso, completamente agotada ya que no he dormido. Encima tengo que ir al trabajo y que me echen la bronca por llegar tarde. Papá parecía estar recuperándose un poco cuando me fui: alternando momentos de loca alegría, porque Julio había demostrado ser un sinvergüenza y quizá mamá regresase y empezase una nueva vida con él, y de profunda depresión, porque la nueva vida en cuestión sería una inacabable repetición de visitas a la prisión utilizando forzosamente el transporte público.

Mark Darcy regresó a Londres a altas horas de la madrugada. Le dejé un mensaje en el contestador dándole las gracias por su ayuda y todo eso, pero no me ha contestado. No puedo culparle. Apuesto a que ni Natasha ni ninguna mujer así le daría sopa azul ni resultaría ser la hija de una delincuente.

Una y Geoffrey me dijeron que no me preocupase por papá, porque Brian y Mavis iban a quedarse para ayudar a cuidar de él. Me he encontrado preguntándome por qué siempre es «Una y Geoffrey» y no «Geoffrey y Una», pero en cambio decimos «Malcolm y Elaine» y «Brian y Mavis». Y también decimos, «Nigel y Audrey» Coles. De la misma forma que uno nunca diría «Geoffrey y Una» tampoco diría «Elaine y Malcolm». ¿Por qué? Me encontré, a pesar de mí misma, probando mi nombre al imaginar a Sharon o a Jude dentro de unos años aburriendo a sus hijas con «Ya conoces a Bridget y *Mark,* cariño, viven en aquella casa tan grande de Holland Park y van siempre de vacaciones al Caribe». Eso es. Será Bridget y Mark. Bridget y Mark Darcy. Los Darcy. No Mark y Bridget Darcy. Que Dios nos libre. Quedaría horrible. De repente me siento fatal por pensar en Mark Darcy en esos términos, como Maria con el Capitán Von Trapp en *Sonrisas y lágrimas*, y que tengo que correr a ver a la Madre Superiora, que me cantará *Climb Every Mountain.*

viernes 24 de noviembre

56,65 kg, 4 copas (pero en presencia de la policía, así que está bien), 0 cigarrillos, 1.760 calorías, 11 llamadas al 1471 para ver si Mark Darcy ha llamado.

10.30 p.m. Todo está yendo de mal en peor. Pensaba que no hay mal que por bien no venga y que quizá lo único positivo de tener una madre delincuente fuese que eso nos podía unir más a Mark Darcy y a mí, pero no he oído ni una palabra de él desde que se fue de casa de los Alconbury. Acabo de ser interrogada en mi piso por unos agentes de policía. He empezado a comportarme como la gente que es entrevistada en televisión, en su jardín, después de una catástrofe aérea, hablando con frases tópicas copiadas de los telenoticias, las películas de juicios o cosas por el estilo. Me encontré describiendo a mi madre como «caucasiana» y «de constitución media».

Sin embargo, los policías han sido tremendamente encantadores y tranquilizadores. De hecho, se quedaron hasta bastante tarde y uno de los detectives me dijo que volvería a pasar cuando estuviese por aquí y que me haría saber cómo estaban yendo las cosas. En realidad, fue realmente amable.

sábado 25 de noviembre

57,15 kg, 2 copas (jerez, ugh), 3 cigarrillos (fumados en la ventana de los Alconbury), 4.567 calorías (todas de natillas y sándwiches de pasta de salmón), 9 llamadas al 1471 para ver si Mark Darcy ha llamado (bien).

Gracias a Dios, papá ha recibido una llamada de mamá. Al parecer, le dijo que no nos preocupásemos, que estaba a salvo y que todo iba a salir bien, y colgó rápidamente. La policía estaba en casa de Una y Geoffrey pinchando el teléfono como en *Thelma y Louise* y dijeron que era seguro que estaba llamando desde Portugal, pero no consiguieron saber el sitio. Me gustaría tanto que llamase Mark Darcy. Obviamente, los desastres culinarios y el elemento delictivo en la familia le desanimaron muchísimo, pero fue demasiado educado para mostrarlo en aquel momento. Aquellos vínculos de la piscina infantil evidentemente no significan nada al lado del robo de los ahorros de los padres por la mamá indigna de la traviesa Bridget. Voy a ver a papá esta tarde, en plan trágica solterona desdeñada por todos los hombres en lugar del plan al que me había acostumbrado: acompañada por un abogado de primera, en un coche con chófer.

1 p.m. ¡Hurra! ¡Hurra! Cuando estaba a punto de irme recibí una llamada, pero no pude oír nada más que un pitido al otro lado. Entonces el teléfono volvió a sonar. Era Mark, desde Portugal. Ha hecho algo tan fantástico y tan genial... Al parecer, había estado hablando con la policía durante toda la semana cuando no hacía de abogado de primera y ayer cogió un avión hacia Albufeira. La policía de allí ha encontrado a mamá y Mark cree que se salvará porque es bastante obvio que no tenía ni idea del plan de Julio. Habían conseguido localizar una parte del dinero, pero todavía no han encontrado a Julio. Mamá vuelve esta noche, pero tendrá que ir directamente a la comisaría para el interrogatorio. Me dijo que no me preocupase, que seguramente todo iría bien, pero ya ha hecho todos los preparativos por si fuera necesario pedir una fianza. Entonces se cortó sin que ni siquiera pudiera darle las gracias. Estoy muerta de ganas de llamar a Tom para explicarle las fantásticas novedades, pero acabo de recordar que se supone que nadie tiene que saber lo de mamá y que, desafortunadamente, la última vez que le hablé a Tom de Mark Darcy creo que quizá le di a entender que era un repulsivo niño de mamá.

domingo 26 de noviembre

57,6 kg, 0 copas, ½ cigarrillo (ninguna posibilidad de alguno más), sólo Dios sabe las calorías, 188 minutos queriendo matar a mama (calculando por lo bajo).

Día de pesadilla. Primero esperábamos que mamá llegase anoche, después esta mañana, luego esta tarde y, cuando hemos estado a punto de salir hacia Gatwick un total de tres veces, resultó que llegaba esta noche a Luton, escoltada por la policía. Papá y yo nos estábamos preparando para reconfortar a una persona muy diferente de la que conocíamos, creyendo ingenuamente que mamá estaría escarmentada después de haber pasado por lo que había pasado.

—Suéltame, *tonto* —gritó una voz desde la terminal de llegadas—. Ahora estamos en suelo británico y seguro que se me reconoce y no quiero que nadie me vea *maltratada* por un policía. Ohh, ¿saben qué? Creo que me he dejado la pamela debajo del asiento del avión.

Los dos policías pusieron los ojos en blanco mientras mamá, vestida con un abrigo años sesenta a cuadros negros y blancos (supongo que cuidadosamente pensado para que combinase con los policías), un pañuelo de cabeza y gafas oscuras, salía disparada hacia el área de recogida de equipajes con los agentes de la ley arrastrando los pies, siguiéndola cansados. Cuarenta y cinco minutos más tarde volvieron a salir. Uno de los policías llevaba la pamela.

Casi llegaron a las manos cuando intentaron meterla en el coche de policía. Papá estaba sentado en el asiento delantero de su Sierra llorando y yo estaba intentando explicarle a mi madre que tenía que ir a la comisaría para ver si la iban a acusar de algo, pero ella siguió diciendo:

—Oh, no seas tonta, cariño. Ven aquí. ¿Qué tienes en la cara? ¿No tienes un pañuelo?

—Mamá —rezongué cuando se sacó un pañuelo del bolsillo y escupió en él—. Puede ser que te acusen de un delito —protesté cuando ella empezó a frotarme la cara—. Creo que deberías ir tranquilamente a la comisaría con estos policías.

—Ya veremos, cariño. Quizá mañana, cuando haya limpiado la cesta de las verduras. Dejé allí 1 kilo de patatas y seguro que han brotado. Al parecer nadie ha regado las plantas en todo el tiempo que he estado fuera y te apuesto lo que quieras a que Una ha dejado la calefacción encendida.

Sólo cuando papá se acercó y le dijo de manera cortante que la casa estaba a punto de cambiar de manos, la cesta de las verduras incluida, se calló y permitió que la metiesen en el asiento trasero del coche, al lado de un policía.

lunes 27 de noviembre

57,6 kg, 0 copas, 50 cigarrillos, (¡síííí!,¡síííí!), 12 llamadas al 1471 para ver si Mark Darcy ha llamado, 0 horas de sueño.

9 a.m. Me estoy fumando el último cigarrillo antes de ir a trabajar. Hecha polvo. Anoche nos hicieron esperar a papá y a mí en un banco de la comisaría durante dos horas. Al final oímos una voz que se acercaba por el pasillo:

—¡Sí, eso es, soy yo! ¡*De repente soltera*, cada mañana! Claro que sí. ¿Tiene un boli? ¿Aquí? ¿Para quién lo escribo? Oh, pillín. ¿Sabe que yo estaba muerta de ganas de probar uno de estos...?

—Oh, ahí estás, papá —dijo mamá, apareciendo por la esquina con un sombrero de policía—. ¿Está el coche fuera? Uff, ya sabes, me muero de ganas de llegar a casa y poner la tetera sobre el fuego. ¿Una se acordó de programarlo?

Papá parecía alterado, asustado y confundido y yo me sentía igual.

—¿Te has librado? —le pregunté.

—Oh, no seas tonta, cariño. ¡Librado! ¡No lo sé! —dijo mamá parpadeando mientras miraba al detective jefe y me empujaba hacia fuera.

Por la forma en que el detective se sonrojó y por lo nervioso que estaba no me habría sorprendido lo más mínimo que se hubiese librado a cambio de favores sexuales en la sala de interrogatorios.

—Y bien, ¿qué pasó? —dije, cuando papá hubo acabado de colocar todas las maletas, sombreros, un burrito de paja («¿No es genial?») y castañuelas en el maletero del Sierra y puesto en marcha el coche. Había decidido que esta vez no le iba a dejar que ignorara descaradamente lo evidente, a meterlo todo debajo de la alfombra y a empezar a tratarnos con condescendencia.

—Ahora ya está todo en orden, cariño, sólo ha sido un estúpido malentendido. ¿Ha estado alguien fumando en este coche?

—¿Qué pasó, madre? —dije peligrosamente—. ¿Qué hay del dinero de todo el mundo y de los apartamentos en multipropiedad? ¿Dónde están mis 200 libras?

—¡Bah! Sólo hubo algún problemilla con el permiso de obras. ¿Sabes?, las autoridades portuguesas pueden ser muy corruptas. Todo son sobornos y mordidas, como Winnie Mandela. Así que Julio ha devuelto todos los depósitos. En realidad, ¡tuvimos unas vacaciones geniales! El tiempo fue inestable, pero...

—¿Dónde está Julio? —pregunté recelosa.

—Ah, se ha quedado en Portugal para arreglar todo este lío del permiso de obras.

—¿Y qué hay de mi casa? —dijo papá—. ¿Y los ahorros ?

—No sé de qué estás hablando, papá. No pasa nada malo con la casa.

No obstante, desgraciadamente para mamá, cuando llegamos a The Gable habían cambiado todas las cerraduras y tuvimos que volver a casa de Una y de Geoffrey.

—Uff, ¿sabes?, Una, estoy tan cansada que creo que me voy derechita a la cama —dijo mamá tras echar un vistazo a los rostros rencorosos, al refrigerio pasado y a los trozos de remolacha mustia.

El teléfono sonó y era para papá.

—Era Mark Darcy —dijo papá cuando volvió. Casi se me sale el corazón por la boca al intentar controlarme—. Está en Albufeira. Parece ser que se está llevando a cabo un trato con... con el latinote roñoso... y han recuperado parte del dinero. Creo que quizá hayamos salvado The Gable...

Al oírlo todos nos pusimos a gritar entusiasmados y Geoffrey empezó con «Porque es un chico excelente». Yo esperaba a que Una me hiciese algún tipo de comentario, pero no. Típico. En el instante que decido que me gusta Mark Darcy, todo el mundo deja de intentar emparejarme con él.

—¿Tiene demasiada leche para ti, Colin? —dijo Una pasándole a papá una taza de té con motivos floreados de albaricoques.

—No sé... no entiendo por qué... no sé qué pensar —dijo papá preocupado.

—Mira, no hay nada de qué preocuparse —dijo Una, con un inusual aire de tranquilidad y control de la situación, lo que de repente me hizo verla como la madre que en realidad nunca he tenido—. Es porque he puesto demasiada leche. Quitaré un poquito y añadiré una gotita de agua caliente.

Cuando finalmente me fui de aquella caótica situación, conduje demasiado rápido de vuelta a Londres, fumando un cigarrillo tras otro como un acto de rebeldía sin sentido.

Diciembre:

¡oh, Dios!

lunes 4 de diciembre

58,05 kg (mmm, tengo que adelgazar antes del atracón de Navidad), número de copas: un modesto 3, número de cigarrillos: un angelical 7, 3.876 calorías (ay), 6 llamadas al 1471 para ver si Mark Darcy ha llamado (bien).

Acabo de ir al supermercado y me he encontrado pensando inexplicablemente en árboles de Navidad, chimeneas, villancicos, empanadas de carne, frutos secos, grasas y especias, etc. Entonces comprendí el porqué. Los conductos de ventilación de la entrada que normalmente expanden olor a pan recién hecho estaban expandiendo en su lugar el olor de aquellas empanadas recién hechas. No puedo creer el cinismo de tal comportamiento. Acabo de recordar mi poema favorito de Wendy Cope, que dice:

> En Navidad los niños cantan y se oye el tintineo de alegres campanillas
> Con el helado aire invernal, nos hormiguean las manos y las caras
> y familias felices van a la iglesia alegremente mezcladas
> y todo en general es espantoso si no estás acompañada.

Sigo sin saber nada de Mark Darcy.

martes 5 de diciembre

58,05 kg (vale, hoy voy a empezar el régimen en serio), 4 copas (principio de la época navideña), 10 cigarrillos, 3.245 calorías (mejor), 6 llamadas al 1471 (progreso constante).

Me he distraído repetidamente con los catálogos de «Ideas para regalar» que se caían del periódico. Me gusta especialmente el estuche de gafas en forma de escudo de metal bruñido y forrado de piel artificial: «demasiado a menudo se dejan las gafas encima de la mesa, invitando al accidente.» No podría estar más de acuerdo. La Linterna Llavero «Gato Negro», de líneas elegantes, tiene un sencillo mecanismo que «proyecta una potente luz roja en la cerradura de cualquier amante de los gatos». ¡Kits de Bonsáis! Hurra. «Practica el antiguo arte del Bonsái con este envase de brotes preplantados de seda de color Rosa Persa.» Bonito, muy bonito.

No puedo evitar estar triste porque han aplastado brutalmente los brotes de seda de color rosa que habían podido florecer entre Mark Darcy y yo si no llega a ser por Marco Pierre White y mi madre, pero intento tomármelo con filosofía. Quizá Mark Darcy es demasiado perfecto, limpio e intachable para mí, con su gran capacidad, inteligencia, el hecho de no fumar, de ser abstemio y viajar en coches con chófer. Quizá está escrito que yo tengo que estar con alguien más salvaje, terrenal y coqueto. Como Marco Pierre White, por ejemplo, o, utilizando un nombre al azar, Daniel. Mmmm. Bueno. Tengo que seguir con mi vida y no compadecerme de mí misma.

Acabo de llamar a Shazzer, que me ha dicho que no

está escrito que yo tenga que salir con Marco Pierre White y todavía menos con Daniel. La única cosa que necesita una mujer hoy en día es a sí misma. ¡Hurra!

2 a.m. ¿Por qué no me ha llamado Mark Darcy? ¿Por qué? ¿Por qué? A pesar de todos mis esfuerzos, voy a ser devorada por un pastor alemán, ¿Por qué yo, Señor?

viernes 8 de diciembre

59,4 kg (desastre), 4 copas (bien), 12 cigarrillos (excelente), 0 regalos de Navidad comprados (mal), 0 postales enviadas, 7 llamadas al 1471.

4 p.m. Umf. Jude acaba de llamar y justo antes de despedirnos me ha dicho:

—Nos vemos en casa de Rebecca el domingo.

—¿En casa de Rebecca? ¿El domingo? ¿Qué? ¿Qué?

—Oh, ¿no te ha,..? Sólo ha invitado a pocas... Creo que es algo así como una cena de pre-Navidad.

—De todas formas estoy ocupada el domingo —mentí.

Por fin, una oportunidad de llegar a esos rincones difíciles con el trapo. Yo *pensaba* que Jude y yo éramos igual de amigas de Rebecca, así que, ¿por qué debería ella invitar a Jude y a mí no?

9 p.m. He pasado por el 192 con Sharon a comprar una refrescante botella de vino y me ha dicho:

—¿Cómo te vas a vestir para la fiesta de Rebecca?

¿Fiesta? Así que es una *fiesta* fiesta.

Medianoche. Bueno. No tengo que disgustarme por eso. Es el tipo de cosa que ya no es importante en la vida. La gente tendría que poder invitar a quien quisiese a *sus* fiestas sin que los demás se disgustasen.

5.30 a.m. ¿Por qué no me ha invitado Rebecca a su fiesta? ¿Por qué? ¿Por qué? ¿Cuántas fiestas más hay a las que todo el mundo menos yo ha sido invitado? Seguro que ahora todos están en una fiesta, riendo y *bebiendo* champán caro. No le gusto a nadie. La Navidad va a ser un desierto de fiestas, aparte de tres fiestas acumuladas para el 20 de diciembre, fecha en la que tengo que pasarme toda la noche en una reunión a puerta cerrada.

sábado 9 de diciembre

Número de fiestas a las que tengo ganas de ir: 0.

7.45 a.m. Mamá me ha despertado.

—Hola, cariño. Te hago una llamada rapidita porque Una y Geoffrey estaban preguntando lo que te gustaría para Navidad y yo estaba pensando en una sauna facial.

¿Cómo puede ser que mi madre, después de caer totalmente en desgracia y de librarse por los pelos de una condena de varios años entre rejas, vuelva a comportarse exactamente igual que antes, coqueteando abiertamente con oficiales de la policía y torturándome?

—Por cierto, ¿vas a venir a... —por un segundo se me paró el corazón al pensar que iba a decir «Bufé de Pavo al Curry» y tocar el tema de Mark Darcy, pero no— la fiesta de Televisión Vibrante del martes? —prosiguió alegremente.

Me estremecí de humillación. Por Dios, yo *trabajo* para Televisión Vibrante.

—No he sido invitada —farfullé. No hay nada peor que tener que admitir ante tu madre que no eres muy popular.

—Oh, cariño, claro que has sido invitada. *Todo el mundo* va a ir.

—No lo he sido.

—Bueno, quizá no has trabajado durante el tiempo suficiente. De todas formas...

—Pero mamá —interrumpí— tú ni siquiera trabajas allí.

—Bueno, eso es diferente, cariño. Me tengo que ir. ¡Adióóóós!

9 a.m. He tropezado mentalmente con un oasis en el desierto de estas fiestas cuando llegó una invitación por correo, pero resultó ser una fiesta espejismo: la invitación a una venta de gafas de diseño.

11.30 a.m. Llamé a Tom en medio de mi paranoica desesperación para ver si quería salir esta noche.

—Lo siento —dijo alegremente—, voy a llevar a Jerome a la fiesta PACT en el Glub Groucho.

Oh, Dios, odio cuando Tom está contento, confiado y llevándose bien con Jerome, le prefiero mucho más cuando está triste, inseguro y neurótico. Como él nunca se cansa de decir: «Es tan genial cuando las cosas le van mal al resto de la gente.»

—De todos modos, nos vemos mañana —soltó— en casa de Rebecca.

Tom sólo ha visto a Rebecca dos veces, ambas en mi casa, y yo la conozco desde hace nueve años. He decidido ir de compras y dejar de obsesionarme.

2 p.m. Me encontré con Rebecca en Graham and Greene comprándose una bufanda de 169 libras. (¿Qué pasa con las bufandas? Hace cuatro días las encontrabas para regalos de compromiso por 9,99 libras; ahora tienen que ser de terciopelo de primera calidad y cuestan tanto como un televisor. El año que viene probablemente ocurrirá con los calcetines o las bragas y nos sentiremos marginados si no llevamos extravagantes bragas inglesas de terciopelo negro de 145 libras.)

—Hola —le dije emocionada, pensando que al final la pesadilla de la fiesta se acabaría y que ella también me diría: «Nos vemos el domingo.»

—Oh, hola —dijo con frialdad, sin mirarme a los ojos—. No puedo entretenerme. Tengo muchísima prisa.

Cuando se fue de la tienda estaban anunciando «castañas asadas al carbón» y me quedé mirando fijamente un colador de Phillipe Starck que costaba 185 libras, intentando contener las lágrimas. Odio la Navidad. Todo está pensado para las familias, el romance, el calor, la emoción y los regalos, y si no tienes ni novio, ni dinero, tu madre está saliendo con un delincuente portugués, y tus amigos ya no quieren ser tus amigos, te obliga a querer emigrar a un despiadado régimen musulmán, donde como mínimo *todas* las mujeres son tratadas como marginadas de la sociedad. De todas formas, me da igual. Voy a ponerme a leer un libro durante todo el fin de semana y a escuchar música clásica. Quizá leeré *El camino del hambre.*

8.30 p.m. *El flechazo* ha estado muy bien. Voy a ir a por otra botella de vino.

lunes 11 de diciembre

Regresé del trabajo para encontrarme un mensaje glacial en el contestador.

—Bridget. Soy Rebecca. Ya sé que ahora trabajas en televisión. Sé que tienes fiestas con mucho más glamour a las que asistir, pero pensaba que como mínimo tendrías la deferencia de contestar a la invitación de una amiga, aunque seas demasiado fantástica para dignarte asistir a su fiesta.

Frenética, llamé a Rebecca, pero no hubo respuesta ni contestador automático. Decidí acercarme a su casa y dejarle una nota y me tropecé en las escaleras con Dan, el australiano del piso de abajo al que besuqueé en abril.

—Hola. Feliz Navidad —dijo con mirada lasciva, demasiado cerca de mí—. ¿Has recogido tu correo? —le miré sin comprender—. Te lo he estado metiendo por debajo de la puerta para que no cojas frío por la mañana en camisón.

Corrí escaleras arriba, levanté el felpudo y ahí, acurrucadas como si de un milagro de Navidad se tratase, había un montoncito de postales, cartas e invitaciones todas dirigidas a mí. A mí. A mí. A mí.

jueves 14 de diciembre

58,5 kg, 2 copas (malo ya que ayer no bebí ni una copa, tengo que compensarlo mañana para evitar un ataque al corazón), 14 cigarrillos (¿mal? ¿O quizá bien? Sí: un ligero nivel de nicotina puede ser bueno para ti siempre y cuando no te atiborres de humo), 1.500 calorías (excelente), 4 lotos instantáneas (mal pero habría sido bueno si Richard Branson hubiese ganado la lotería a favor de una organización sin ánimo de lucro), 0 postales enviadas, 0 regalos comprados, 5 llamadas al 1471 (excelente).

¡Fiestas, fiestas, fiestas! Además Matt de la oficina acaba de llamar para preguntarme si voy a la comida de Navidad del martes. No *puedo* gustarle —podría ser su tía abuela—, pero entonces, ¿por qué me ha llamado por la noche? ¿Y por qué me ha preguntado lo que llevaba puesto? Será mejor que no me emocione demasiado y que no deje que el Casbah de la fiesta y la llamada del chico-que-me-deslumbra se me suban a la cabeza. Debo recordar el viejo dicho «a perro flaco todo son pulgas» y no volver a caer en la trampa. También debo recordar lo que pasó la última vez que besuqueé a un mocoso: la terrible humillación de aquel «Mmm, estás blandita» con Gav. Hummm. La tentadora comida de Navidad extrañamente seguida de bailes en la discoteca por la tarde (la idea que tiene un editor de pasar un buen rato) implica complejidad a la hora de escoger la ropa. Creo que será mejor que llame a Jude.

martes 19 de diciembre

60,3 kg (pero todavía me queda casi una semana para perder 3 kilos antes de Navidad), 9 copas (regular), 30 cigarrillos, 4.240 calorías, 1 loto instantánea (excelente), 0 postales enviadas, 11 postales recibidas, pero 2 del re-

partidor de periódicos, 1 del barrendero, 1 del garaje Peugeot y 1 de un hotel en el que pasé una noche por motivos de trabajo hace cuatro años. No soy popular, o quizá este año todos están enviando las postales más tarde.

9 a.m. Oh, Dios, me siento fatal: terrible resaca ácida y hoy es la comida discotequera de la oficina. No puedo seguir. Voy a explotar a causa de la presión de las tareas no realizadas de Navidad, como si fuese el repaso para los exámenes finales. No he enviado postales y tampoco he comprado regalos aparte de la vena consumidora que me cogió ayer a la hora de comer cuando me di cuenta de que anoche iba a ver a las chicas por última vez antes de Navidad, en casa de Una y Jeremy.

Le tengo terror al intercambio de regalos con los amigos porque, al contrario que con la familia, no hay forma posible de saber quién te va a regalar algo y quién no, ni si los regalos han de ser pruebas de cariño o regalos de verdad, y todo es como un intercambio de plicas selladas. Hace dos años le compré a Magda un pendiente precioso de Dinny Hall y entonces ella se avergonzó y se sintió fatal por no haberme comprado nada. El año pasado, por consiguiente, yo no le di nada y ella me compró un perfume carísimo de Coco Chanel. Este año le compré una botella grande de Azafrán con Champán y una jabonera de metal envejecido, y ella se puso de mal humor y empezó a decir mentiras acerca de por qué no había comprado los regalos todavía. El año pasado Sharon me dio una botella de gel de burbujas con la forma de Papá Noel, así que anoche le di algas del Body Shop y gel de ducha de Aceite de Pólipo y entonces ella me regaló un bolso. Yo había envuelto una botella que me sobraba de aceite de oliva pijo como regalo de emergencia pero se cayó de mi abrigo y se rompió en la alfombra de Conran Shop de Magda.

Ugh. Me gustaría que la Navidad sólo *fuese*, sin regalos. Es tan estúpido, todo el mundo agotándose, gastando miserablemente dinero en objetos inútiles que nadie quiere: ya no son pruebas de cariño, sino soluciones a problemas dominados por la angustia. (Hummm. Aunque tengo que admitir que estoy contentísima de tener un nuevo bolso.) ¿Qué sentido tiene que toda la nación corra de mal humor de un lado para otro durante seis semanas, preparándose para hacer un examen totalmente inútil sobre El Gusto-de-los-Demás, examen que toda la nación catea y cuya secuela es encontrarse cargado de productos horripilantes e inútiles? Si se erradicasen por completo los regalos y las felicitaciones, entonces la Navidad, como breve festividad pagana para distraerse de la larga y pesada melancolía del invierno, sería genial. Pero si el gobierno, los grupos religiosos, los padres, la tradición, etc., insisten en un impuesto por comprar regalos de Navidad para arruinarlo todo, ¿por qué no hacen que todo el mundo tenga que salir y gastarse 500 libras para ellos mismos y entonces distribuir los objetos entre sus familiares y amigos y que éstos los envuelvan y se los den, en lugar de este tormento psíquico de fracaso?

9.45 a.m. Acabo de hablar con mamá por teléfono. «Cariño, sólo te llamo para decirte que este año no voy a hacer regalos. Ahora tú y Jamie ya sabéis que no existe Papá Noel, y todos estamos demasiado ocupados. Todos podemos simplemente apreciar la compañía del otro.»

Pero si nosotros siempre habíamos recibido regalos de Papá Noel en un saco al pie de nuestras camas. El mundo parece gris y deprimente. Ya no parecerá que estemos en Navidad.

Oh, Dios, será mejor que vaya a trabajar —pero no beberé nada en la comida-disco, sólo estaré simpática y profesional con Matt, me quedaré hasta las 3.30 p.m., y entonces me iré y haré mis felicitaciones de Navidad.

2 a.m. *Claro que* está bien —todo el mundo se emborracha en las fiestas de Navidad de la oficina. Es muy divertido. Tengo que ponerme a dormir— no ase farta que m quite la ruopa.

miércoles 20 de diciembre

5.30 a.m. Oh, Dios mío. *Oh, Dios mío.* ¿Dónde estoy?

jueves 21 de diciembre

58,5 kg (en realidad, es divertido porque no hay ninguna razón por la que no pudiera perder peso en Navidad, porque estoy tan llena que... seguro que en cualquier momento, después de la cena de Navidad, es perfectamente aceptable rechazar toda la comida argumentando estar demasiado lleno. De hecho, es probable que sea el único momento del año en que está bien no comer).

Con éste llevo diez días viviendo en un estado de resaca permanente y de supervivencia sin alimentos adecuados ni comida caliente.

La Navidad es como la guerra. Ir a Oxford Street me está costando tanto como ir al frente. Espero que la Cruz Roja o los alemanes vengan a buscarme. Aaargh. Son las 10 a.m. No he hecho las compras de Navidad. No he enviado las felicitaciones de Navidad. Tengo que ir a trabajar. Vale, nunca, nunca más en mi vida voy a volver a beber. Aargh —una llamada del estado mayor en campaña.

Umf. Era mamá, pero podía haber sido Goebbels intentando hacer que me dé prisa en invadir Polonia.

—Cariño, sólo llamaba para saber a qué hora llegarás el viernes por la noche.

Mamá, con una bravura deslumbrante, ha planeado una sensiblera Navidad familiar, con ella y papá haciendo ver que todo el año pasado no ha existido «por el bien de los niños» (es decir, yo y Jamie, que tiene treinta y siete años).

—Mamá, como *creo* que ya hemos discutido, yo no voy a ir a casa el viernes, voy a venir en Nochebuena. ¿Recuerdas todas las conversaciones que hemos tenido al respecto? Aquella primera... en agosto.

—Oh, no seas *tonta*, cariño. No puedes quedarte todo el fin de semana sentada sola en tu piso cuando es Navidad. ¿Qué vas a comer?

Grrr. Odio esto. Es como si, por el hecho de que eres soltera, no tengas ni hogar, ni amigos, ni responsabilidades y la única razón posible que puedas tener para no estar a disposición de todo el mundo, para no llamar durante todo el período navideño, contenta y feliz por no dormir en ángulo recto dentro de un saco de dormir en el suelo del dormitorio de un adolescente, no pelar patatas durante todo el día para cincuenta personas, ni «hables bien» a pervertidos con la palabra «tío» antes de su nombre mientras ellos te miran directamente a los pechos, es que eres una completa egoísta.

Mi hermano, por otro lado, puede ir y venir cuando le plazca con el respeto y bendición de todo el mundo, sólo porque resulta que tiene estómago suficiente para vivir con una vegetariana estricta fanática del Tai Chi. Sinceramente, preferiría prender fuego a mi piso que sentarme ahí con Becca.

Y por cierto, no puedo creer que mi madre no le esté más que agradecida a Mark Darcy por resolverle todos los problemas. En lugar de eso se ha convertido en una parte de Eso Que No Puede Ser Mencionado, o sea, la Gran Estafa de la Multipropiedad, y ella se comporta como si él nunca hubiese existido. No puedo evitar pensar que Mark debe de haber soltado un poco de pasta para que todo el mundo recupere su dinero. Es una persona buena y encantadora. Demasiado buena para mí, evidentemente.

Oh, Dios. Tengo que poner sábanas en la cama. Es muy asqueroso dormir en un incómodo futón lleno de botones que sobresalen y se te clavan. Pero ¿dónde están las sábanas? Ojalá tuviese algo de comida.

viernes 22 de diciembre

Ahora que ya es casi Navidad, me encuentro sintiendo nostalgia de Daniel. No puedo creer que no haya recibido una felicitación de Navidad suya (aunque si lo pienso yo tampoco he enviado ninguna). Resulta extraño haber estado tan unidos durante el año y que ahora hayamos perdido totalmente el contacto. Muy triste.

Quizá Daniel sea judío ortodoxo. Quizá Mark Darcy me llame mañana para desearme una Feliz Navidad.

sábado 23 de diciembre

58,95 kg, 12 copas, 38 cigarrillos, 2.976 calorías, amigos y personas queridas a quienes les importo en esta época festiva: 0.

6 p.m. Estoy tan contenta de haber decidido ser una festiva Solterona Sola en Casa como la princesa Diana.

6.05 p.m. ¿Dónde está todo el mundo? Supongo que todos están con sus parejas o se han ido a casa con sus familias. Bueno, tendré la posibilidad de hacer cosas... o quizá tienen sus propias familias. Bebés. Niños pequeños, suaves y tiernos, en pijama, con las mejillas sonrosadas, mirando con excitación el árbol de Navidad. O quizá todos menos yo están en una gran fiesta. Bueno. Tengo muchas cosas que hacer.

6.15 p.m. Bueno. Sólo una hora para *El flechazo.*

6.45 p.m. *Oh, Dios, estoy tan sola.* Incluso Jude se ha olvidado de mí. Se ha pasado toda la semana llamando aterrada por decidir qué comprarle a Richard el Malvado. No tenía que ser demasiado caro: eso sugiere ir demasiado en serio o un intento por emascularlo (muy buena idea si me lo preguntan); nada de ropa, porque tiene muy mal gusto y nunca acierta y quizá eso le recuerde a Richard el Malvado a su anterior novia, Jilly la Malvada (con la que él no quiere volver, pero hace ver que sigue queriéndola para evitar así tener que estar enamorado de Jude —asqueroso). La última idea que tenía era regalarle whisky, pero combinado con otro regalito para no parecer tacaña o que no pareciera demasiado anónimo —posiblemente quedaría bien combinado con monedas de chocolate y mandarina, dependiendo de si Jude decidía que el concepto Golosinas de Navidad era demasiado cursi, hasta la náusea, o terriblemente distinguidas por su posmodemidad.

7 p.m. Emergencia: Jude al teléfono llorando. Viene hacia aquí. Richard el Malvado ha vuelto con Jilly la Malvada. Jude culpa al regalo. Gracias a Dios que me quedé en casa. Está claro que soy el Emisario del niño Jesús para ayudar aquí a los perseguidos por algún aspirante a rey Herodes, como, por ejemplo, Richard el Malvado. Jude estará aquí a las 7.30.

7.15 p.m. Maldición. Me he perdido el principio de *El flechazo* porque ha llamado Tom que ahora viene. Jerome, después de haber aceptado que volviera, le ha vuelto a dejar y ha regresado con su antiguo novio, que es miembro del coro en *Cats*.

7.17 p.m. Simon viene hacia aquí. Su novia ha regresado con su marido. Gracias a Dios que me quedé en casa para recibir a los amigos plantados, en plan Reina de Corazones o Comedor de Beneficencia. Pero es que así es como soy yo: me encanta querer a los demás.

8 p.m. ¡Hurra! Un milagro de magia-de-Navidad. Daniel acaba de llamar, «Jonesh», dijo arrastrando las palabras. «Te quiero, Jonesh. Cometí un terrible error. Estúpida Suki hecha de plástico. Los pechos apuntan al norte todo el tiempo. Te quiero, Jonesh. Voy a pasarme a ver cómo está tu falda.» Daniel. El precioso, descuidado, sexy, excitante, divertidísimo Daniel.

Medianoche. Umf. Ninguno de ellos ha venido. Richard el Malvado cambió de opinión y volvió con Jude, como lo hizo Jerome y la novia de Simon. Sólo fue un Espíritu-de-las-Navidades-del-Pasado hiperemocional haciendo tambalear a todo el mundo con las ex parejas. ¡Y Daniel! Ha llamado a las 10 en punto.

«Escucha, Bridge. Ya sabes que siempre miro el partido los sábados por la noche; ¿me paso mañana antes del fútbol?» ¿Excitante? ¿Salvaje? ¿Divertidísimo? Huh.

1 a.m. Absolutamente sola. Todo el año ha sido un fracaso.

5 a.m. Oh, qué más da. Quizá el día de Navidad no será horrible. Quizá mamá y papá aparecerán radiantes por la mañana, ebrios de tanto follar, cogiéndose de las manos con vergüenza y diciendo: «Niños, tenemos algo que deciros», y yo podré ser una dama de honor en la ceremonia de confirmación de los votos matrimoniales.

domingo 24 de diciembre: Nochebuena

58,95 kg, 1 copa y sólo era un mísero vaso de jerez, 2 cigarrillos pero no ha sido divertido al tenerlo que hacer con la ventana abierta, 1 millón de calorías, probablemente, número de cariñosos pensamientos festivos: 0.

Medianoche. Muy confundida por lo que es real y lo que no lo es. Hay una funda de almohadón a los pies de mi cama que mi madre coloca allí a la hora de ir a dormir, susurrando «A ver si viene Papá Noel», que ahora está llena de regalos. Mamá y papá, que están separados y planean divorciarse, están durmiendo en la misma cama. En cambio, mi hermano y su novia, que llevan cuatro años viviendo juntos, están durmiendo en habitaciones separadas. La razón para todo esto no está clara, a no ser que pueda ser para no disgustar a la abuelita que: a) está demente, y b) todavía no ha llegado. La única cosa que me conecta al mundo real es que una vez más estoy pasando la Nochebuena de forma humillante, en casa de mis padres, en una cama individual. Quizá en estos momentos papá está intentando montar a mamá. Ugh, ugh. No, no. ¿Por qué mi cerebro ha pensado algo semejante?

lunes 25 de diciembre

59,4 kg (oh, Dios, me he convertido en Papá Noel, es culpa del budín de Navidad o algo así), 2 copas (triunfo absoluto), 3 cigarrillos (ídem), 2.657 calorías (casi todas de salsa de la carne), regalos de Navidad absolutamente lunáticos: 12, regalos de Navidad con algún tipo de sentido: 0, 0 reflexiones filosóficas sobre el significado de la virginidad de la Virgen; número de años desde que ya no soy virgen: mmmm.

Bajé las escaleras tambaleándome, y esperando que el pelo no me oliese a tabaco, para encontrarme a mamá y a Una intercambiando opiniones políticas mientras marcaban crucecitas en las coles de Bruselas.

—Oh, sí, creo que cómo-se-llame es *muy* bueno.

—Bueno, claro que lo es, quiero decir, se libró con aquella cláusula de no sé qué, y nadie pensaba que lo haría, ¿no?

—Ah, pero entonces, ¿ves?, tienes que mirarlo porque podríamos fácilmente acabar con un loco como aquel como-se-llame que solía dirigir a los mineros. ¿Sabes? El problema que encuentro con el salmón ahumado es que me repite, sobre todo cuando he tomado muchos dulces de castañas. Oh, hola, cariño —dijo mamá al verme—. ¿Y qué te vas a poner para el día de Navidad?

—Esto —mascullé malhumorada.

—Oh, no seas tonta, Bridget, no puedes llevar esto *el día de Navidad.* Bien, ¿vas a entrar en la sala de estar a decir hola a la tía Una y al tío Geoffrey antes de cambiarte? —dijo con esa voz especialmente clara y entrecortada de ¿no es todo genial? que en realidad significa: «Haz lo que te digo o te pongo el minipimer en la cara.»

—¡Venga, ya, Bridget! ¿Qué tal tu vida amorosa? —bromeó Geoffrey, dándome uno de sus abrazos especiales y después sonrojándose y ajustándose los pantalones.

—Bien.

—Así que todavía no tienes tipo. ¡Bah! ¡Qué vamos a hacer contigo!

—¿Eso es una galleta de chocolate? —dijo la abuelita mirándome.

—Ponte derecha, cariño —dijo mamá entre dientes.

Querido Dios, por favor ayúdame. Quiero irme a casa. Quiero mi propia vida de nuevo. No me siento como un adulto, me siento como un adolescente con el que todo el mundo se enfada.

—Y ¿qué *vas* a hacer acerca de los bebés, Bridget? —dijo Una.

—Oh, mira, un pene —dijo la abuelita, cogiendo un tubo gigante de galletas de chocolate.

—¡Me voy a cambiar! —dije, sonriendo a mamá para hacerle la pelota, corrí hasta el dormitorio, abrí la ventana y encendí un Silk Cut.

Entonces vi la cabeza de Jamie fuera de una ventana un piso más abajo, también fumando un cigarrillo. Dos minutos más tarde se abrió la ventana del cuarto de baño y apareció una cabeza cabello color caoba y encendió un cigarrillo. Era mamá, que no tiene perdón de Dios.

12.30 p.m. El intercambio de regalos fue una pesadilla. Siempre exagero cuando me hacen malos regalos, doy un grito de satisfacción, con lo cual cada año recibo más y más regalos horrorosos. Aunque Becca —quien, cuando yo trabajaba en la editorial, me regaló una colección espantihorrenda de cepillos para la ropa, calzadores y adornos para el pelo en forma de libro— este año me ha regalado un imán para la nevera en forma de claqueta. Una, para quien no hay tarea del hogar que deba quedar sin artilugio, me ha dado una serie de llaves inglesas en miniatura para poder enroscar tapones de botellas y abrir tarros de cocina. Mientras que mi madre, que me hace regalos para intentar conseguir que mi vida sea más parecida a la suya, me ha regalado una olla a vapor para una persona: «Todo lo que tienes que hacer es dorar la carne antes de ir a trabajar y ponerle un poco de verduras.» (¿Tiene ella la más mínima idea de lo duro que es algunas mañanas llenar un miserable vaso de agua sin vomitar?)

—Oh, mira. No es un pene, es una galleta —dijo la abuelita.

—Creo que va a hacer falta que colemos esta salsa, Pam —dijo Una, saliendo de la cocina con una cacerola en la mano.

Oh, no. Esto no. Por favor, esto no.

—Creo que no hará falta, cariño —dijo mamá con muy mala baba, y con los dientes apretados—. ¿Has probado removiéndola?

—No me trates con condescendencia, Pam —dijo Una sonriendo peligrosamente.

Empezaron a dar vueltas enfrentadas cara a cara como si fuera un combate de lucha libre. Esto ocurre cada año con la salsa de carne. Suerte que hubo una distracción: un fuerte crash y el ruido de un cuerpo atravesando la puerta cristalera del jardín. Julio.

Todos nos quedamos paralizados y Una soltó un grito.

No se había afeitado y sostenía una botella de jerez en la mano. Tropezó con papá y se puso de pie.

—Tú te acuestas con mi mujer.

—Ah —contestó papá—. Sí, Feliz Navidad, eh. ¿Puedo traerle una copa de jerez? Ah, veo que está servido. Muy bien. ¿Un poco de tarta?

—Tú te acuestas —dijo Julio amenazador— con mi mujer.

—Oh, él es tan latino, jajaja —dijo mamá coquetamente, mientras los demás mirábamos aterrados.

Siempre que había visto a Julio estaba limpio, perfectamente bien peinado y llevaba un maletín. Ahora estaba furioso, borracho, desarreglado, para ser sincera, el tipo de hombre del que yo me enamoro. No era de extrañar que mamá pareciese más excitada que avergonzada.

—Julio, chico malo —susurró ella.

Oh, Dios. Seguía enamorada de él.

—Tú te acuestas —dijo Julio— con él —escupió en la alfombra china y se dirigió escaleras arriba, perseguido por mamá que nos dijo gorjeando:

—Papá, por favor, ¿podrías trinchar la carne y hacer que todos se sienten?

Nadie se movió.

—Bien, escuchadme —dijo papá en tono serio, tenso y varonil—. Hay un delincuente peligroso arriba y tiene a Pam como rehén.

—Oh, en mi opinión, a ella no parecía importarle —soltó la abuelita en un raro e inoportuno momento de claridad—. Oh, mira, hay una galletita entre las dalias.

Miré por la ventana y casi me muero del susto. Ahí estaba Mark Darcy cruzando el césped, ágil como un mocoso y entrando por la puerta cristalera. Estaba sudando, sucio, despeinado, con la camisa desabrochada. *¡Ding-dong!*

—Quedaros todos quietos y en silencio, como si todo fuese normal —dijo en voz baja.

Todos estábamos tan anonadados y él hablaba de una manera tan emocionante y autoritaria que empezamos a hacer lo que él dijo como zombis hipnotizados.

—Mark —murmuré al pasar a su lado con la salsa—. ¿Qué estás diciendo? Aquí no hay nada normal.

—No estoy muy seguro de que Julio no sea violento. La policía está fuera. Si podemos hacer que tu madre baje y le deje arriba, entonces ellos podrán entrar y atraparle.

—Vale. Déjamelo a mí —le dije, y me dirigí hacia las escaleras.

—¡Mamá! —grité—. No encuentro las servilletas de papel.

Todos aguantaron la respiración. No hubo respuesta.

—Vuelve a intentarlo —susurró Mark, mirándome con admiración.

—Haz que Una vuelva a llevar la salsa a la cocina —dije entre dientes.

Él hizo lo que le dije, entonces me hizo una señal de aprobación. Le devolví la señal y me aclaré la garganta.

—¿Mamá? —volví a gritar en dirección al piso de arriba—. ¿Sabes dónde está el colador? Una está un poco preocupada por la salsa.

Diez segundos más tarde hubo un sonido de pasos bajando las escaleras y apareció mamá, sonrojada.

—Las servilletas de papel están en el recipiente para servilletas que está en la pared, tontorrona. Bien. ¿Qué está haciendo Una con la salsa? ¡Burr! ¡Vamos a tener que utilizar el minipimer!

Mientras, se oyeron ruidos de pasos subiendo las escaleras y una refriega estalló en el piso de arriba.

—¡Julio! —gritó mamá y empezó a correr hacia la puerta.

El detective que ya conocía de la comisaría, estaba de pie en la entrada del salón.

—Bien, todo el mundo tranquilo. Todo está bajo control —dijo.

Mamá gritó cuando Julio apareció en el salón esposado a un joven policía y fue sacado de la casa a empujones.

Vi cómo recobraba la calma y miraba por la habitación, evaluando la situación.

—Bueno, gracias a Dios que conseguí calmar a Julio

—dijo como si tal cosa, después de una pausa—. ¡Menudo follón! ¿Estás bien, papá?

—La blusa, mamá, está del revés —dijo papá.

Me quedé mirando la espantosa escena, sintiéndome como si todo mi mundo se estuviese derrumbando a mi alrededor. Entonces sentí una mano fuerte en mi brazo.

—Venga —dijo Mark Darcy.

—¿Qué?

—No digas «qué», Bridget, di «perdón» —dijo mamá.

—Señora Jones —dijo Mark con firmeza—. Me voy a llevar a Bridget a celebrar lo que queda del día del nacimiento de Jesús.

Respiré hondo y cogí la mano que Mark Darcy me ofrecía.

—Feliz Navidad a todos —dije con una sonrisa gentil en la boca—. Espero que os veremos en el Bufé de Pavo al Curry.

Esto es lo siguiente que ocurrió:

Mark Darcy me llevó al Hintlesham Hall a tomar champán y una tardía comida de Navidad, que estaba muy buena. Disfruté especialmente de la libertad para echar salsa en el pavo de Navidad por primera vez en mi vida, sin tener que ponerme de parte de nadie. La Navidad sin mamá y sin Una fue una experiencia extraña y maravillosa. Fue inesperadamente fácil hablar con Mark Darcy, sobre todo teniendo toda la Escena Festiva de Asedio de la Policía a Julio para analizar.

Resultó que Mark había pasado bastante tiempo en Portugal durante el último mes, como si de un reconfortante detective privado se tratase. Me dijo que siguió a Julio hasta Funchal y descubrió casi por completo el lugar donde estaban los fondos, pero no pudo ni engatusar ni amenazar a Julio para que lo devolviese todo.

—Sin embargo, creo que ahora lo hará —dijo sonriendo.

Realmente es muy dulce, Mark Darcy, y también es endiabladamente listo.

—¿Por qué regresó a Inglaterra?

—Bueno, perdón por utilizar un cliché, pero descubrí su talón de Aquiles.

—¿Qué?

—No digas «qué», Bridget, di «perdón» —dijo, y yo reí tontamente—. Me di cuenta de que, a pesar de que tu madre es la mujer más imposible del mundo, Julio la quiere. La quiere de verdad.

Maldita mamá, pensé. ¿Cómo puede ser que consiga ser una irresistible diosa del sexo? Quizá debería ir a *Colour me Beautiful* después de todo.

—Así pues, ¿qué hiciste? —le dije, sentándome encima de mis manos para evitar gritar: «¿Y yo qué? ¿Yo qué? ¿Por qué nadie me quiere?»

—Simplemente le dije que ella estaba pasando la Navidad con tu padre y que, mucho me temía, habían estado durmiendo en la misma cama. Yo tenía la sensación de que era lo bastante loco y lo bastante estúpido como para intentar, hem, frustrar tales planes.

—¿Cómo lo supiste?

—Una corazonada. Cosa del trabajo.

Dios, qué guay.

—Pero fue tan amable por tu parte, invirtiendo horas de trabajo y todo eso. ¿Por qué te molestaste en hacerlo?

—Bridget —me dijo—. ¿No es bastante obvio?

Oh, Dios mío.

Cuando fuimos arriba resultó que había encargado una suite. Fue fantástico, muy elegante y endiabladamente divertido, y jugueteamos con todas las cosas que estaban a disposición de los clientes y bebimos más champán y me dijo todas aquellas cosas de cómo me quería: el tipo de cosas, para ser sincera, que Daniel siempre estaba diciendo.

—Y entonces, ¿por qué no me telefoneaste antes de Navidad? —dije con recelo—. Te dejé *dos* mensajes.

—No quería hablar contigo hasta haber acabado el trabajo. Y no creía que yo te gustase demasiado.

—¿Qué?

—Bueno, ya sabes. ¿Me diste plantón porque te estabas secando el *pelo*? Y la primera vez que te conocí yo llevaba el ridículo suéter y los calcetines con abejorros de mi tía y me comporté como un completo zoquete. Pensé que tú pensabas que yo era de lo más estirado.

—Bueno, un poco sí —le dije—. Pero...

—Pero ¿qué...?

—¿No querrás decir pero perdón?

Entonces cogió la copa de champán que yo tenía en la mano, me besó y dijo: «Vale, Bridget Jones, voy a concederte el perdón», me cogió entre sus brazos, me llevó hasta el dormitorio (¡que tenía una cama con baldaquino!) e hizo todas las cosas por las que a partir de ahora, cuando vea un suéter a cuadros con cuello en V, me voy a sonrojar de vergüenza.

martes 26 de diciembre

4 a.m. Al fin me he dado cuenta del secreto para ser feliz con los hombres, y con gran pesar, rabia y una aplastante sensación de derrota tengo que utilizar las palabras de una celebridad, adúltera, cómplice de un delincuente:

«No digas "qué", di "perdón", cariño, y haz todo lo que te diga tu madre.»

Enero-diciembre:

resumen

3.836 copas (regular)

5.277 cigarrillos

11.090.265 calorías (repulsivo)

3.457 unidades de grasa (aprox.) (idea espantosa lo mires como lo mires)

Peso ganado: 32,65 kg

Peso perdido: 31,1 kg (excelente)

Números correctos de lotería: 42 (muy bien)

Números incorrectos de lotería: 387

Total de lotos instantáneas compradas: 98

Ganancias totales por lotos instantáneas: 110 libras

Beneficios totales por lotos instantáneas: 12 libras (¡Síííí! ¡Síííí! He vencido al sistema al mismo tiempo que apoyaba como benefactora causas que valen la pena.)

Llamadas al 1471 (bastantes)

1 Felicitación de San Valentín (muy bien)

33 Felicitaciones de Navidad (muy bien)

114 días sin resaca (muy bien)

2 Novios (pero uno sólo lleva seis días)

1 Novio bueno

Número de propósitos de Año Nuevo llevados a cabo: 1 (muy bien)

Un año con una evolución *excelente.*